青少年最爱读的500个

经典成语故事

警示篇

高伟杰 编著

·北京·

图书在版编目（CIP）数据

青少年最爱读的500个经典成语故事．警示篇/高伟杰编著．--北京：中国经济出版社，2012.9（2024.1重印）

ISBN 978-7-5136-1552-5

Ⅰ．①青… Ⅱ．①高… Ⅲ．①汉语-成语-故事-青年读物②汉语-成语-故事-少年读物 Ⅳ．①H136.3-49

中国版本图书馆CIP数据核字（2012）第092309号

责任编辑　焦晓云
责任印制　马小宾
封面设计　任燕飞

出版发行　中国经济出版社
印 刷 者　三河市同力彩印有限公司
经 销 者　各地新华书店
开　　本　880mm×1230mm　1/32
印　　张　8.375
字　　数　199千字
版　　次　2012年9月第1版
印　　次　2024年1月第2次
定　　价　48.00元
广告经营许可证　京西工商广字第8179号

中国经济出版社 **网址** www.economyph.com **社址** 北京市东城区安定门外大街58号 **邮编** 100011

本版图书如存在印装质量问题，请与本社销售中心联系调换（联系电话：010-57512564）

PREFACE 前言

2012年初，教育部公布了新版义务教育课程标准（新课标），我们依据其中“语文课程应注重引导学生多读书、多积累、重视语言文字运用的实践，在实践中领悟文化内涵和语文应用规律”“语文课程应通过优秀文化的熏陶感染，促进学生和谐发展”的思想，编写了“青少年最爱读的500个经典成语故事”丛书。

我们从历史文化的层面，重新对成语这一中华文化的精髓进行了较为系统的梳理，以期给广大青少年读者提供一个更丰富、更精彩、更经典的阅读文本，增加他们对文史知识的积累，丰富他们的词汇量，从而提高他们的写作水平和表达能力，促进他们语文综合素养的提升。丛书力求为中小学语文教学提供最实用、最有益的补充。同时，也让青少年读者充分领略中国传统文化的独特意蕴。

在中国，恐怕只有成语，能够如此短小精悍、凝练浓缩，如此富有内涵且意义深远，于有限的文字中，讲述一个生动的故事，传达一种深刻的思想，阐明一种人生哲理，介绍一种科学知识。

成语的历史是非常悠久的，成语的产生有着广阔的历史背景和丰富的文化内涵。具体来说，成语的产生主要源于以下几个方面：

1. 古代寓言。比如：画蛇添足、杞人忧天、亡羊补牢、守株待兔、滥竽充数、杯弓蛇影等。

2. 神话传说。比如：精卫填海、开天辟地、夸父逐日、天衣无缝、女娲补天、水漫金山等。

3. 历史事件。比如：三顾茅庐、铁杵成针、望梅止渴、完璧归赵、四面楚歌、手不释卷等。

4. 古代诗文。比如：信誓旦旦、察言观色、出口成章、爱屋及乌、班荆道故、鞭长莫及等。

当然，对于成语来源的分类并不是绝对化的，其中有一些是有交叉的。还有极少数的成语来源至今也没有确切的说法，这就有待专家学者们来考察探究了。

从以上成语的四种来源不难看出，除了第四类古代诗文外，古代寓言、神话传说、历史事件这三类，都是由于其中有一个相对完整而生动的故事，才得以浓缩或概括出一个意义丰富但语言却非常精炼的成语。而第四类古代诗文虽然没有情节生动、相对完整的故事，但也都有诗文作者在写此诗文时的真实的历史背景、个人经历和语言环境，将这些内容记录下来，也可以算是广义上的故事了。

丛书共有五个分册，分别为知识篇、榜样篇、处世篇、智慧篇和警示篇。在内容设置上，每条成语包括以下四部分内容：

1. 原文出处。我们参考了大量历史文献资料，对书中选用的原有标注出处的成语追本溯源、验明正身，发现有错误的就予以改正；对于失去出处的成语故事则认真寻找，详细地标注了来源。

2. 成语故事。我们在大量已经成型的成语故事的基础上，根据需要进行了必要的加工、剪裁与增删。比如，对一些在其他版本中过于简短的成语进行了扩写；对一些出现了年代、人名、地名与历史知识错误的地方，根据有关文献资料进行了精心的增删与修改，力求保证每个成语故事的完整性、通俗性、知识性和可读性。

3. 成语详解。在这一点上，我们根据青少年读者的理解能力，本着准确、科学、简明的原则，对选用的500条成语都作了适当的注释。所谓适当是指：能一句话解释清楚的绝不多加二句；对历来有争议的几种解释进行择优处理，选择一种最易接受的加以标注；这一部分只解释成语中的几个字及整条成语的意思，对其他与此条成语相关的必须解释的内容则在成语故事中加以说明。

4. 分类点拨（拓展）。本着古为今用、与时俱进的原则，并且让几千年来我们的先辈们遗留下来的知识和智慧与我们当下的生活接轨，我们特意用生动、精辟的语言，在每条成语的最后做了简单的“点拨”或“拓展”，这犹如画龙点睛，亦如锦上添花，将知识积累与品格培育完美融合，相信必能有效地促进青少年读者在代表着中华民族文化典型特色的成语文化的熏陶下，积极向上，茁壮成长！

英国著名诗人威廉·布莱克写过一首非常著名的小诗：“一粒沙里有一个世界，一朵花里有一座天堂；把无限放在你的手中，永恒在一刹那里收藏。”

中国有个说法叫作“滴水藏海”，其意义与这首小诗极为契合，它告诉人们：一滴水虽然渺小，但它却蕴藏着大海一样的雄浑与博大！如果用这句俗话和这首小诗来比喻一个小小的成语里面蕴藏的丰富的知识、哲理和成长智慧，该是多么的恰如其分，生动形象！

如果成语是一粒沙，愿你能从这粒沙中看到一个广阔的世界，感知这世界的历史、现在和未来！

如果成语是一朵花，愿你能从这朵花中看到一座美丽的天堂，体验这天堂的丰富、神圣和美妙！

如果成语是一滴水，愿你能从这滴水中看到一片深邃的大海，感受这大海的广阔、深沉与睿智！

今天，放在你面前的这本书，就是这样的一粒沙、一朵花、一滴水！如果你能在这里找到学习和生活中所需要的那些营养，收获一些能为你的成长加油的能量；如果它能激发出你更多的灵感和智慧，让你快乐地学习，流畅地表达，健康地成长，那么，这正是我最希望看到的结果。

高伟杰

2012. 8. 10

CONTENTS

目录

X

Y

Z

❶

爱屋及乌

《尚书大传·大战》：

“臣闻之也：爱人者，兼其屋上之乌。”

商朝末年，商纣王穷奢极欲，残暴无道，是个人人痛恨的昏君。当时的西伯侯姬昌，即后来的周文王，极力反对商纣王的暴政。后来，商纣王一气之下便将姬昌囚禁了起来。但碍于姬昌的声望，不久商纣王就将他释放了。

周文王出狱后便返回都城岐山（今陕西岐山）积极练兵备战，决心推翻商纣王的统治。他请了当时非常有名望的精通军事谋略与治国之道的吕尚（即姜太公、姜子牙）为军师，在兼并了几个小诸侯国后势力逐渐强大起来。后来，周文王将都城迁到丰邑，准备向东进军。可惜，迁都不久周文王就因病去世了。

之后，周文王的儿子姬发继位，称为周武王。姜太公继续做他的军师。武王的弟弟周公和召公也全力辅佐武王，同时武王还得到了几个诸侯的支持和拥护。

不久，周武王正式宣布出兵伐纣，并亲率大军出征。大军在孟津（今河南孟县南）渡过黄河后向东北挺进，直奔商朝都城朝歌（今河南淇县东北）。双方在牧野展开了大战。这时的纣王已经人心尽失，众叛亲离，因此军队纷纷倒戈，商朝都城朝歌很快就被周军攻克了。纣王兵败自焚，商朝宣告灭亡。从此，西周王朝建立。

周原先只是一方的诸侯，现在却要掌管天下，很多人都不服气。同时，商纣王的旧臣和军队还有许多，社会并不安定，甚至可以说是危机四伏。如何才能安置好商朝遗留下来的权臣贵族、官宦将士，让社会稳定下来，武王的心中也很没底。

这一天，周武王召见姜太公，问道：“进了殷都，对旧朝的官吏将士该如何处置?”

姜太公想了想，说：“我听人说：如果喜欢那个人，就该连同他家屋上的乌鸦也一同喜欢；如果讨厌那个人，对他家的墙壁篱笆也会厌恶。意思就是说，要彻底铲除这些敌对分子，一个也不能留，绝不能心慈手软。大王您看如何?”

武王觉得这样做不太妥当，又找来召公询问。

召公上前说：“不分青红皂白一律杀掉是不妥的，应该分清有罪和无罪。有罪的，当然要杀掉；无罪的，则应该释放。只要将有罪的人都杀死，天下就安定了。”

武王思考了一会儿，还是觉得不够妥当。

这时周公上前说道：“我看应该让他们都回到自己的家里，各自耕种各自的田地。君王不该偏爱自己的旧部和亲属，而应该采取平等的态度，以仁厚之心来感化天下人。”

武王听后非常高兴，连连称赞这是一个万全之策，于是就采纳了这个意见。果然，天下很快就太平了，人民安居乐业，国力也迅速强大起来。从此，西周进入繁荣时期。

成语详解

屋：房屋。乌：乌鸦。

爱屋及乌：爱一个人，也就连带爱他屋上的乌鸦。比喻爱一个人而连带地关心与他相关的人或事物。

妙语点拨

从积极的角度来说，如果你喜欢上一个人，连带地也应喜欢他所喜欢的事物，甚至一切与他相关的事物。喜欢之深切自然无可厚非，这里表现了两点：一是人的主观倾向，二是对喜欢之人的缺点的包容。可这同时也反映出两个问题：一是很难做到，二是这样的喜欢有些过于盲目了，并不可取。

事实上，我们喜欢一个人的原因有许多。正如毛泽东所说："世界上没有无缘无故的爱，也没有无缘无故的恨。"比如，父母生你养你爱你，你肯定会爱你的父母，这是血缘与亲情的缘故。但是，你能因为爱自己的父母就对父母的好恶也全盘接受吗？或许，大多数人的回答都是否定的吧。

不可否认，"爱屋及乌"是人类的一种很自然的心理反应，尤其是在现在的年轻人中，有许多这样的追星族。比如，迈克尔·杰克逊的粉丝们，他们喜欢他疯狂的音乐形式，喜欢他的太空步，甚至喜欢他一个劲儿地整容，并不合时宜地加以模仿。盲目的追逐与模仿，岂不要弄巧成拙？

你可以喜欢一个人，也不是不可以"追星"，但要记住，千万不能丢掉理智地过度崇拜，更不能学习与模仿他们的缺点，而应该让这份喜欢成为你的精神动力，给你有关真善美的熏陶。

❷

《汉书·梅福传》：

"今不循伯者之道，乃欲以三代选举之法取当时之士，犹察伯乐之图求骐骥于市，而不可得，亦已明矣。"

春秋时期，秦国有个人名叫孙阳，非常擅长驯马和相马，在当地很有名气。在古代传说中，天上负责管理马匹的人叫伯乐，所以人们就都尊称他为伯乐。

有一天，伯乐在路上看到一匹老马在艰难地拉着一辆盐车，大汗淋漓，步履缓慢，显得很吃力。一生喜欢马的伯乐细心地看了看，发现这匹老马虽然表面上看起来似乎没有多少气力，但它的眼睛却闪着非同寻常的光芒！伯乐心里一喜：啊，这是一匹年纪有点大了的千里马呀！只可惜，马的主人不知道它的不凡之处，也就不懂得珍惜它，才让它沦落到这个地步。于是，伯乐走上前去与马的主人商量，要出大价钱买下这匹老马。马的主人见有人要花大价钱买这匹老马，顿时心花怒放。

伯乐将这匹老马带回家中，经过几个月的精心调养与照料，马的精神与体力愈来愈好，终于成了一匹驰骋疆场日行千里也毫不畏惧的宝马良驹。

伯乐在年老的时候，害怕自己相马、驯马的本领失传，就将自己一生中识别马匹的知识与经验写成了一本书——《相马经》。他在书里详细描述了千里马的外形、神态、奔跑的姿势等特点，同时还配合文字画出了许多示意图，好让后世的人们学会相马与驯马。

伯乐的儿子也非常喜欢相马技术，但他觉得儿子不适合做这行，就没有教他。儿子见到父亲出版的这本《相马经》，喜出望外，他认真地看完了一遍，觉得相马也没什么难的，有了这本书，父亲一生的经验和本领他也都能掌握。于是，他拿着这本书，照着书中父亲描述的和图中的形态，出门去寻找千里马。

他找呀找呀，找了很长时间，看了各种各样的马，拿出父亲的书来一点一点地对照着看，可是怎么都不能与书中所描述的对上号，那些马与父亲书上讲的与画的都不相符。难道父亲所讲的马都已经没有了吗？他很纳闷儿。

有一天，垂头丧气的他在路旁看到了一只癞蛤蟆，突然觉得这只癞蛤蟆的一些特征与《相马经》上父亲所画所写的一种千里马很相似，比如高脑门、大眼睛、马蹄子就像摞起来的酿酒的曲块儿！他非常激动，就将它带回了家。一进屋，他就兴冲冲地对父亲说：“父亲大人，您看，我终于找到了一匹千里马！和您书上写的差不多。只不过，它的蹄子看起来不太像酿酒用的曲块儿啊。”

伯乐一看，顿时哭笑不得。他做梦也没有想到，自己的儿子竟如此之愚笨。还好，他毕竟算是一个合格的父亲，没有当面责骂与嘲笑儿子，而是幽默地对儿子说：“好啊，好啊。只可惜，你找的‘马’太喜欢跳了，不能骑呀。你还是放了它吧。”

成语详解

索：寻找。骥：骏马。

按图索骥：按照图像去寻找好马。后用来比喻做事拘泥成法，死板僵化，不懂得灵活与变通。

妙语点拨

在生活中，掌握一定的书本知识固然很重要，但更应该学会灵活地运用知识，而不能做一个高大而沉重的不实用的“书橱”。我们无论做什么事情，都不应被已掌握的知识所局限和束缚，而应该具体问题具体分析，有时还必须突破书本知识与固有观念的框子。

如果真的像故事中伯乐的儿子那样去照搬书中的知识，岂不成了书呆子？那么，学习的意义又在哪里呢？与其那样，倒不如不学！

请注意：这绝不是知识无用论，而是对某些特定人群的特殊要求。因为这时你的思维还没有被完全固定住，还有很广阔的发挥空间，还可以写最诗意最浪漫的文章，还可以画出最美丽的图画！

《礼记·中庸》：

“君子遵道而行。半途而废，吾弗能已矣。”

《后汉书·列女传》：

“若中道而归，何异于断斯织乎？”

乐羊子是战国时期河南人。他有一个非常贤惠的妻子。

有一天，他在路上拾到一块金子。虽然他知道捡到了东西不应该据为己有，但他还是忍不住把金子放进口袋带回了家。

他的妻子知道后，就对他说：“我听说，能辨别是非的人，不喝盗泉之水；廉洁的人，不吃别人施舍的食物。这块金子是别人丢失的东西，你怎么可以把它拿回家来呢？这是一种非常不好的行为，会玷污你的品质啊！”

乐羊子听了妻子的话，觉得很难为情，就把那块金子放回原来捡到它的地方去了。

后来，乐羊子离家到很远的地方去求学，过了一年，他有些吃不了苦，住不下去了，就跑回家来。

当时，他的妻子正在织布，见他突然回来，连忙停下手里的活儿，问道：“你的学业已经完成了吗？”

乐羊子说："还没有呢，我在外面实在住不惯，天天想家，所以跑回来看看你。"

妻子听乐羊子这么一说，立刻拿出一把剪刀，把织布机上已经织了一半的布剪成了两段，然后严厉地对乐羊子说："这布的原料是蚕茧，我得用织布机一条丝一条丝地把它们编织起来，然后再一丝一丝地日积月累，最终才能把它们织成一尺、一丈、一匹的绸子，这可是用时间和精力换来的啊。现在我把它剪断了，从前的时间和精力就白白地浪费了。你读书求学，也应该日夜不停地研究，才能有所成就。如果半途而废，不就像我剪断织布机上的布一样，白费了那么多时间与心血吗?"

妻子的话深深地打动了乐羊子，第二天他就离家继续求学去了。妻子则在家中辛苦地劳作耕织，照料家人。

这一次求学，乐羊子一去就是七年，直到学业完成才回家与妻子团聚。过了不久，魏文侯重用了乐羊子，任命他为大将。后来，乐羊子凭着自己的学识和才干，干出了一番大事业。

有一次，他率领十万大军去讨伐中山国，遭到了前所未有的顽强抵抗，战斗持续了很长时间也没能取胜。许多朝廷的大臣们都提出了停战的建议，甚至还有许多人怀疑他拥兵在外，意图谋反。这些怀疑与攻击都没有动摇乐羊子的坚定信念：做事一定要坚持到底，绝不能半途而废！终于，他用几个月的时间击败了中山国。

成语详解

途：道路。废：停止。

半途而废：原意是指半路上停下来不走了。比喻做事情有始无终，没有做完就停止了，不能坚持到底。

妙语点拨

无论是做事还是求学，都得有一种坚持到底的精神、持之以恒的决心。只有这样，也必须这样，才能取得更好的成绩，才能创造更大的辉煌。反之，做事虎头蛇尾，或者凭兴趣而发，高兴了就做，不高兴了就放弃，这样的人是很难做出成绩的，他也就会常和“前功尽弃”“半途而废”“功败垂成”这样的命运相伴。

要知道，一个人的人生就是靠着一件一件的小事积累起来的。当你有始有终地做完一件小事的时候，你的人生也就向着成功迈进了一步。

4

抱残守缺

《汉书·刘歆传》：

“信口说而背传记，是末师而非往古……犹欲保残守缺，挟恐几破之私意，而无从善服义之公心。”

刘歆是西汉著名学者刘向的儿子，沛县（今江苏省沛县）人。他是西汉末年古文经学派的开创者，目录学家，天文学家。

刘歆从小天资聪颖，博学强识，喜欢读书，对文史尤其感兴趣，深受父亲的影响，深得父亲的真传。

父亲去世后，他继承了父亲的遗业，孜孜不倦，总校群书，编辑撰写了中国历史上第一部图书分类目录——《七略》。其中包括辑略（总论）、六艺略、诸子略、兵书略、术数略和方技略。

这部图书分类目录为我国目录学的建立与发展做出了巨大的贡献，对后世人们研究目录学具有深远的意义和影响。后来，班固编撰《汉书·艺文志》时即以此书为蓝本。所以，《七略》的主要内容大部分都保存在《汉书·艺文志》中。

刘歆曾任黄门郎（内廷侍从官）。王莽篡位执政时期，曾任命他为古文经博士，还任命他为国师。后来，他因为与人密谋杀王莽一事败露而自杀身亡。

当时，刘歆在校勘典籍过程中，阅读了大量秘藏的古籍，从中发现一本古文《春秋左氏传》（简称《左传》），他特别感兴趣。经过深入的研究，他认为《左传》是一本珍贵的文献资料，于是向皇帝建议为《左传》等古籍设立学官。

汉哀帝刘欣知道这件事以后，就让刘歆与五经博士一起来讨论研究《左传》等一批古书的思想内容和意义。但博士们既不同意为《左传》设立学官，也不肯参与讨论研究这件事。刘歆对此非常气愤，他给管博士的太常写了一封公文，提出了尖锐的批评。

刘歆在公文中指出："这些博士们孤陋寡闻，不学无术，只知道模仿一些古文，死记硬背一些陈旧的东西。他们宁愿因循守旧，抱残守缺，也不肯研讨新的学问，就是因为他们的内心深处害怕别人识破自己的无知和无能，而没有服从真理和道义的公心。"

由于刘歆在公文中的言辞激烈辛辣，击中了博士们的要害和痛处，因此遭到博士们的怨恨和诽谤，也得罪了执政的一些大臣。后来，迫不得已的刘歆只好请求远离朝廷，到地方做了一个小官。

成语详解

抱：原文为"保"，是守住、不放松的意思。残、缺：不完整。

抱残守缺：由“保残守缺”演化而来，指死守住残缺、陈旧的东西不肯放弃。形容保守不知改进。

妙语点拨

经常与“抱残守缺”连用的，还有“墨守成规”“故步自封”“画地为牢”等成语。这些成语有一个共同的特点，那就是“喜新厌旧”的反用——“喜旧厌新”，即喜欢陈旧的古老的那一套东西，包括思想观念、思维方式、行为习惯、风俗习气、规章制度，等等。这些人特别像鲁迅小说中的几个人物：九斤老太、闰土、孔乙己、阿Q。从这些人物的身上，我们也不难看到这类人不可避免的悲剧命运。

时代总是在发展着，社会总是在进步着，事物总是在变化着，人的思想、情感与观念也应该处在常变常新的状态中。如果你不变，就会被飞速发展的时代车轮所落下，或者碾倒！因此，我们应该变，应该随着时代的发展而变，随着社会的进步而变，随着事物的变化而变，概括起来就是一个词——与时俱进。

抱残守缺，你的人生一定是残缺的；与时俱进，你的人生一定是进步的！那么，你会选择哪条路呢？

抱薪救火

《战国策·魏策三》：

“以地事秦，譬如抱薪而救火也，薪不尽而火不止。”

战国末期，许多小国都被大国吞并了，最后只剩下韩、赵、魏、齐、楚、燕、秦七国，其中秦国的国力最强。

魏安僖王时，秦国先后三次猛烈地向魏国发动大规模的进攻，魏国无力抵抗，大片土地都被秦军占领了。

可是，秦国并没有满足。公元前273年，秦国第四次向魏国大举出兵，势头空前猛烈。这一次，各国诸侯因担心自己的安全，就联合起来对付秦国，但结果仍然是失败。

眼看大兵压境，魏王只好召集大臣们来商讨。他愁眉苦脸地问大臣们有没有使秦国退兵的办法。大臣们由于经过多年的战乱，提起打仗都很害怕，谁也不敢谈“抵抗”二字。许多大臣都劝魏王，用黄河以北和太行山以南的大片土地为代价向秦王求和。

当时，段干子是魏国的大将，他也提议将魏国的南阳送给秦国，以此来请他们退兵，以求得一时的和平。

魏国大谋士苏代听了这些话，不由得义愤填膺，他走上前对魏王说：“大王，他们是因为自己胆小怕死才让您去卖国求和，根本不是为国家着想。您想，把土地割让给秦国虽然暂时能让他们退兵，但秦国的欲望是无止境的。只要魏国的土地没割让完，秦军就不会停止进攻我们。”

苏代接着讲了一个故事：“从前有一个人，他的房子起火了，别人劝他快用水去浇灭大火，但他不听，偏抱起一捆柴草去救火。这是因为他不懂得柴草不但不能灭火反而能助长火势的道理啊！现在，想要得到大将印玺的是段干子，想要得到魏国土地的是秦国。现在大王要让想要土地的人管地，让想得印的人管印。那么在魏国的土地没有割完以前，他们都是不会满足的。秦国是个虎狼一样的国家，贪得无厌，而魏国的土地却有限得很。大王您若是同意拿着魏国的土地去求和，不就等于抱着柴草去救火吗？柴没有烧完，火是不会熄灭的。”

尽管苏代讲得句句在理，可是胆小怯懦的魏王只顾眼前的太平，还是依着那些和他一样胆小怕死、没有远见的大臣们的意见，把魏国的大片土地割让给了秦国。

只可惜，割地求和换来的安定是不会长久的。到了公元前225年，秦军果然如苏代所料，又开始向魏国大举进攻。他们掘开了黄河大堤，让巨大的洪水冲毁了魏国国都大梁城！这一次，魏国再也无法割地求和了——因为秦国要的不是一点土地，也不是一个小国，而是一统天下！

魏国终于被秦国灭掉了，这就是“抱薪救火”的下场。

成语详解

薪：柴草。

抱薪救火：抱着柴草去救火。比喻采用不正确的方法去消除祸患，反而会使祸患扩大。

妙语点拨

救火必须用水，这是最简单的常识。抱着柴草去救火，不但不能灭火，反而会使火势更大，那就真是惹火烧身、不可收拾了。搞不好真会像魏国一样，自取灭亡。

不要以为在现实生活中没有人会这么做，其实，因为人们的盲目与无知，类似的蠢事、糗事、荒唐事每天都在上演着。曾看过一篇新闻纪实，文中说陕西一著名大学有一位女教授，学识渊博，文采出众，颇具声望。可就是这位女教授的儿子吸毒成瘾，几次进戒毒所都未能完全戒掉；看着儿子被毒品折磨得没了人样，心疼儿子的她为了救儿子，居然听信儿子所说的“从减少吸毒到慢慢戒毒”的谎言，用自己的钱为儿子买毒品，期望儿子能用这种方法来慢慢戒毒。结果她与儿子一道进了监狱。这不就是“抱薪救火”的现实版吗？

抱着良好的意愿与动机却做着不但无益反而有害的事，这难道还不应该引起我们的重视与警惕吗？

6

杯弓蛇影

东汉·应劭《风俗通义》：

“时北壁七有悬赤弩照于杯，形如蛇，宣畏恶之，然不敢不饮。”

唐·房玄龄《晋书·乐广传》：

“尝有亲客，久阔不复来。广问其故。答曰：‘前在坐，蒙赐酒，方欲饮，见杯中有蛇，意甚恶之，既饮而疾。’于时，河南听事壁上有角，漆画作蛇。广意：杯中蛇即角影也。复置酒于前处，谓客曰：‘酒中复有所见不？’答曰：‘所见如初。’广乃告其所以，客豁然意解，沉病顿愈。”

关于“杯弓蛇影”这条成语的出处，历史上有两个版本。下面，我们按照历史年代的顺序分别介绍。

先说第一个版本。

东汉时，有一年夏天，某县县令应郴请他的一个下属——主簿（办理文书事务的官员）杜宣来饮酒。

那天的酒席设在厅堂里，北墙上悬挂着一张红色的弓。由于光线折射，酒杯中映入了弓的影子。杜宣看了，以为是一条蛇在酒杯中蠕动，顿时冷汗淋漓。可是，县令是他的上司，又是特地请他来喝酒的，他不敢不喝，只好硬着头皮喝了几口。等到应郴令仆人再来斟酒时，他就借故推却，起身告辞了。

回到家里，杜宣越来越怀疑刚才饮下的是有蛇的酒，一会儿甚至感到随酒入口的蛇在肚中蠕动，只觉胸腹部疼痛异常，难以忍受，吃饭、喝水都非常困难。家人赶紧请大夫来诊治。然而，他服了许多药，病情就是不见好转。

过了几天，应郴听说杜宣病了，就到杜宣家中探望，问他是怎么得病的。杜宣便讲了那天饮酒时酒杯中有蛇的事。应郴觉得非常奇怪：同样的酒，我喝的没有蛇，杜宣喝的怎么会有蛇呢？他安慰了杜宣几句，就回家了。

这天，他坐在厅堂里反复回忆和思考，怎么也弄不明白杜宣的酒杯里怎么会有蛇。

突然，北墙上的那张红色的弓引起了他的注意。他立即坐在那天杜宣坐的位置上，取来一杯酒，也放在原来的位置上。结果发现，酒杯中确实有一张弓的影子！他再仔细地观看，确实有点像是一条蛇在酒杯中游动。这一下，他全明白了。

应郴马上命人用马车把杜宣接来，让他坐在原来喝酒的那个位置上，仔细观看酒杯里的影子，并对他说：“你看，这就是你看到的杯中的蛇啊，它不过是墙上的那张弓的倒影罢了，没有什么其他的东西啊。这回，你可以放心了吧。”

杜宣也仔细地看了又看，果然是那么回事。搞清了事情的真相，杜宣顿时觉得全身一阵轻松，他的病马上就痊愈了。

再来说第二个版本。

晋朝时，有一个叫乐广的人，他官职不大，却为官廉洁，为人正直，被当时的人誉为“冰清”，即说他品德高尚，如冰一样清澈。乐广待人热情，特别喜欢结交朋友，在他担任河南府尹时，经常邀朋友们到府中聚会。

有一次，乐广在家里做了一桌子好菜宴请朋友，大家纷纷举杯，开怀畅饮，猜拳行令，谈笑风生，热闹极了。

座中有一个朋友是乐广家里的常客，可是这次聚会以后，那位朋友很长时间都没有再来。乐广十分纳闷儿，向熟悉的人一打听才知道，原来那位朋友已经病了好久了。

乐广赶紧到朋友家去探望，询问他生病的原因，朋友一开始支支吾吾的什么也不肯说。在乐广的一再追问下，他才说："上次在贵府饮酒时，我发现酒杯里有一条小蛇在蠕动，当时我就吓坏了。可是，顾及你和这么多好友的情面，我又不好意思不喝，所以只得硬着头皮把它喝了下去。回家的路上，我胃里就翻江倒海地疼痛难忍，我觉得是酒中的那条小蛇在不停地蠕动。一到家，我就栽倒在席子上，再也不能动弹了。看了好几个大夫，都说无药可治啊。"说完，朋友脸上显出一副伤感之情。

乐广一听，心里觉得奇怪，他连连劝慰朋友要放宽心，安心养病。回府以后，乐广还想着这件怪事，便信步来到上次和朋友们饮酒的地方。他顺手扯了把椅子坐下，反反复复回忆之前饮酒时的每个细节，但怎么也弄不明白，酒杯中的小蛇是从何而来。乐广环顾四周，突然，前厅墙壁上挂着的那张红漆弓引起了他的注意，这是一张两端镶着牛角的雕弓，红色漆画上一条金龙缠绕其上。乐广立刻明白了喝酒当日所发生的一切。

为了打消朋友的疑虑，乐广马上命人把朋友接来，他让朋友坐在原来的位子上，又斟了一杯酒，放在上次置杯的地方，朋友惊奇地发现，里面又有一条形似小蛇的东西在浮动。当乐广摘下悬挂的雕弓时，杯中的蛇影马上就不见了。

这时，乐广才对朋友说："你说的小蛇，其实就是映入酒杯中的弓的倒影，并不是真蛇被你吞到肚里了。所以，你大可不必担心啊！"朋友听后恍然大悟，疑虑顿消，病自然很快就痊愈了。

成语详解

杯弓蛇影：把映在酒杯里的弓的倒影误认为是蛇。比喻判断错误，疑神疑鬼，虚惊一场。

妙语点拨

古希腊哲学家普劳图斯说：“疑心夺走了众多快乐，却不还给我们任何东西。”

其实，疑神疑鬼的坏处岂止是夺走了人的快乐，它也能夺走人的健康啊！甚至还会夺走人的生命，而且大多是无辜者的生命！古今中外有多少人因为疑心、猜测而制造了骇人听闻的惨剧？曹操因为生性多疑、偏狭猜忌，枉杀了多少人：吕伯奢、杨修……古希腊那个著名的悲剧人物奥赛罗，不也是因为疑心才亲手杀了自己可爱的妻子吗？中国历代封建王朝的皇帝们，有多少人因为疑心而乱杀无辜，最终导致王朝的灭亡？

疑心生暗鬼，猜忌产心魔。所以，我们不论遇到什么事都不要疑神疑鬼、大惊小怪，而应该认真观察、深入分析，多方面综合考量，这样才会做出比较正确的判断。

博士买驴

北朝齐·颜之推《颜氏家训·勉学》：

“问一言辄酬数百，责其指归，或无要会。邺下谚云：‘博士买驴，书券三纸，未有驴字。’”

南北朝时，北齐的都城在今河北省临漳附近，称作邺。邺城流传着这样一句谚语："博士买驴，书券三纸，未有'驴'字。"据说，这条谚语是讽刺城中一个博士的。后来，北齐的文学家颜之推在自己的家教著作《颜氏家训》中记载了这个笑话。

书中说，这个博士多年来每天足不出户，只管闭门读书，四书五经已烂熟于心，"满腹经纶"这个词用在他身上一点儿也不夸张。他希望有朝一日能够博取功名，成就一番事业。可惜，他的命运不太好，年过四十仍然没有混得一官半职。博士在嗟叹之余，不免暗自神伤。但博士坚信，成名只是时间问题，即使机会永远不来，永远也不成功，他也要让自己的文化知识能用上。因此，不管做什么事，博士都要再三斟酌，咬文嚼字，以显示自己的学识。

一天，家里的一头驴死了，妻子让博士赶紧到南市再买一头回来。因为，除了这头驴，他家再没有其他的牲口了。平时，妻子磨面要用它，串亲戚要用它，就连博士偶尔出门郊游也要用它。对全家人来说，驴子可是唯一的负重和代步工具。出发前妻子反复叮嘱他，一定要讨价还价，还得写一纸文书作为凭证。

在市场转悠了几圈，博士总算相好了一头驴，他忽然想起妻子交代的话，于是忙不迭地与卖主在价钱上争论起来，"之乎者也"了半天，终于谈妥。最后，博士坚持要卖驴人写文书，才能了事。

卖驴人说自己不识字，实在要写，只能请博士代劳。博士说："这个好办，我本来就是读书人，写诗作赋是长项啊！"于是，他当即借来纸笔，伏在驴背上便写了起来。谁知那头驴子欺生，撂起蹄子就踢了博士一脚。博士气得无奈了，就向卖驴人讨要一个书桌。

博士将纸平铺在桌子上，一本正经地拉开架式写起来，一直到日上三竿，博士才写完了合同。卖驴人一看，博士写了整整三页纸，写得密密麻麻，也不知道写了些什么。卖驴人不识字，就请博士读一读。

博士装腔作势地干咳了几声，就摇头晃脑、抑扬顿挫地念了起来。从这儿路过的人听到博士读的声音很有趣，就纷纷围过来听。

过了好一会儿，博士才读完了这三页纸。卖驴人听得糊里糊涂，就问："先生，您读完了？"

"是啊，读完了。"博士正襟危坐地说，"难道有什么不对的吗？"

卖驴人说："您写了这满满的三大张纸，怎么连个'驴'字都没有呢？让我说，您只要写上某年某月某天，我卖给您一头驴，收了您多少钱，也就行了。干吗要啰啰唆唆地写这么多啊？"

围观的人听了也都跟着笑起来。博士红着脸低下了头。

成语详解

博士：古代学官。

博士买驴：形容说话和写文章废话连篇，没有重点，不得要领。

妙语点拨

这条成语的本义是讽刺写文章中的一个弊病：抓不住重点，下笔万言，离题万里，费了挺大的劲儿，却没有说到关键之处。

其实，除了写文章，在与人交往的过程中，在做任何事情的时候，我们都应该讲究一个"准"字，即找准关键，说到点子上，写到点子上，做到点子上。这里说的，不是你学问大小的问题，而是做事情的方法和看问题的角度问题。要做到这一点，没有捷径可走，只有这四个字可以帮助你——善于思考。

8

不得要领

汉·司马迁《史记·大宛列传》：

“骞从月氏至大夏，竟不能得月氏要领。”

西汉景帝后元三年（公元前141年），景帝刘启病死。第二年春天，太子刘彻继位做了皇帝，即后世人们非常熟悉的汉武帝。

汉武帝时期，中国北方屡遭匈奴人的侵扰。匈奴部落住在中国北方广阔的蒙古草原上。经过多年的兼并与混战，匈奴击败了许多游牧部落，占领了他们的地盘。其中，在河西走廊有一个强大的部落，叫月氏。匈奴用武力征服了月氏并杀害了他们的国王，一些幸免于难的人四处外逃，可是周围其他国家与部落都不想与匈奴为敌，都不敢收留他们。于是，他们只好逃到更远的西方去了。后来，那些从北方匈奴投降过来的人都说，匈奴打败了月氏时，居然拿月氏王的头颅骨做成大酒杯，这是对月氏人的极大侮辱。所以，被赶得四海为家的月氏人民对匈奴怀着强烈的仇恨。他们始终想攻打匈奴以报亡国之仇，但却得不到别国的支持与援助。

汉武帝听说了这个消息，觉得这是一个消灭与扼制匈奴的极好机会。他决定趁此机会与月氏联系并建立友好往来，以图共同打击匈奴。于是，他向全国下了一道招贤榜，招募有志之士出使西域联络月氏人。可是，谁都知道，要到月氏去，将结盟的信送到那里，意味着必须要走 3 000 多里的漫长旅途，而且中间必须经过匈奴的领地，匈奴人的残暴与勇猛足以让人闻风丧胆。更何况，没有人知道月氏人究竟到了哪里，要到哪里去找他们。

很长时间也没有人来应征。后来，担任郎官不久的张骞主动应募出使，被汉武帝批准。

公元前 138 年，张骞带着 100 名随从开始了出使西域的行程。同行的还有一个跟随张骞多年在后来非常关键的人物——蛮族奴隶甘父。

不幸的是，张骞经过匈奴的时候，被匈奴人抓住，押送到单于那里。单于把张骞扣留下来，并且对他说：“月氏在我们的西北，你们汉人怎么能出使到那里去呢？如果我们要出使到越国去，你们能让我们过去吗？”

就这样，张骞被匈奴扣留了 11 年。匈奴给了他妻室，使他有了一个儿子和一个女儿。虽然张骞人在匈奴，但他始终没有忘记汉武帝交给他的艰巨任务，并保留了汉朝交给他的使节。

后来，匈奴放松了对张骞的监视。终于有一天，张骞与随从们找了个机会一起逃走了，朝着月氏的方向前进。经过几十天的艰难奔波，他们来到了大宛国。

大宛国的国王听说汉朝十分富足，想和汉朝往来，只是未能如愿，见到张骞后非常高兴，便问他打算到哪里去。张骞回答说：“我奉汉武帝之命出使月氏，被匈奴人封锁了交通，如今从匈奴逃到这里。希望大王能派人给我带路，送我到月氏去。如果能到那里，将来回到汉朝，汉朝将赠送给你们无数财物。”

大宛国王听了张骞的话，为他们派出向导和翻译，一直送到了康居国。康居国又派人送他们到了月氏。原来，月氏遭到匈奴人的攻击，国王被杀，大部分人西迁到了这里，称为大月氏。他们已经立了被杀国王的太子为国王，统治着早先就存在的大夏国而定居了下来。那里土地肥沃，物产丰富，没有外来的侵略，他们只想太平无事，快乐逍遥，同时他们也觉得和汉朝的距离太远，不再有报复匈奴的打算了。所以，无论张骞怎么劝说，国王对张骞的合作要求仍是不理不睬。

就这样，张骞始终未能得到月氏对与汉共击匈奴之事的明确态度。无奈之下，他只好带着随从失望地离开大夏返回汉朝。不料，命运多舛的他在路经匈奴的土地时又被扣留在那里。直到一年多以后，张骞和妻子才在甘父等人的帮助下回到了阔别多年的故土。

成语详解

要：即腰，指衣腰。领：衣领。古人称上衣下裳，提上衣时拿着衣领，提下裳时拿着贴腰的部分。要领：表面指衣服的重要之处，比喻问题的关键所在。

不得要领：现在一般用来表示说话、写文章和做事情抓不住重点、要点或关键。

妙语点拨

从这条成语中我们发现，真理往往是从生活中来的。抓不住“衣领”怎么能穿上衣服呢？提不到“衣腰”怎么能穿得上裤子呢？这个比喻简直妙极了！

和穿衣服一样，任何一件事情，都有最关键的、关键的、次关键的和一般化的四个层次。如果我们在做事时能通过认真的思考、分析、判断，找到其中“最关键的”部分，首先做好它，那么这件事就极有可能圆满解决。

反之，如果我们没有找到或抓住这个“最关键的”，而是不分轻重地先做了其他层次的，那么就极有可能将事情做得一团糟。

说话时抓不住重点，说得越多，就越让人讨厌，自然达不到与人沟通的目的。写文章抓不住重点，写得越长，就越没有人爱看，自然也就达不到感染教育的目的。学习上抓不住重点，学得越多，就离成功越远，当然也就无法达到增知益智的目的。

9

不合时宜

汉·班固《汉书·哀帝纪》：
“皆违经背古，不合时宜。”

汉哀帝刘欣是汉成帝的养子，20岁即位做了皇帝，定年号为建平。谁知，自从做了皇帝以后，哀帝就和他的养父汉成帝一样，经常生病。

建平二年六月，哀帝的母亲得病去世了，哀帝因为悲伤过度而得了病，久不见好。这时，担任“黄门待诏”的顾问官夏贺良向汉哀帝上奏说：“汉朝的历法已经衰落，应当重新接受天命。成帝当时没有顺应天命，所以才没有亲生儿子。现在，皇上您病了这么久，天下又多次发生各种灾祸，这些都是上天的警告啊。皇上只有马上改变年号，才可以延年益寿、生养皇子、平息灾祸。如果明白了这个道理而不照做，各种灾祸都会发生，人民就要遭受灾难。”

哀帝听了夏贺良的一番话，也盼着自己身体健康，就在建平二年六月甲子日，即太后死后的第四天发布了诏书，大赦天下，改建平二年为太初元年，改帝号为“陈圣刘太平皇帝”，把计时漏上的刻度从一百度改为一百二十度。

其实，夏贺良的说法全是一派胡言，照做了也自然不会有什么效果。改变年号以后，哀帝还是照样生病。夏贺良等人想趁机干预朝政，遭到朝中大臣的反对。

这时，汉哀帝也因夏贺良的话没有应验而开始怀疑他，就派人对夏贺良等人的所作所为进行调查。调查后得知，他们实际上是一伙骗子，于是哀帝在八月间又下诏书：“黄门待诏夏贺良等建议改变年号和帝号，说增加漏的刻度可以使国家永远安定，我误听了他们的话，希望给天下带来安定，但却并没有应验。夏贺良等人所说的和所做的，都违经背古，不合时宜。六月甲子日的诏书，除了大赦一项之外，全部废除。”

这次改元不到两个月就结束了。夏贺良等人因为妖言惑众而被处以死刑。

成语详解

时宜：当时的需要。

不合时宜：不符合当时形势的需要，与世情习尚不相投合。

妙语点拨

到了一个新的时代，你的一切行为、思想、观念等，都应该紧紧地抓住这个时代的脉搏，跟上这个时代的步伐。违背了这个时代的大环境、大背景、大趋势，你的行为与思想就是不合时宜，就会落伍，就可能被这个时代所淘汰、所抛弃。

那么，在与时俱进与不合时宜之间，有没有一个可以缓冲的中间地带呢？有人说，我虽然做不到与时俱进，但我在思想和观念上也能跟上时代，但我就是不体现在行为上。这可以说就是缓冲地带的存在基础。但是，它的存在只是一个人思想发展的短暂停滞期。飞速发展的时代终究会以它强大的生命力与冲击力让这个停滞期越来越短，直至为零！

洞中方一日，世上已千年！如果你暂时还做不到与时俱进，那也起码要保证不落伍，千万不要做不合时宜的事！

⑩ 不求甚解

晋·陶潜《五柳先生传》：

“好读书，不求甚解，每有会意，便欣然忘食。”

东晋时期的陶渊明，又名潜，字元亮，号五柳先生，浔阳柴桑（今江西九江西南）人。他是我国最早的田园诗人。他所开创的田园诗体，为古典诗歌开辟了一个新的境界。

陶渊明出身于一个破落的仕宦家庭。曾祖父陶侃，是东晋开国元勋，军功显著，官至大司马都督八州军事，荆、江二州刺史，封长沙郡公。祖父陶茂、父亲陶逸都做过太守。年幼时，家庭衰落，陶渊明九岁丧父，之后与母亲、妹妹三人度日。由于是孤儿寡母，他多随母亲在外祖父孟嘉家里生活。孟嘉是当代名士，家资颇丰。

孝武帝太元十八年（公元 393 年），他怀着“大济苍生”的愿望，任江州祭酒。当时门阀制度森严，他出身庶族，受人轻视，便辞官回了家。后来，他先后任建威参军、镇军参军等职，都因生性耿直、与世不合而弃官。

后来，叔父陶逵介绍他任彭泽县令。到任才 81 天，陶渊明就因为正义耿直，不合世俗，也不想为五斗米折腰，授印去职。这样，陶渊明前后断断续续 13 年的仕宦生活自辞去彭泽县令起就结束了。这 13 年，是他为实现“大济苍生”的理想抱负而不断尝试、不断失望、终至绝望的 13 年。不久，他赋了一篇《归去来兮辞》，充分表明了自己与上层统治阶级决裂、不与世俗同流合污的决心。

陶渊明辞官归里后，一直过着“躬耕自资”的隐匿生活。夫人翟氏与他志同道合，也安贫乐道。由于家乡浔阳一带水旱灾害连年不断，所以，他只能靠着微薄的田产，维持着一家老小的生活，日子过得非常艰难。即使如此，陶渊明也不羡慕荣华富贵，而是喜爱清静闲散的田园生活。他一面耕田，一面读书写诗，不仅不觉得苦，反而觉得十分逍遥自在。

大约 28 岁那年，陶渊明为自己写了一篇文章，取名《五柳先生传》。文章的开头是这样写道：先生不知道是何等人，也不清楚他的姓名。他的住宅旁边有五棵柳树，因而就以“五柳”作为自己的号了。先生喜爱闲静，不多说话，也不羡慕荣华利禄。他很喜欢读书，但对所读的书不执着于字句的解释；每当对书中的意义有一些体会的时候，便高兴得忘了吃饭。先生生性爱喝酒，可是因为家里贫穷，不能常得到酒喝。亲戚朋友们知道了这个情况，就时常备了酒邀先生去喝。而先生呢，到那里去也总是把他们备的酒喝光……

成语详解

甚：很、非常。解：了解、理解。

不求甚解：原指读书时不求深入，只求了解一个大概。现在则多指学习、做事不认真，不下功夫深刻理解，不求深入了解情况。

妙语点拨

与“不求甚解”常常连用的是“浅尝辄止”，指稍微尝试一下就停止了。两句的意思尽管有细微的差别，但大体上是一致的：学习与做事没有毅力与恒心，只想马虎对付，很容易满足。

千万不要小觑这个不算毛病的毛病！它如果是你小时候因为贪玩偷懒而产生的，那倒情有可原——因为在孩子们心里，“玩”的分量肯定要胜过语文和算术啊。因为贪玩马虎了，经常做错了几道题，不算什么大事，及时改正即可。问题是，如果在你长大成人以后，仍然在学习上不求甚解，知道一点皮毛就满足了，对问题不进行深入的了解、探讨与钻研，那你的学习肯定不会特别扎实，你在专业发展上也肯定不会有很好的表现。

一个对什么事都马马虎虎的人，他的人生肯定也是马马虎虎的；一个对什么事都不想求知求解的人，他的人生肯定也是无知无解的！一个没有求知欲望的人，肯定也是一个没有成功欲望的人！

11

南朝·宋·范晔《后汉书·张霸传》：

“时皇后兄虎贲中郎将邓骘，当朝贵盛，闻霸名行，欲与结交，霸逡巡不答，众人笑其不识时务。”

东汉和帝时期有一个才气与德名皆很高的官员——张霸。他虽然官儿做得并不大，但却很得百姓的喜欢与尊敬。

张霸字伯饶，是蜀郡成都人。他从四五岁时就知孝让，出入饮食等来来往往的方面都非常自然合礼，乡人都叫他“张曾子”。

他七岁就通读了《春秋》，后来又要学其他经典，父母说：“你年纪那么小，还不能学，学也学不好的。”

张霸却说：“我不惜一切代价地学习，总能学好的”。

后来，张霸师从长水校尉樊鯈学习《严氏公羊春秋》，于是博览《五经》。其他儒生孙林、刘固、段著等钦慕他的才华，纷纷都在他家旁买宅舍，以方便向他学经。

几年后，张霸被举为孝廉任光禄主事，后渐渐升迁，永元年中任会稽太守。他没有嫉贤妒能之心，却有举贤任能之德。先是上表举荐同郡人处士顾奉、公孙松等人。顾奉后为颍川太守，公孙松为司隶校尉，上任不仅都做得很好，也都名誉很好。在他眼里，只要看到有学业德行的人，他都一一推荐，后来都被录用。时间一长，在他管辖的郡中，人人争相磨砺志节，学习经典的人以千数，人们行走在道路上都能听见琅琅的诵书声。

在学习与研究学问上，他也独树一帜，思想开阔。当初，张霸在学习中发现他的老师樊鯈所删《严氏公羊春秋》还有很多烦冗之词，于是便刻苦研读，精心地将这部书减定为二十万字，改名为《张氏学》。

张霸后来又屡次升迁，最后做到了侍中。当时，朝中的虎贲中郎将邓骘听说了张霸的名品，想与他结交。张霸迟疑不答，众人都笑他“不识时务”。

张霸在七十岁时病死在家里。临死前他写遗嘱对儿子说：“古时延州出使齐国，其长子死于嬴、博之间，因道路坎坷，便将他葬在那里。如今蜀道远且艰险，不宜归葬，可葬于此，足藏发齿而已。一定要遵从薄葬之训，使之与我本心相符。人生一世，只能对人敬而畏之，若人将不好的事强加给自己，只能忍受。”

几个儿子听从了他的遗命，将他葬在于河南梁县，后来他们就在那里定居了。

成语详解

时务：当时的大势、形势、主流和发展方向。

不识时务：认不清时代的潮流和当前的形势。现也指待人接物不识趣。

妙语点拨

俗话说：“识时务者为俊杰”。意思是指，能认清社会发展的主流和方向的人才是最聪明的人。这与成语“不识时务”从正反两个角度分别说明了一个道理：只有认清当时社会的潮流，把握住社会发展的大趋势，才是真正聪明的人。反之，就是不识时务，而不识时务的结果就常常是判断失误、决策失误，那就必然导致到处碰壁，轻则损失了精力与财力，重则就连卿卿性命也会搭进去。

所以，只要你想在这个社会生存，并且活得好，活得潇洒，就必须努力做一个识时务的人。这没有别的捷径，只有不断地观察社会，融入社会，体悟社会。

社会是一片大海，时代是一条大江，而你只是一条小鱼，要想在大海大江里遨游自如，不熟悉它，不将它看得透彻怎么行？

⑫

不学无术

汉·班固《汉书·霍光传》：
“然光不学亡术，暗于大理。”

霍光是西汉名将霍去病同父异母的弟弟。有一年，霍去病打败匈奴后得胜回家探亲，回长安时把霍光也带进了京城，霍光被汉武帝封为郎中。

霍光为人乖巧，处事小心。每次上朝前，他都站在殿门外那一小块地上，甚至每次立足的面积连一尺一寸都不超越。他跟随武帝28年，从未出过一次差错，所以深得武帝信任。

汉武帝临终前，封霍光为大司马大将军，要他与桑弘羊一起辅佐八岁的儿子刘弗陵汉昭帝。虽然他总揽朝政，但从无二心，一直尽心尽力。

昭帝死后，霍光又迎立昌邑王刘贺为帝。可惜刘贺比较昏庸，整天饮酒作乐，不理朝政，令满朝大臣皆惶惶不安。霍光为保汉家江山，不得已废掉了刘贺，又迎立刘询为宣帝。就这样，霍光前前后后掌管国家的军政重权40多年，成为当时朝廷内外权势显赫的人物。他执政期间，推行了一些减轻民众负担的政策，促进了社会生产的发展，为西汉王朝建立了不小的功勋。

霍光虽然对保护刘氏王朝做出过贡献，但他不学无术，不明事理，居功自傲，大权独揽。大臣们有公事都得先请示霍光，然后才能奏明皇上。每次上朝，连皇帝都要对他毕恭毕敬。这样，时间一长，许多人就对霍光产生了怨恨之心。

宣帝刘询即位不久，霍光的妻子想把小女儿成君嫁给刘询做皇后，但刘询已经立许氏为后。霍光妻子怀恨在心，买通女医淳于衍，毒死了即将临产的皇后。这件事，确实是霍光妻子瞒着霍光所为。事发后霍光虽然大为惊骇，想去揭发，可又不忍心看着妻子伏法，所以他不但为妻子隐瞒，还百般包庇杀人者，为淳于衍说情，不让她受审监禁。

霍光死后第三年，有人将这件事告诉了皇帝。皇帝马上派人调查。霍光的妻子见事情很快就会暴露，便想策划兄弟姐妹们一同谋反举事。不料，她们的计划被朝廷发现，皇帝迅速派兵将霍氏家族全部逮捕，并一一处死。因此案受到牵连的霍氏近亲远戚有几千户人家，全部遭到诛杀。

著名史家班固在评价霍光的功过时指出，正因为霍光不学无术，不明大义，对自家亲属缺乏管教，过分偏袒、放纵，才最终导致满门抄斩、株连九族的悲惨结局。

成语详解

学：学识、学问。术：技艺、本领、能力。

不学无术：原指不读书、不学习，没有好办法。现形容既无学问，又无本事。

妙语点拨

“不学无术”——不学习不读书就没有本事，这是一个再简单不过的道理了。人非生而知之，只有通过后天的学习才能获得知识和本领，才能在这个社会上生存，才能有自己的一席之地。

当然，无师自通的天才也可能会有。但是，天才要是不学习，他也不会有大的作为。况且，天才毕竟是少数，身为平凡人的我们，还是多多努力吧！

只有学习，人才能不断进步。学一点，就得一点；学得越多，收获就越多；学得越深，成就也会越大。趁你还年轻，还有大把大把的时间，还是多学习一些知识吧，用知识武装自己，你的人生才会充实而精彩。

⑬

南朝·宋·范晔《后汉书·盖勋传》：

“谋事杀良，非忠也；乘人之危，非仁也。”

东汉时期，汉阳郡的长史盖勋为人正直，才能出众。当时，汉阳属凉州管辖，凉州刺史梁鹄是盖勋的好朋友，梁鹄在政务上有什么疑难，就经常向盖勋请教。

凉州管辖的其他几个郡内官吏贪赃枉法，十分腐败。当时的武威太守仗着在朝廷中有后台，横行霸道，鱼肉百姓，弄得老百姓怨声载道，对他恨之入骨。

梁鹄手下有个从事名叫苏正和，是个不畏强霸的正直官吏，他依法查办了武威太守等人的罪行，狠杀了那些贪官污吏的气焰。

梁鹄得知这一情况后，害怕苏正和这样做会触及武威太守在朝中的后台，进而连累到自己，出于私心，便想杀掉苏正和，以保住自己的地位。于是，他便想到汉阳找盖勋商量究竟应该怎么办，这样做妥不妥。

正巧，盖勋和苏正和是一对冤家。听说梁鹄有这样的想法，于是有人向盖勋建议，乘这个机会，正好可以借梁鹄之手将苏正和除掉，以报私仇，这实在是一举两得呀！

盖勋听后却断然拒绝，他义正辞词严地说："为了个人的私怨，杀害贤良的人，这是不忠；乘别人危难的时候去谋害人家，这是不仁！虽然苏正和是我的冤家对头，但我绝不会乘人之危，落井下石！"

过了几天，梁鹄果然来到汉阳，向盖勋征询如何处置苏正和，也想试探一下他的想法。盖勋对他说："喂养鹰鸢，训练它们，目的是让它们去捕捉猎物；然而如果你训练好了，却又杀掉它们，那你还喂养鹰鸢干什么呢？"

梁鹄听了，领会了盖勋的意思，便放弃了杀苏正和的想法。

几年后，苏正和知道了这件事，十分感激盖勋，就亲自登门道谢，但盖勋却避而不见。后来他对别人说："我劝梁鹄别杀苏正和，纯粹是出于公心，跟我与他的恩怨无关！"

成语详解

乘：趁。危：危险、灾难。

乘人之危：趁别人有危险和困难的时候去要挟、侵害对方。

妙语点拨

现在网络上和社会上很流行一句话：做人要厚道。

厚道，包含着许多道德修养方面的内容，这里不再一一列举，但其中应该有这样一条：不乘人之危。人在最危难的时候，就是最弱势的时候，最需要的就是别人的帮助与支持，而最怕的就是别人的打击，这时哪怕是轻轻的一击都比平时要严重得多！谁也不会总是一帆风顺，危难之时，一个善意的微笑胜过千言万语。做人，还是多保留一些善意吧！

人的本性中有一个最普遍的倾向，那就是同情弱者，这也是人性中最闪光的地方。竞争是难免的，这无须回避。但无论如何竞争，也不要在人最危难的时候趁火打劫，落井下石。这也可以算是一种美德吧。

⑭

出尔反尔

《孟子·梁惠王下》：

“曾子曰：‘戒之戒之，同乎尔者，反乎尔者也。’”

战国时期，有一年邹国与鲁国交战，邹国被打败，死伤了不少将士。

这一天，孟子来见邹穆公，见他恼怒的样子，就问：“大王为何如此生气？”

邹穆公对孟子说：“在这次邹国与鲁国的冲突中，我们邹国牺牲了33位将领，然而邹国的士卒、百姓却没有一个人为他们去拼命。他们眼见自己的长官被杀害也不去营救，实在太可恨了。我真想处死他们，但是他们人太多了，杀也杀不完。但如果不杀他们，今后谁还愿意救自己的长官？先生您是个贤良又有学识的人，您说这事我该如何处理呢？”

孟子沉思片刻，然后坦率地对邹穆公说：“您记得曾子说过的一句话吗？他说：‘提高警惕呀，你怎样对待别人，别人就将怎样回报你。’我想起了那一年邹国闹灾荒，粮食歉收，百姓吃不上饭，饿死的、病死的老人和孩子的尸首被抛弃在山沟荒坡，无人掩埋。年轻力壮的小伙子们四处逃荒、无家可归……当时这些长官们又干什么去了呢？他们的粮仓中堆满了粮食，仓库中放满了财物、珍宝……他们高高在上，对百姓的疾苦不闻不问，对百姓的死活漠不关心。他们不把下面的灾情向国君报告，国君也不去察访民情。官吏们不仅不关心百姓，反而还欺骗国君，残害百姓。然而到了发生战争的时候，他们却将百姓们赶到前线去，叫百姓们拼杀送死……大王您想一想，这样的官吏，百姓们怎么会管他们的生死啊！这次发生的事件，是百姓得到了报复的机会而做出的举动。你即使责怪他们、惩罚他们也是无济于事的。”

邹穆公听后，有些忧虑地问：“那么，该如何改变这种现状，让这种可悲的事件以后不再发生呢？”

孟子说：“只有一个办法，那就是您在邹国施行仁政，改变对百姓的态度，关心他们，让他们无忧无虑地过日子。这样一来，百姓自然会爱护他们的长官，战争时期也会心甘情愿地为国家去拼死作战，也不怕献出自己的生命……”

邹穆公于是开始在邹国施行仁政，使邹国慢慢富强起来。

成语详解

尔：你。反：同“返”。

出尔反尔：原意是指你怎样对待别人，别人也会怎样对待你。现在用来形容一个人的言行前后矛盾，反复无常。

妙语点拨

生活中我们常常会见到这样的人：刚刚说完的话，他们马上就不认账了；上午他自己决定的事，下午却给予了坚决的否定。当有人问他：“不是你刚刚说过的吗，怎么这么快就变了？”他会说："我说过吗？我怎么不记得？"有一点羞愧感的人可能还会做一点解释：我真是好健忘啊。而有点权势有点身份的人，则大多是一副无所谓的样子。

事实上，出尔反尔的人大多不是因为健忘所致。真正的原因是这些人内心深处的盲目自大、妄自尊大和思想上的不健全、不成熟。于是，他们还想说了算，还想说一不二，还想表示自己的精明强干，可是却拿不出更加科学、更加合理的决策与办法来，就只好经常食言，说了就变，变完还变。

如果你的同学是这种人，那么最好离他远一点；

如果你的朋友是这种人，那么最好别跟他交心；

如果你自己是这种人，那么一定要彻底改变自己！

⑮

道听途说

《论语·阳货》：

"子曰：'道听而途说，德之弃也。'"

春秋时期，齐国有个人叫毛空，他特别爱听那些毫无根据的传闻，然后再津津有味地讲给别人听。

毛空有个邻居名叫艾子，是当地有名的学者，门下有不少学生。毛空则是个游手好闲、不务正业的人。即便是这样，毛空并不佩服艾子的学问，还看不起艾子给门徒讲学。他弄不懂艾子讲的知识有什么用：既不能拿到集市上去换米，又当不了官。在毛空看来，艾子就是个大傻瓜，而他那些门徒们自然是一群小傻瓜。所以，毛空始终认为，他比艾子多知道很多事情，见解也比艾子高明，并且总想找机会告诉艾子一些他所不知道的事情，让艾子也见识一下自己的博学。

有一天，毛空在路上听到有人闲聊，他听着觉得很新鲜，便断定自己听到的事艾子一定不知道，于是他急急忙忙地跑回家，来到艾子面前炫耀说："你听说过吗，有一个人，养了一只特别能下蛋的鸭子，那鸭子一天能下二百多个蛋。"

"这也太玄乎了吧！"艾子不相信有这事，怀疑地说："你说的这只鸭子有多大？"

毛空说："鸭子大小和下蛋多少有什么关系？马的个头不小，可一个蛋也下不出来。"

艾子说："二百个鸭蛋放在一起会比鸭子大得多。我不明白，这些蛋在没下出来之前放在哪儿呢？"

毛空说："这还用问吗？当然在鸭子的肚子里呀。"

艾子说："鸭子那么小，它的肚子能装该下二百个蛋吗？"

毛空说："呀，那么肯定是两只鸭子下的，这下你该相信了吧？"

艾子说："两只也不可能下那么多蛋啊。"

毛空说："嗨，那一定是三只鸭子，三只鸭子一定能下二百个蛋了吧？"

艾子还是不相信，最后，艾子将鸭子的数量增加到十只，艾子仍旧不信。

看着艾子满脸的不相信，毛空急了，立刻板起脸严肃地说："你怎么不信啊，路上的人都这么说。"

过了一会儿，毛空见艾子还是抱着怀疑的态度，就又对艾子说："唉，刚才说的那事是玄了点，你再听听这个故事。这个事更新鲜。说有一天，从天上掉下来一块肉，长有三十丈，宽有十丈。”

艾子笑了笑，说：“真的吗？有那样长的肉吗？”

毛空急忙说：“噢，是我说错了，是长二十丈，十丈宽哪，真的！”

见艾子还是不信，毛空又改了口：“那一定是十丈长了！对，是十丈长啊。”

艾子不冷不热地问道：“你说的这块肉比十头牛还要大，是什么动物的肉会有这么大呀？”

毛空见一连说了两件事艾子都不信，还来质问他，有些不满地说：“你太少见多怪了，我说的全是真的。你不信拉倒。”

这一回，艾子实在忍不住了，他觉得毛空成天瞎编些无中生有的事，实在是太无聊了。这一次要不好好地教训教训他，他这坏毛病还不知道什么时候才能改呢。于是，艾子反问毛空：“你说的那只一天能生二百多只蛋的鸭子是谁家养的？噢，对了，还有那块三十丈长的肉，它掉在什么地方了？你能不能带我去看看？”

这一次艾子真的较起真来了，毛空却有些傻了，一下子窘得脸通红通红的，支支吾吾半天也答不出话来，最后只得尴尬地说：“这些都是我在路上听人家说的嘛！还没到家就告诉你了。”

艾子听了，对身后的学生们说：“你们可不要像他这样道听途说呀！”

成语详解

道、途：路。

道听途说：在路上听来又在路上传播的话，一般指没有事实根据的传闻。

妙语点拨

在中国，有个说法最能概括这条成语的意思——小道消息。小道消息，就是指那些不是来源于国家政府及新闻媒体正式公布、发表的消息。社会上总有一些热衷于听信与传播小道消息的人，他们不经任何分析和思考，就随意听信和传播那些没有真凭实据的传言，既有可能误导别人，也有可能危害自己。因为，小道来的传言大多数都是捕风捉影、以讹传讹、有一说十、夸大其词的。用这些本来就不可信的传言来判断问题，当然只能得出错误的结论。

16

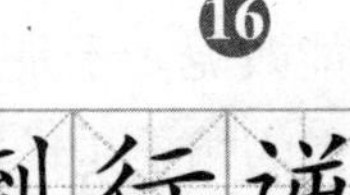

倒行逆施

汉·司马迁《史记·伍子胥列传》：

“吾日暮途远，吾故倒行而逆施之。”

春秋末期，楚国人伍子胥的父亲和哥哥都被楚平王无辜杀害了。伍子胥历尽艰辛才逃到吴国，他帮助阖闾刺杀了吴王僚，夺取了王位。接着，他又帮助吴王整军经武，使吴国的国势日益强盛。在此基础上，他还协助吴王征伐楚国，不久就攻下了楚都，楚昭王逃往随国（今湖南随县南）。

伍子胥帮助吴王攻楚的目的是替自己的父兄报仇。现在楚都已被攻下，是可以付诸行动的时候了。

他首先向吴王建议，拆毁楚国的宗庙。大将孙武反对这样做，但吴王贪图楚国的地盘，一心想把楚国灭了，便接受了伍子胥的建议。

接着，伍子胥请求吴王让他去挖楚平王的坟，以解他心头之恨。吴王说：“你帮了我不少忙，这种小事你就看着办吧。”

但是，伍子胥未能马上找到楚平王的坟。后来在一个石工的指引下才知道了坟的确切地点。可是挖开坟打开棺材一看，里面只有楚平王的衣冠。伍子胥大失所望。那石工仔细一看，又指点说：“这上面的坟是假的，下面的才是真的坟呢。”于是他们继续向下挖，挖开来一看，果然有楚平王的尸体！

伍子胥一见到楚平王的尸体，仿佛看到他被残杀的父兄的惨状，满腔怒火顿时暴发，他抄起鞭子，一气打了三百下。最后又把楚平王的头颅砍下来，才解了心头之恨。

伍子胥的好友申包胥知道这件事后，派人送了一封信给伍子胥，指责他这样做太残忍了。

伍子胥叫来人回话给申包胥说：“忠和孝不能两全，我好比是一个走远路的人，天快黑了，可是路途还很遥远，我已被弄得没有办法了，才故意干出这种倒行逆施的举动。”

这个“倒行逆施”的人物，最后的命运也很悲惨。他因为反对吴王夫差宽容越王勾践，并且要求夫差停止攻伐齐国，遭到夫差的冷遇，渐渐被疏远，最后被逼得不得不自杀身亡。

成语详解

逆：相反，违背。施：做事。

倒行逆施：所作所为违反常规，违背事理。现在一般用来表示坚持错误方向，干违背历史潮流的错事、坏事。

妙语点拨

这条成语的贬义味道非常明显，它经常与“大逆不道”“逆流而上”“逆历史潮流而动”等词连用，来批判和指责一些违背国家利益、民族利益与阶级利益的人。

“倒行逆施”正好与我们如今大力提倡的“与时俱进”意思相对。“与时俱进”是跟上时代步伐与潮流向前行，“倒行逆施”是逆着时代潮流向后行，用过去常用的一句话说就是“开历史的倒车”。一个聪明的人，一个识时务的人，是不会做“逆历史潮流而动”的蠢事的。因为这样做的结果，只能是被高度提速的历史车轮辗得粉碎，被飞速发展的时代落得很远！

道理如此简单：逆着大风走路，不仅会很累，还容易被大风迷了眼，伤了身。在学习、工作与生活中，如果你也是逆着社会的风向朝前走，逆着人心人情走，那么，你“倒行逆施”的结果只能是走到那个你最不想去的地方——人生的死胡同！

17

明·陶宗仪《南村辍耕录·寒号鸟》：

“五台山有鸟，名寒号虫……比至深冬严寒之际，毛羽脱落，索然如鸡雏，遂自鸣曰：‘得过且过。’”

在明代医药学家李时珍所著的《本草纲目》中，记载着一种名叫五灵脂的中药。它的形状像凝结的脂肪，颜色黑得像铁，气味甘温而无毒，据说服用后能行血止血，治疗多种妇女病和小儿惊风等疾病。人被蛇、蝎、蜈蚣等咬伤后，也可用它来解毒。这种药既不是生长在地上的植物，也不是深藏在地下的矿物，而是北方一种稀有鸟类的粪便。

这是一只什么鸟呢？它的来历还有一段略带传奇色彩的故事呢。

相传在山西五台山上，有一种形状像鸡的小鸟，名叫寒号鸟。古书上又称它为盍旦、曷旦或独春。它生着四只脚，两只肉翅，不能飞得很远。它拉下来的粪像豆子一样大小，潮湿时气味臊恶，干结以后会变得黑而光润。这就是李时珍医书上所说的五灵脂。

有意思的是，寒号鸟的外貌会随着季节的变换而发生明显的变化。在烈日当空、绿树成荫的盛夏，它的周身长满了五彩的羽毛，显得丰润华丽，绚烂夺目。这时，寒号鸟就会从林子里飞出来，在灿烂的阳光下扑打着翅膀，得意扬扬地叫着："天下的鸟儿我最美，凤凰凤凰不如我！"

燕子对它说："很快就到秋天了，之后就是冬天，不要光顾着唱歌了，快点去准备过冬的粮食吧。"

寒号鸟没有理睬它。

麻雀也飞来说："快点去垒个窝吧，不然冬天一来，严寒冰雪会把你冻死的。"

寒号鸟听了，还是一点儿也不当回事。

很快秋天就到了，别的鸟儿都在忙着储备粮食、衔草做窝，可寒号鸟却一点儿也不着急。整天又蹦又跳地唱个不停："得过且过！得过且过！天气还暖和，何必忙垒窝？"

秋天过后，就是北风凛冽、雪花飘飞的寒冬，寒号鸟漂亮的羽毛渐渐脱落，它变得全身光秃秃的，就像一只刚出壳的鸡雏，露出一副狼狈寒酸的丑相。没有了羽毛，它的全身就露在寒风里，白天还可以勉强支撑，一到夜里，寒号鸟就被冻得哆哆嗦嗦，再也不敢飞出林子，只好躲在树丛深处有气无力地哀鸣："得过且过，得过且过！寒风冻死我，明天就垒窝！"

可是，第二天起来，当太阳暖洋洋地照在身上时，寒号鸟就又懒得动了。它又有气无力地哼了起来："得过且过，得过且过！太阳还暖和，何必忙垒窝！"

就这样，寒号鸟一天一天地混着日子。最后，它在一个寒冷的冬夜被冻死了。

可能，寒号鸟的名字就来源于它整天因为"寒冷"而"哀号"吧。

成语详解

得过且过：形容人安于现状，过一天算一天。也形容胸无大志，敷衍地过日子。后来也指人做事马虎糊弄，敷衍塞责。

妙语点拨

中国有一句俗语：做一天和尚撞一天钟。它与"得过且过"可谓异曲同工。不论在几千年前，还是在今天，尽管时代不同了，可它反映的应该是相当一部分人的一种真实的生存状态，或者说是一种生活习惯或者生活方式。

在我们身边，你可能时时处处都能看到这样的人：他们没有追求，有吃的就吃，有穿的就穿，有玩的就玩，过一天算一天。他们整日里懒懒散散，浑浑噩噩，迷迷糊糊，庸庸碌碌。你让他做点事，他马虎糊弄，见好就收。你说他坏吧，他不偷不抢不杀人不犯法；你说他好吧，这种人多了社会就会止步不前，人类就不会进步。

愿这样的人少些，再少些，则社会有幸，国家有幸，人民有幸。

一个人可以不成功，但不可以不努力；一个人可以平凡地活着，但不可以平庸地活着。这就是这条成语带给我们的启示。

18

得意忘形

《晋书·阮籍传》：

“嗜酒能啸，善弹琴。当其得意，忽忘形骸。”

阮籍，又名嗣宗，陈留尉氏（今河南尉氏县）人，是魏、晋交替时期的一位著名诗人，与嵇康、山涛、刘伶、向秀、王戎和侄子阮咸，并称为“竹林七贤”，其诗文在文学史上有很高的地位。

阮籍是“建安七子”之一阮禹的儿子。可惜他幼年便失去父亲，家境清苦，勤学成才。阮籍在政治上本来有济世之志，原来与曹魏集团关系密切。司马炎篡魏夺权后，大肆屠杀曹魏集团的成员。阮籍对执政的司马氏集团心怀不满，但是又不敢明确表示自己的主张，为了避祸，只得采取明哲保身的态度，常常用醉酒的方式掩饰他的政治倾向，摆脱尴尬的处境。他写的《咏怀诗》八十二首非常著名。在诗中，他用迂回婉曲的语言来表达忧国和避世的心情。

司马炎几次想让阮籍出来做官，都被他婉言谢绝。后来听人说步兵校尉衙门的仓库里收藏着好酒，阮籍才主动要求当步兵校尉。司马炎见阮籍主动要当官，很高兴地同意了。可是阮籍到任后，只顾喝酒，对公务一概不理。

后来，有人对司马炎说阮籍的坏话，揭发阮籍好酒贪杯，荒废政务的事。

司马炎笑笑说："由他去吧，只要他高兴你们就不必挑剔了，我了解他，咱们不能用世俗的眼光来衡量他的言行。"

阮籍家附近有一家酒馆，卖酒的是一位又年轻又漂亮的少妇。阮籍经常到这家酒馆喝酒，喝醉了有时就躺在少妇的身边酣睡。少妇的丈夫回来，发现阮籍睡在妻子身边，神情十分自然，看不出有不轨的企图，也就没放在心上。以后，大家都习以为常了。

阮籍和他的那几个铁杆好朋友——嵇康、山涛、向秀、刘伶、王戎及自己的侄子阮咸一共七人，经常聚在山阳（今河南修武）的竹林之下，闲谈、狂饮、作诗、弹琴，高兴时就纵声大笑，不高兴时就痛哭一阵。七人当中，阮籍是最疯疯癫癫、哭笑无常的。但他的内心是绝对清醒的，即使在喝得醉醺醺的时候，他也能保持着一种良好的风度。他表面上非常狂放，不拘礼节，内心却十分小心，从不对任何人评论别人的优点和不足。所以，尽管人们对他的行为有看法，但绝不憎恨他。《晋书·阮籍传》说他特别喜欢喝酒，口哨吹得最响。当他高兴的时候，竟忘记了自己的存在。这是对他那种不羁的作风与性格的一种褒扬与赞赏。

成语详解

得意忘形：原意是指，高兴时忽略了、忘掉了自身形体的存在。形容一个人在高兴、得意时失去了常态。后来变成了贬义词，用来讥讽一些人的浅薄、庸俗，在高兴时不可一世的丑态和过分得意的狂妄。

妙语点拨

一个人，能在高兴或兴奋时忘掉自己的存在，达到“物我两忘”的超自然境界，实属难得，恐怕只有得到佛祖与老庄的真传的人才能修炼到如此境界吧。至于这个原本是褒义的成语为何变成了如今的贬义，则不必过分追究。

一个人得意的事越多，就越高兴，人的精神与心理状态就会越好，就会越健康，这本是一件好事。但是，高兴与得意虽然是好事，却不应过分，不能一高兴、一得意就忘乎所以，飘飘然了，把自己是谁都忘了。这样的人往往容易惹来不必要的麻烦和是非。

你太得意了，肯定就有人会不得意。比如，评奖、晋级、升学、保送，就那么几个指标，你得到了，自然就有人得不到。你在别人失意、烦恼、生气的时候，过分张扬，过分显摆，甚至做出一些狂妄的举动来，不遭到流言蜚语的攻击才怪呢。

一个人可以得意，但切不可忘形。这不仅是为了生存，也关乎人性与道德。

19

颠倒黑白

战国 · 屈原 《九章 · 怀沙》：
“变白以为黑兮，倒上以为下。”

战国时期，有一位伟大的爱国诗人名叫屈原。他出身于楚国的贵族之家，年轻时聪明好学，见闻广博，擅长辞令，无论在政治、外交还是文学等方面，都有着突出的才能和造诣，因此深得楚怀王的信赖，曾被任命为左徒，负责起草法令和接待诸侯宾客等事宜。

由于屈原所处的地位和取得的成就，使他在楚国的声望日益提高。但是，由于他对内主张改革弊政，对外采取联齐抗秦的策略，触犯了贵族内部腐朽势力的利益，引起了这些人的嫉恨。因此，他们的代表人物上官大夫靳尚和令尹子兰便相互勾结，接二连三地向楚怀王进谗言，恶意中伤和诬陷屈原。久而久之，怀王就渐渐疏远了屈原。

公元前313年，秦惠文王派张仪出使楚国。张仪对怀王说，只要楚国同齐国绝交，秦国愿将商於一带六百里土地割让给楚国。屈原认为这是一场骗局，极力劝谏怀王不要上当。但昏聩至极的怀王不但不听，还把忠心为国的屈原放逐到汉水以北，并满心指望着能得到那六百里土地。

不料，正如屈原所言，等到楚齐两国绝交以后，秦国立即变卦赖账，说割让的土地不是六百里而是六里。这下，怀王才知道受骗了，非常怨恨秦国自食前言，便重新召回屈原，并出兵攻打秦国，结果被秦国打得惨败。

后来，秦王又主动要求讲和，并约怀王到秦国相会。怀王又一次中了计，进入武关后便被扣押。怀王被幽禁了三年，最后病死在秦国。

怀王的儿子襄王即位以后，更加糊涂昏庸，对靳尚和子兰言听计从，进一步屈服于秦国的压力。不久，他又听信谗言，把屈原流放到更遥远的湘水地区。

公元前278年，秦将白起率军攻破郢都（楚国的都城），烧毁了楚国先王的陵墓，使无数百姓背井离乡，四处逃亡。

屈原在湘水闻讯后，感到无限的哀痛，但他自己负屈含冤，报国无门，只能把满腔的忠诚和悲愤抒发在回环起伏、激越奔放的诗篇中。在他最著名的《九章·怀沙》里，他写了这样两句诗："变白以为黑兮，倒上以为下。"对那些肆意颠倒黑白、葬送楚国的奸佞小人，进行了愤怒的鞭挞和控诉。

不久，屈原写下了最后一篇绝命诗——《惜往日》，便纵身跳下了滚滚的汨罗江，自沉而死。

成语详解

颠倒黑白：把黑的说成白的，把白的说成黑的。比喻故意歪曲事实，混淆是非。

妙语点拨

许多人常常将"颠倒黑白"与"指鹿为马""混淆是非""颠倒是非"等连用。这几个词组意思大体上相同，但其中"指鹿为马"的意思有一些差别。"颠倒黑白"是谁都可以做的，不论大人小孩、男女老少，不论地位高低，有无权力。而"指鹿为马"由于来源的关系，主要是指那些有一定地位与权势的人才能做。这是一定要加以注意和区分的。

这条成语的贬义非常明显，如果谁被人称作"颠倒黑白"，那这个人的人品恐怕就有点问题了，在与别人相处时，别人肯定会有所顾忌，因为人们会害怕他在最关键的时候来个"颠倒黑白"！

其实细想一下，我们每个人都曾经做过这样的事。小时候，明明是你将酱油瓶弄倒了，洒了一桌子，可当妈妈问到时，你却说"是哥哥弄的"；在学校，你上课时趁人不备，恶作剧地将老师的“光辉形象”丑化地画在黑板上，在老师与学校调查时，你却闷不吭声或将矛头指向别人。

希望这些儿时“颠倒黑白”的事在你成人后不会跟着你一起“长大”！小时候，可以说是你幼稚，不懂事。可是，如果成人后再这样做，就变成了一种处世的手段，那可就不是幼稚了，而是丑恶与卑鄙的行为！

东施效颦

《庄子·天运》：

“故西施病心而颦其里，其里之丑人见而美之；归亦捧心而颦其里。”

据正史记载，在西汉以前，中国就有了四大美女的说法，她们分别是：殷纣王的妃子妲己、周幽王的妃子褒姒、吴王夫差的妃子西施、汉元帝的宫人王昭君。这个故事里说到的就是吴王夫差的妃子西施。她的感情与婚姻生活可不简单，不仅关系到当时几个赫赫有名的大人物，更关系到吴越两国的兴亡。

西施是春秋时越国一个非常出名的美女。她姓施，家在苎罗（今浙江省诸暨南）若耶溪西岸，所以人们都称她为西施。

据说西施天生丽质，面不敷粉而白若霜雪，眉不描画而浓黑细长，长发垂腰如乌云舒卷，身材颀长若玉树临风。最让人难忘的是西施的那双大眼睛，真是美目流转、顾盼生辉。她是大家公认的美女，所有人都觉得她是仙女下凡来到了人间！男人就不必说了，就连嫉妒心很强的女人和老人、小孩，看到她也都不忍离开，都想多看几眼，觉得那是一种美的享受。

可惜，西施从小患有心痛病，常常心口疼。每当病发时，为了减轻一点痛苦，她便皱起双眉，用手按住胸口和心窝处。村里看见的人都说："西施好可怜啊，她这么美怎么会得心口疼的病呢？不过，她病起来的样子虽然很痛苦，可看起来却更加美丽动人啊。"

若耶溪的东岸也有一个姓施的姑娘，人们都称她为东施。她长得很丑，生就一副五短身材，眉毛又黑又粗，阔嘴塌鼻，整个脸部让人感觉很不舒服。即使如此，东施依然自我感觉不错，她每天涂脂抹粉，揽镜自赏，还常常模仿那些漂亮女孩子穿衣服，看她们怎么打扮，自己也怎么打扮。西施当然是她模仿的对象了。

一天，东施出门时巧遇犯了心口疼的西施。她看到西施按着心窝的样子，觉得实在是太美了，太让人怜爱了。恰在这时，她听到路人连声夸赞西施皱起双眉是如何如何美丽的话。

看着听着，东施竟突发奇想：西施用手按着心窝这么美，我为什么不学她这样呢？于是，本来身体健壮无比的东施开始学着无病呻吟，在做了一番精心的装扮之后走出家门，他学着西施的样子皱起眉头，按着胸脯装作心痛。她踉踉跄跄、跌跌撞撞地往前走。她觉得，自己的样子一定很美，一定会招来人们的啧啧夸赞。没想到，同村的富人见了，赶紧把门关起来；穷人见了，也拉着妻子就走；老人见了，二话不说掉头便走；孩子见了，也都吓得边跑边大声叫喊着："啊，鬼来了，快跑呀！"

东施看着这些慌乱跑掉的人，不知怎么回事，愣在那里想：这是为什么呢？

成语详解

效：仿效、模仿。颦：皱眉头。

东施效颦：东施模仿（西施）皱眉头的样子。比喻胡乱地模仿，效果很坏。多形容一些人没有自知之明，不顾自身条件地盲目模仿，反而弄巧成拙。

妙语点拨

爱美之心，人皆有之。爱美是人的天性，谁也不能剥夺；追求美是人的权力，谁也无权干涉。东施爱美自然是人之常情，本无可厚非。只是，她没有考虑自身的条件适合不适合，就盲目地模仿和照搬别人的做法，这才成为千古笑柄。

早在几千年前，古希腊的智者就在著名的德尔菲神殿上写下“人啊，认识你自己！”的忠告。人贵有自知之明。一个人不了解自身的优势与缺点，自然不能对自己做出客观的评价，也不能对客观环境做出正确的判断，也就难免重复“东施效颦”的笑话。

21

对牛弹琴

汉·牟融《理惑论》：

“昔公明仪为牛弹清角之操，牛伏食如故。非牛不闻，不合其耳矣。”

东汉末年，有一位著名的学者牟融，他不仅精通儒学，对佛学也非常有研究。他在给儒家学者们讲解佛学道理的时候，经常引用儒家一些经典著作，如《论语》《尚书》等，而不是用佛经直接来回答与宣讲。他的目的是想让自己的讲解更容易理解，可这却引起一些儒家学者的不解和不满，有的人便向他提出了质疑。

牟融心平气和地向他们解释说："我知道你们都熟悉儒家经典，而对佛经是陌生的。如果我引用佛经来作解释，那么不就等于白讲了吗?"为了让这些学者们更加清楚自己的意图，他讲了下面这个故事：

从前，有一位音乐家叫公明仪，他有很深的音乐造诣，弹得一手好琴。每次他的琴声一响起，旁边的人都会停下手里的工作围过来听，大家随着乐曲会表现出不同的反应，时而忧伤，时而欢乐。公明仪是个非常热心的人，他为自己能给周围的人带来欢笑而高兴。他觉得自己比春秋时期的伯牙幸福多了，俞伯牙当年只有钟子期一个知音，而他却有这么多的听众，他们能听得懂他的琴声。

有一天，公明仪来到郊外，看到青青的草地上一头牛正在吃草，这清静怡人的环境让他心血来潮，想让这头牛也感受一下高雅的音乐，就决定为这头牛弹奏一支《清角之操》。《清角之操》是一首非常优雅的曲子，曲子中间有一段音阶跨度很大，弹奏起来很难处理，需要一定的技巧。另外，《清角之操》的主题与眼前的景色也极为吻合。

于是，公明仪席地而坐，对着这头牛弹起了曲子，并且一边演奏一边观察牛的反应。弹了一会儿，优美的音乐让他自己都有些陶醉了，可牛却像没听见琴声一样，自顾自地低着头吃草。

公明仪慌了神儿，难道是自己弹得不好？要么我再换一首试试。公明仪弹了一曲又一曲，牛还是没有一点儿反应。公明仪有些奇怪：这么动人的曲子，牛居然一点儿反应都没有，难道是我的曲子不好听？还是它没有听见？

他灵机一动，信手拨动琴弦，弹出类似蚊子、牛虻和小牛的叫声一类的声音。这时，那头牛似乎听到了这些它熟悉的声音，直直地竖起了耳朵！当听到蚊子、牛虻“嗡嗡嗡”声时，它马上就摇起了尾巴；当听到类似牛叫一样的“哞哞哞”声时，它马上就东张西望，像是在寻找自己的伙伴，并兴奋地走来走去。

原来，不是牛没有听到琴的声音，而是音乐不符合它的耳性，与它毫无关联啊！

牟融讲完了这个故事，接着对那些儒家学者们说：“我之所以用儒家经典来讲解佛经佛义，也是这个道理啊。”

听了牟融讲的故事，大家完全信服了，也就不再对他用儒家经典来讲解佛经的做法不满了。

成语详解

对牛弹琴：比喻对愚蠢的人说深奥的道理，或对知识浅陋的人去讲高深的理论，或者是对不明事理的人讲道理。也比喻说话不看对象，或讥笑听话的人听不懂自己讲的话，自己做了徒劳无功、白费力气的事。含有一些讽刺对方愚蠢的意思。

妙语点拨

“对牛弹琴”这条成语，在校的学生们应该再熟悉不过了。在学校里，难道你没遇到过类似的事吗？老师讲完了课，可是一提问，居然没有人举手！或者上来一个勇敢的回答者，却答得风马牛不相及！于是，气得老师马上就出口成章：“唉，我算是白费了半天的劲，真是对牛弹琴！”

这时，你应该和老师说：“老师，对，牛弹琴！”牛弹琴，可想而知它能弹成什么样子！许多老师不研究学生心理，不分清听课对象，不懂得讲课艺术与技巧，讲的课就如同“牛弹琴”一样，学生怎么能听得进去，又怎么能听得懂呢？不过，说归说，你可不能真的在课堂上这样跟老师说话，那样会被认为是在故意捣蛋。

这也提醒我们：当你要跟人谈话的时候，一定要考虑对方的接受能力，要因材施教，因人而异，因事而说。只有这样才能说得恰到好处，才能让对方听得进去。

风声鹤唳，草木皆兵

唐·房玄龄《晋书·苻坚载记》：

“坚与苻融登城而望王师，见部阵齐整，将士精锐；又北望八公山上草木皆类人形。”

东晋十六国时期，前秦皇帝苻坚基本上统一和控制了北部中国，势力十分强大。公元383年，苻坚率领步兵、骑兵90万人，南下攻打江南的东晋王朝。东晋王朝以谢安为主帅，谢石为大将，谢玄为先锋，率领8万精兵前去抵抗。

前秦的前锋是苻坚的弟弟苻融，他率部很快就顺利攻占了寿阳（今安徽寿县）。之后，秦王苻坚亲自率领8 000名骑兵到此与之会合。他听信了苻融的分析判断，根本没把力量与自已相差悬殊的晋军放在眼里，觉得晋军兵力不足，不堪一击，只要他的后续大军一到，一定可以大获全胜。于是就想来个不战而胜，派出一个名叫朱序的官员去劝降晋军大将谢石。这个朱序原本是东晋的官员，不得已才降了秦，但他心里仍然想着回归东晋。为了立功，朱序将秦军的布防情况泄露给谢石，并建议晋军在前秦后续大军到达之前就袭击洛涧（今安徽淮南东洛河）。谢石采纳了他的建议，出其不意地突袭洛涧的秦军大营，果然大获全胜。随后，晋军乘胜向寿阳进军。

苻坚万万没有料到，他的先头部队同晋军在洛涧首战交锋就被打败，大惊失色，慌了手脚。他和弟弟苻融趁夜登上寿阳城头，观察淝水对岸晋军的动静，当时正是隆冬季节，又是阴天，远远望去，淝水上空灰蒙蒙的一片。他们仔细看去，看到晋军那一边桅杆竖立，战船密布，晋军持刀执戟，阵容十分严整，士气非常高昂。苻坚不由连连赞叹晋军布防有序，训练有素。

接着，苻坚兄弟又向北望去：那里横亘着一座高耸的八公山，山上有八座连绵起伏的峰峦，地势非常险要。晋军的大本营就驻扎在八公山下。随着一阵阵西北风呼啸而过，山上随风摇摆晃动的树枝草木，影影绰绰地就像是满山遍野的士兵在动！苻坚突然有种幻觉，就觉得这些一草一木全都是晋军士兵，顿时吓得面如土色，慌张地对弟弟苻融说："这是多么强大的敌人啊！怎么能说晋军兵力不足呢？"他后悔自己过于轻敌了。

出师不利给苻坚心头蒙上了不祥的阴影，他的心里遭到了重重的一击。但他并没有放弃攻晋的目标，而是让部队靠淝水北岸布阵，企图凭借地理优势扭转战局，在淝水与晋军一决胜负。后来，这场战役成了中国战争史上最为著名的以少胜多、以弱胜强的战例——淝水之战。

这时，晋军将领谢玄提出要求，要秦军稍往后退，让出一点地方，以便渡河作战。苻坚不知这是谢玄的计策，还暗笑晋军将领不懂作战常识，于是他想来个将计就计，利用晋军忙于渡河难于作战之机，给它来个突然袭击，于是就欣然接受了晋军的请求。

谁知，他后退的军令一下，前面的秦军刚向后一退，队伍后面的数十万秦军以为前面的秦军战败了，便纷纷丢枪弃戟、竞相逃命，士兵们自相践踏，死伤无数，秦军一下子溃不成军。这时，晋军趁势渡河追击，把秦军杀得丢盔弃甲，尸横遍野，淹死在淝水里的秦军士兵几乎把淝水都塞满了。

这一战，秦军被彻底击溃，损失惨重。苻融在战斗中阵亡了。秦王苻坚也中了箭，带领一批残部仓皇地向淮北出逃。一路上，他听到刮风的声音和鸟叫的声音也以为是敌人的追兵到了，吓得一惊一乍的，魂儿都快没了。后人根据这段史实总结出了“风声鹤唳，草木皆兵”这条成语。

另有一说，这个成语故事是指“八公山上，草木皆兵”这条成语。这个说法也不为错。“八公山上，草木皆兵”与“风声鹤唳，草木皆兵”大意基本相同。而二者的不同之处在于“风声鹤唳，草木皆兵”这八个字是由两条成语组成的，拆开后，每个都能单独成为一个成语；而“八公山上，草木皆兵”就不能拆开来作为两个独立的成语来运用，前面的“八公山上”只是一个地点。这样一比较，从这条成语的含金量来看，显然“风声鹤唳，草木皆兵”更有内涵，更有价值。

成语详解

“唳”字，不同于眼泪的“泪”，粤语两字读音相同，普通话“唳”不读“泪”，而读“立”，就是指鸟儿鸣叫之声。鹤唳：本指仙鹤鸣叫，这里泛指鸟儿鸣啼。皆：全部，都。

风声鹤唳，草木皆兵：把风声和鸟叫声也当成了敌人追赶的异常声响，一草一木也看成了敌人的军队。“风声鹤唳”，多形容人在十分惊恐之时，稍微有些风吹草动便紧张害怕得要命。“草木皆兵”，多形容神经过敏、疑神疑鬼的惊恐心理。这条八字成语用来表达人惊恐慌张、神经过敏、疑神疑鬼的心理状态。也可以分开单用，人们一般多用后一句——草木皆兵，意思与连用时基本是一样的。

妙语点拨

古代时可能没有人了解“神经过敏”“神经症”“神经功能失调”等字眼的涵义。现在看来，苻坚大人一定是因为惊吓而患了这些病中的一种或几种。他的病是因为敌人太强大、自己处境太危险而导致的。简单说，无非就是心理压力过大。

而今天的我们，虽然没有了战争的恐惧，没有了死亡的威胁，却有生存和生活的双重压力。这时，有些年轻人就变得脆弱起来，他们看问题时往往只看悲观的一面，经常会把问题朝坏的方面想，他们常常听风就是雨，猜疑心很重。长此以往，如果不加以调整，最后只会导致精神崩溃，或走上绝路，或误入歧途。

其实，世界没有你想象的那么糟糕，生活也没有你想象的那么绝望。即使这个世界上有许多让人恐惧的东西，但也绝不是无可救药、一团漆黑，还有那么多灿烂的东西，比如鲜花、阳光与微笑，你还拥有比所有东西都更珍贵的东西——生命！所以，放松些吧！让你的心灵轻舞起来，让悲伤与痛苦尽快散去，没什么大不了的，一切都会好起来的！

23 刚愎自用

《左传·宣公十二年》：

“其佐先縠，刚愎不仁，未肯用命。”

春秋时期，郑国由于弱小，经常受到晋国与楚国的欺凌。对此，郑国采取了骑墙的态度，谁的势力相对大一些，就服从和依附谁。这种两面派的态度终于引发了楚国的不满。

公元前 597 年春天，楚庄王对郑国刚与自己结盟又向晋国称臣非常恼怒，亲率大军攻打郑国，包围郑国都城长达 17 天。郑国都城的百姓及守城将士感到国破家亡的悲哀，纷纷抱头痛哭。郑襄公为保生存，竟不怕失了体面，裸体牵着羊迎接楚庄王，并苦苦求饶，这一举动取得了楚庄王的同情，庄王决定暂时退兵。可是，不久后楚国又兴兵攻郑，3 个月后终于攻破郑国都城。

晋国不甘心坐视郑国失败，便派大将荀林父率军队去救援。晋军南下刚到黄河岸边，就听说郑国已经同楚国媾和的消息。于是，在是否再与楚国交战的问题上，晋军将领们的意见发生了分歧。

晋军中军主帅荀林父想退兵，并提出等楚国军队回国后，再出兵攻打郑国，讨伐背叛者。其他几个将领也表示赞同。而荀林父的中军副帅先縠则表示反对，他说："晋国之所以能够称霸诸侯，是因为军队勇敢、文臣武将尽力的关系。现在失去了诸侯（指郑国背叛晋国亲向楚国），不奋勇当先，不能说是尽了力。有敌人不去攻打，不能说是勇敢。如果我们现在退兵，那么晋国就会丧失威信，其他小国还怎么会臣服于我们？要是因为我们而使晋国失去霸主的地位，那还不如死了算了。"他还说，"率军出征，遇到强敌就退却，这可不是大丈夫的气概。"

尽管先縠的意见没有得到大家的赞同，但是先縠执意率领所属部队渡过黄河，继续前进。

荀林父对此十分不安，他预料晋军将会惨败，先縠可能成为罪魁祸首，而自己也难逃责任。他的一个部将根据这一形势，分析了进和退的得失与利害关系，劝荀林父说："先縠带走的这些军队如果失败了，即使是他执意妄为，如果战争失败，您作为最高统帅，下属不听命令擅自行动，您也肯定难逃罪责啊。与其这样，不如我们也渡过黄河去同他们一起作战。这样，即使打了败仗，也比坐视不理好得多啊。”荀林父采纳了这个建议，率自己统领的晋军全部渡过了黄河，与先轸等合兵一处。

楚庄王见晋国大军压境，急忙商议对策。令尹孙叔敖提议与晋国议和。楚庄王同意了，就派使者来到晋军大营。荀林父也同意讲和为上，可是先轸等主战的将领们都跳起来大骂楚国来使，楚国来使只好抱头逃回。

楚庄王见讲和不成，就决定退兵返国。楚庄王的宠臣伍参提出要与晋国作战。而孙叔敖则不同意，并说：“去年打陈国，今年攻郑国，连年征战却未必每次都能打胜。战而不胜，您伍参的肉够吃的吗?”

伍参反唇相讥：“如果这次打胜了，就足见您孙叔敖不懂谋略；如果不能战胜晋军，我的肉将在晋军之手，还能吃得上吗?”

随后伍参又对楚王说：“晋国现在从政的都是些新人，不能很好地执行命令；晋军的中军副将先轸刚愎不仁，不肯听从命令；他们的三个统帅（指中军、上军、下军之首领）想统一行事也很难，就是想听从命令，也没有统一的上级，大家听谁的命令？所以说，这一仗晋军必败无疑。而您以国君的身份逃避晋国臣下带领的军队，楚国岂能忍受这样的侮辱呢?”

楚庄王觉得伍参的话很有道理，就命令率军北上，驻扎于管地以待晋军，决心与晋军一决胜负。楚军先是与晋军有过一些小的交锋，获得了小胜。后来，在最后一次与晋军的作战中，楚庄王亲自到阵擂响战鼓，三军士气大振，将晋军杀得人仰马翻，一直追到了黄河边上。到了黄河岸边，晋军因为急于渡河逃命而自相残杀，又死伤无数。正如伍参所料，晋军果然大败而归。

败退的晋军回到晋国，晋景公大怒，要斩荀林父的头，在许多将领的苦苦求情下，荀林父才免于一死。而那个不听统帅命令、一意孤行的先縠则被杀了头。

成语详解

刚：强硬。愎：固执、任性。刚愎：倔强固执，不接受别人的意见。自用：自以为是，凭主观意图行事。

刚愎自用：形容人固执任性，自以为是，独断专行。

妙语点拨

人的心理上也许是出于强烈的自尊，也许是出于自我保护，在内心深处有一种共性的东西，就是不喜欢接受别人的意见，总觉得自己的意见是绝对正确的，自己的策略比别人的高明。有时甚至明明知道自己不对，也不想在众人面前承认，唯恐伤了自己的面子，于是就硬撑着坚守自己的错误。还有一种人，因为自己是领导，有权威，就将“刚愎自用”作为显示领导权威的一种方式，于是，不管什么事，不管对与错，都得自己说了算，以显示自己是一个“拍板定事”的大人物。在这一点上，谁也不能免俗。古今中外的历史上有多少大名人、大贤人因为固执己见、一意孤行而导致人生的最后失败，导致自己的破产、丢官、掉脑袋，甚至一个国家的灭亡？

所以，不论我们要做什么事情，不论我们是什么身份，不管我们有怎样的地位，都千万别小看这四个字，千万别忽视这四个字，千万别染上这四个字——刚愎自用！

24

狗尾续貂

唐·房玄龄《晋书·赵王伦传》：

“至于奴卒厮役，亦如以爵位，每期会，貂蝉盈座，时人为之谚曰：‘貂不足，狗尾续。’”

西晋初年，司马炎大封同姓诸王，令其镇守四方，结果就形成了诸王拥兵自重的局面，为后来的八王之乱埋下了祸根。

赵王司马伦是司马懿的第九个儿子，曾任征西大将军，统领雍梁二州，被封为琅玡郡王。公元277年（咸宁三年），晋武帝司马炎又改封他为赵王，督邺城守事。司马伦阴险狡诈，野心极大，他早就盯上了皇帝的宝座，为此暗中积极筹备，准备伺机篡位。

公元291年，晋惠帝司马衷的皇后贾南风为独揽朝廷大权，大肆玩弄权术，私召楚王司马玮进京，杀了辅政的外戚杨骏，扶持汝南王司马亮辅政。后又用计让司马玮杀了司马亮。不久，贾后又设法除掉了司马玮。

这时，赵王司马伦趁朝廷动乱，京城出现权力真空，率五千人马入京。晋惠帝永宁元年（公元300年），司马伦勾结朝内宠臣孙秀，借掌管宫中禁军之机，以贾后淫秽后宫、干预朝政为由，发动了军事政变，杀死了贾后，并将晋惠帝司马衷赶下台，自己当上了皇帝。

阴谋得逞后，司马伦做的第一件事就是履行承诺。原来，篡位前司马伦为了最大限度地得到支持，曾许诺凡是跟随他冲锋陷阵，帮助他登上帝位的，不论出身贵贱，职位高低，将来一律加官晋爵。于是，一些趋炎附势的奸佞小人纷纷前来归附，他们广泛收集情报，积极地为司马伦出谋划策，更有人利用手中的职权为司马伦篡位大开方便之门，宠臣孙秀、张林就是最好的例证。就是在这些宠臣的运作下，司马伦才得以顺利登基。

同时还有一个原因，司马伦心里想却说不出口的，那就是他虽然篡夺皇位成功了，但这个皇位来历不正，因此他也想笼络一下人心。于是，他首先封赏了他的得力干将孙秀、张林，使他们位居一品，地位仅次于自己。之后，司马伦又封赐了另外一些出力的他认为该封官加爵的人，他的亲戚、朋友，甚至家中的奴仆也跟着飞黄腾达。一时间，受到封赏的人不计其数。

司马伦虽是篡位，但仍沿袭原来的规矩，照例是官员上朝时按官阶穿不同颜色的朝服，同时佩戴一顶以貂尾为装饰的帽子。由于司马伦封的官太多了，朝廷府库中就连冶铸官印的金子都用光了，许多封侯的人连个印章都没有。那些做冠饰用的貂尾更是一时供不应求。无奈，司马伦只得下令，用颜色、形状与貂尾极相似的狗尾来代替，让官员们戴着以狗尾为装饰的帽子上朝。所以，每逢上朝时，道旁便有很多老百姓围观，大家私下里都偷偷地对着百官的冠饰指指点点，都说："貂不足，狗尾续!"

当时，这句话成了民间非常流行的一句歌谣和谚语。后来，就发展和转化成为"狗尾续貂"的成语。

多行不义必自毙。由于司马伦所分封的多是一些无德无才的小人，许多有正义感的朝中老臣都耻于与他们为伍，常常称病不朝。有的官员甚至连穿司马伦所赐的朝服也引以为耻，找个理由就不穿。几个有身份有威望的老臣私下相约：一定要除掉司马伦这个篡位夺权的人，使晋朝的统治回归正统。不久，齐王等率兵讨伐司马伦，最后杀了他，司马衷得以复位。

成语详解

貂：珍贵的动物。这里指古代皇帝侍从官员用作帽饰的貂尾。后来那些达官贵人们的官帽子上用有蝉形图案的金铛为装饰，并插上貂尾，所以就称为“貂蝉冠”。原文中的“貂蝉盈座”就说明这种现象。

狗尾续貂：貂尾不够了，拿狗尾巴来凑数接续上。本义是说封的官爵太多太滥，不称职不合格的人也被封为高官。后来多比喻用不好的东西补接在好的珍贵的东西后面，致使前后两部分非常不协调，不相称。也比喻事物的前后好坏非常不相称。一般多用来形容文艺作品。

妙语点拨

“狗尾续貂”与“画蛇添足”这两条成语的意思有些大同小异。

相同之处是，两条成语都是贬义，都讽刺那些做了多余的事，常常因为多此一举而起了不好的作用甚至相反的效果的愚蠢行为。

不同之处在于：“画蛇添足”是指做了“无中生有”的蠢事；“狗尾续貂”则是指在本来前面有非常好的非常珍贵的事物的前提下，偏偏补加了非常低档、非常粗劣的东西，这就使得这一事物的前后两部分产生极大的反差与不协调。

这里，我们应该记住的是：不论两者有多少不同，这两种行为都是不可取的；不论你是有心的，还是无意的，这两种做法都应尽量避免。

25

过河拆桥

《元史·彻里帖木耳传》：

“参政可谓过河拆桥者矣。”

彻里帖木耳是元顺帝初年的中书平章事（宰相），他的为人行事和口碑不仅在元朝，就是在整个中国历史上也是出类拔萃的。

在元朝的时候，曾有一场关于是否废除科举制度的争论。科举制度始于隋朝，就是由封建国家设立科目，定期举行统一考试，通过考试来选拔官吏，这种做法也叫“开科取士”。元朝时期一共举行科举16次，仅录取进士1 135人。汉族儒生想通过科举进入仕途非常困难，于是很多人被迫放弃学业，以致一时“天下习儒者少”。因此，很多人都反对科举制度。彻里帖木耳就是其中最坚决的一个。

原来，他在主持浙江省工作时，发现主持省级考试的官员们非常腐败，这让他很气愤。后来，他调到中央任宰相后，就写了奏章提出废除科举制。他提出的理由是：科举制度既花费了国家大量的钱财，还造成很多营私舞弊的事情，也没有选拔出好的人才。他的这个奏章在朝廷引起了巨大的反响。毕竟，中国科举制度自隋唐以来已实行了700多年，要废除它是一件非常重大的事。因此该提议遭到很多人反对。

有一个御史就坚决反对废除科举制度，并请求元顺帝治彻里帖木耳的罪。于是，支持和反对两派在朝廷上展开了激烈的辩论。听到满朝文武的争辩，元顺帝说："你们不要争了，科举制度的确不好，应该废除。"那位御史听后，反而反对得更加激烈了。元顺帝一气之下把他贬到外地去了。

不久，元顺帝命人起草了废除科举制度的诏书，准备颁发下去。不料，还没等颁发，又跳出来一个坚决反对的人，他就是参知政事许有壬。他实在不愿意看到已经实行了几百年的科举制度被废除，于是就站出来反对。

有一次，他与坚决支持彻里帖木耳废除科举制的太师伯颜发生了激烈的辩论。

伯颜说："应试的考生大多数都有行贿的行为，甚至有人冒充蒙古人、色目人，骗取优惠待遇。这就导致了许多政府官员受贿。如果继续实行科举制度，世上贪赃枉法的人会更多，国家就会更腐败，这样下去国家迟早要灭亡啊！"

许有壬反驳说："没有实行科举考试制度的时候，贪赃枉法的人不也很多吗？很多贪赃枉法的事并不是因为科举制度造成的。况且科举出身的人贪赃枉法的总是少数，多数还都是好的。如果废除科举制度，国家怎么去选拔人才？这是在破坏国家发展的根基啊！"

伯颜针锋相对地说："我看中举的人中有用之才太少，只有参政你一个人可以任用！"

许有壬听了很不是滋味，反驳说："话不能这么说。张梦臣、丁文苑等人都是科举出身，你能说他们也不中用吗？"

两人的争论越来越激烈。不过，胳膊终究拧不过大腿，许有壬的反对意见并没有阻止废除科举制度诏书的颁发。

第二天，满朝文武被召到崇天门听读皇帝下达的废除科举制度的诏书。因为许有壬反对废除科举制度，元顺帝特地侮辱性地让他在班首听读，他要让这个反对者将诏书听得更明白些。许有壬当然不愿意，但又怕得罪皇帝遭到迫害，只好勉强跪在百官前列听读诏书。

听读完诏书后，百官纷纷回府，许有壬满脸不高兴地低头走路。这时，一个叫普化的御史走到许有壬身边，凑到他的耳边冷嘲热讽地说："你许参政就是靠科举当官的，现在宣读皇上关于废除科举制度的诏书，你跪在最前面，成了废除科举制度的领头人，就像一个人过了河后就把桥拆掉一样。"

许有壬听了又羞又恨，也无法解释清楚。之后他便借口有病，再也不上朝了。

成语详解

过河拆桥：自己过了河，便把桥拆掉。比喻达到目的后就把帮助过自己的人一脚踢开。也可作为忘恩负义的另一种表达。

妙语点拨

与"过河拆桥"同义的成语还有"卸磨杀驴""忘恩负义"等。而"过河拆桥"与"卸磨杀驴"这两条成语也完全可以用"忘恩负义"来解释，即达到目的后便忘记了别人对你的大力支持与帮助，把当初的恩人扔在脑后。

在生活中，你是否遇到过这样的人？你是否非常憎恨这样的人？当别人将你对他的帮助彻底忘却的时候，你是否倍感伤心，倍觉失望？为什么会伤心与失望？是因为我们在施恩于人的时候，尽管没有企求报答的意思，但我们付出了感情，比如友情、爱情、亲情、同事情、邻居情，等等。而感情是需要相互滋润、相互回馈的。你对别人的帮助与付出，没有得到任何回馈，甚至回馈的是忘恩负义，这当然是一种不符合人类正常道德与伦理的行为。当真挚的情感撞上无耻的行为，付出了真心真情的施与者能不痛心吗？

所以，如果你没有能力去帮助别人，或者你不想帮助别人，你可以不帮。但是，请绝不要在被别人帮助之后来个“过河拆桥”“卸磨杀驴”！

26

邯郸学步

战国·庄子《庄子·秋水》：

“且子独不闻，夫寿陵余子之学行于邯郸与？未得国能，又失其故行矣，直匍匐而归耳。”

战国时期，邯郸是赵国的国都。也不知为什么，邯郸人走起路来大都步履潇洒，姿态优美。这很让外地人欣赏和羡慕。有许多外地人甚至不自觉地学起邯郸人的走路姿态来。

燕国寿陵有一个少年，特别迷恋邯郸人走路的姿势，竟不顾路途遥远，专门到邯郸来学习走路。行走在邯郸的街道上，真正地置身于穿梭的人流中，寿陵少年经过观察才发现，其实邯郸人走路时姿态的优美要比传说中，甚至比自己想象的还要美上一百倍！他决心认真地学习！

一开始，寿陵少年只是每天到大街上去观摩，看当地人怎样走路，手臂怎样摆动，腿脚怎样抬，步幅有多大，把这些默记在心中，回到住处后边回忆边练习。过了一段时间，寿陵少年感觉这样效果不太好，便悄悄地跟在邯郸人的后面，用心地观看、模仿，然后再一步一步地跟着练习。又过了一段时间，他觉得自己已经模仿得相当不错了，就大着胆子独自在街上行走，满以为会与当地人一样潇洒优美，谁知却招来了邯郸人异样的目光。更有一些人居然指着他奚落道：“看哪，那个外地人走得多么笨拙啊！”

寿陵少年听后，觉得很没面子，他想：难道是我没有学到邯郸人走路的精华？他很苦闷，就把自己关在房间里苦苦思索失败的原因。终于，他找到了原因：自己总也摆脱不了过去走路步法的限制，所以才导致无论怎样练习都不像当地人。于是，寿陵少年决心忘掉从前的走路姿势，一切从头开始。

不料，他这样一来就搞得更复杂、更尴尬了——因为他走路时要考虑的东西太多：既要注意模仿邯郸人走路的要领，又得分心检查自己走路时有没有去掉从前的影子。结果是顾这顾不了那，顾头顾不得尾。一天一天地走下来，寿陵少年累得四肢酸软、浑身乏力，可自己的走姿还是没有邯郸人的漂亮和潇洒，反而显得不伦不类，拙笨可笑。时间久了，他不但没有学会邯郸人走路的姿态，竟连自己原来走路的步法也忘光了。最后，他实在没有办法，只好在邯郸人的嘲笑声中爬着回到了燕国。

成语详解

邯郸学步：在邯郸学习走路。比喻模仿、照搬别人的东西，不仅没有将别人的东西学到手，反而将自己原有的技能丢失了。

妙语点拨

学习的本身就是要经历一个模仿与借鉴的过程，这并没有错。错的是，在学习、模仿与借鉴的过程中抛弃了原有的本领和特色，丧失了自己原有的优势。

正确的做法是：如果你原有的本领与特色比别人突出，那你就没有必要去学习别人；如果你觉得别人的某一方面确实比你的强、比你的好，那么你完全可以在保持本色的基础上，努力认真地学习和借鉴别人的优点，从而充实自己、完善自己、提升自己。记住：“学”的本身不是错，错的只是“学”的方法。

27

好逸恶劳

南朝·宋·范晔《后汉书·方术列传·郭玉传》：

“其为疗也，有四难焉……好逸恶劳，四难也。”

东汉和帝时期，有一个非常著名的医生名叫郭玉。郭玉在很小的时候就喜欢扶危救困，心地特别善良，总是非常不忍心看到病人被疾病折磨得十分痛苦的样子。于是他立志做一名良医，为百姓解除痛苦。

郭玉首先熟读了黄帝的《内经》和其他医学书籍，掌握了一些名医的把脉方法，并背起了药囊，走乡串户为百姓治病。行医期间，他遇到不少疑难杂症，既无法找到病因，也不敢判断病情，也就不能对症下药。因此他深切地感到自己医术的拙劣。后来，他听说程高的医术高明，便不远千里去拜程高为师。

程高择徒的标准很高，他注重人的理解能力，尤其把人的品德修养看得十分重要。

在第一次见面的时候，程高问郭玉：“世上谋生的路径不少，你为什么非当医生不可呢？何况，我看你凭借现在的医术完全能维持富裕的生活，何必还要苦苦地钻研呢？”

郭玉恭敬地回答说：“弟子学医不为个人衣食，只是为治病救人。”

程高非常满意郭玉的回答，便收下郭玉为徒，并尽心尽力地指导他。三年以后，程高对郭玉说：“我的医术你已经全部掌握了，你完全可以为天下患者解除病痛了。”

郭玉出师以后，医术突飞猛进，治愈了许多病人，名声大振，被汉和帝任命为太医丞。

郭玉虽然做了官，他的为人仍十分仁义厚道，没有忘记贫苦的百姓，经常给他们治病，而且每次都是药到病除，挽救了很多生命垂危的病人。可是，在他为高官显贵及其家属治病时却往往发挥不出应有的水平，常常是收效很慢，有时甚至是久治不愈。

对此，皇帝也深感奇怪。有一次，皇妃得了病，郭玉诊治了几次都不见效果。和帝灵机一动，让皇妃换上了百姓的装束，再找郭玉看病，也真是奇怪，郭玉竟很快就把她的病治好了。

这时，和帝把憋在心里的疑问说了出来：“你怎么一为百姓看病，就能很快治好；可是一为皇亲官员们看病就久不见效，是不是你不尽心啊？这到底是怎么回事？”

郭玉回答道：“皇上息怒，绝不是臣下不尽力。大凡给人看病扎针，都要靠感觉，靠意会。人的皮肤肌肉筋络那么细嫩精密，一定要全神贯注，不能有丝毫分心。给皇妃或者那些尊贵的人看病时，他们居高临下的态度对我造成很大压力，心理负担很重，常常心存疑惧，我又不敢抬头察看他们的气色，所以就很难准确诊断。给尊贵的人看病有四难：他们总是自以为是，不听我的指挥，这是第一难；态度不谦和、不诚恳，这是第二难；体质太弱，筋骨不够强壮，不能随意用药，这是第三难；他们太喜欢安适，讨厌劳动，这是第四难。扎针时的深浅是有一定要求的，全靠医生用心去体会。可是我在治病时总是担心害怕，顾虑重重，哪里能专心致志、全神贯注地为他们治病啊？这就是我给达官贵人们看病常常治不好的原因啊！”

和帝听了郭玉的这番话，才明白了问题的症结，觉得他说得有道理，便没有怪罪他。

成语详解

好：喜欢。逸：安乐。恶：讨厌。

好逸恶劳：贪图安逸，厌恶劳动。

妙语点拨

世界上的事情真是很怪：当有人说你“好逸恶劳”时，你肯定不愿意，因为这是非常明显的贬义！谁沾上这四个字，谁的“罪过”可能就算不小了，在人们的印象里肯定也不会好到哪里去。如果再给你加上一个与之意义相近的“好吃懒做”，那你的人格生命就完结了。这就是固定意义化的成语语言的魅力！

事实上，人的本性，或者说人性的弱点之一就是“贪图安逸，厌恶劳动”。中国有一句非常流行的俗语：“好吃不如饺子，好受不如倒着。”这句话是中性的，没有一点贬义，其实也就是说的这个道理。可是，这句话听起来却让人很容易接受，说谁谁也不会生气，也不会跳起来跟你急。

人是社会的动物，是要受客观环境的制约的。无论从社会导向来看，还是从人性的弱点来看，“贪图安逸，厌恶劳动”终究是于人于社会都有大害的！人如果不劳动了，靠什么来支撑自己的生存？如果人类都停止了劳动，这个社会前进的车轮还怎么转动？

再从小处说，现代医学研究发现已经证明：人类心脑血管疾病日益增多的一个重要原因，就是运动量与劳动量的急剧减少！这也是工业化、机械化、现代化给人类带来物质文明的同时带来的一个“并发症”吧？可见，“好逸恶劳”也是人类健康的一个大敌。

28

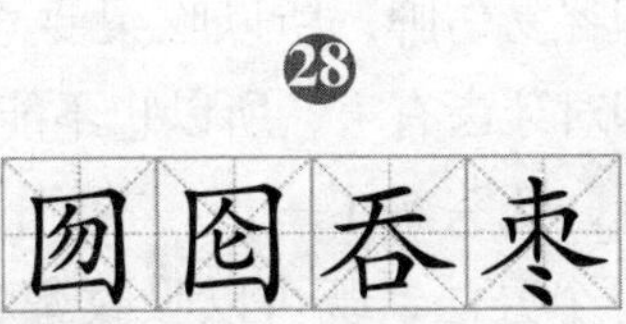

囫囵吞枣

宋·朱熹《答许顺之书》：
“今动不动便先说本末精粗二致，正是囫囵吞枣。”

隋朝到清代的1 200多年间，做官的途径大致有四种：父亲的职位很高，儿子可以凭借特权，直接当官；因立下军功而被授职；有官员推荐，能获得机会；大多数知识分子都不具备以上条件，他们只能通过科举考试取得做官的资格。而这最后一种途径又是十分不容易的，要通过县考、府考、省试、会试四道关口，成为进士以后才能当官，真正是千军万马过独木桥的局面。

在考试时，考试的内容涉及经（经典著作，如《论语》《周礼》）、史（历代正史，如《史记》《汉书》），还有《诗经》。因为当时的文体没有现在这么多，所以考试的文体形式只有两种：一是作诗，二是作文。这些形式一代一代地传下来，也就成了我国传统文化的一部分。

宋代时，有一个读书人，考试屡屡不中，县考通过以后，他使出吃奶的劲儿也没能闯过府考的关口，连秀才都没考中。他四处寻师访友都无济于事。

一天，他大宴宾客，请来亲友们帮他分析屡试屡败的原因。酒足饭饱之后，他端出水果来招待客人，他自己则一个又一个地大口吃梨，吃完梨了还不时地吃大枣。连梨带枣地一连气吃了十几个。

宾客中，有一位精通医道的长者对他说："梨吃得太多对牙齿虽有些好处，但却容易伤脾，所以吃梨要适量才好。而大枣虽然对脾有好处，但却对牙齿有害，所以也不能吃得太多啊。"

这个读书人一听，低头想了一下，就问："可这两样东西都是好东西啊。我倒有个办法，既可以吸收梨和大枣对人的好处，又可以避免它们对身体的害处。你看这样行不行？我吃梨的时候，只在嘴里嚼，不咽到肚里去；我吃枣的时候，不在嘴里嚼，整个吞到肚里去。这样不就既对牙齿有好处，也对脾有好处了吗？"说完，他真的拿起一个大枣往嘴里送，整个咽了下去。

这位长者见此情景，不由得哈哈大笑道："你可真厉害！你吃生梨只嚼不咽，这倒可以做到。可是，吃大枣只吞不嚼那可太难了，这就是囫囵吞枣呀！整个吞下去，枣肉可能伤到你的喉咙，枣核到了肚子里你可要难受啊。这对身体不也是一种伤害吗？"

读书人听后，默然不语。

随后，长者又对读书人说："能否把你平日里读书后练习写作的诗和文章拿来给我看看。"

读书人觉得这正是显示自己才华的机会，急忙将自己写的诗稿和文章拿出几篇来给长者看。长者认真地翻阅了老半天，然后对读书人说："你是我的晚辈，我可以坦白地说几句。你的诗不太合韵律，对偶也不太工整，文章有一些地方也欠通顺，还有几个典故用得不是地方，误解了原意。我觉得，你在读书时也像你吃枣子一样，光图省事和快了吧？不然你不会这样的。这个毛病不改掉，你的功名梦怎么能实现呢？”

读书人听后，觉得有些惭愧，他承认自己读书时不太认真，也不太注意思考和消化吸收。

从此，他改掉了这个缺点，读书也开始认真了，学习进步得很快。后来，他终于考中了进士。

成语详解

囫囵：整个儿的、完整的东西。

囫囵吞枣：表面意思是吃枣时不加咀嚼，把整个枣吞咽下去。比喻在学习上不求甚解，不加分析、不加消化地笼统接受。

妙语点拨

中国的成语中，很少有像“囫囵吞枣”这样千百年来意思没有任何改变的，它的比喻义只是在“学习”“读书”这一层面上，基本上没有什么太大的引申。这可能是因为“吃枣”与“学习”“读书”在性质上和内涵上有着某种相似性：它们都是能“吃”的“食粮”，只不过一个是“物质食粮”，一个是“精神食粮”。

确实，吃东西如果不细嚼慢咽，肠胃就不能很好地消化吸收，就失去了吃的意义。读书和学习与吃东西一样，如果不仔细地咀嚼、品味、思考，不认真地消化、理解、吸收，而是整个的生吞活剥，一概笼统接受，就必然导致对学习内容理解的不深不透不全面，对许多内容掌握的似懂非懂，这样自然学不到真知识真本领，也就失去了读书和学习的意义。

细想一下，造成这种“囫囵吞枣”式的学习态度的原因有两个：一是人本身的性格问题，有的人生来性格就比较粗糙，所以学习时往往粗心大意，不求甚解。二是不会寻找学习的规律，没有掌握学习的方法，只追求速度，看书时一会儿就看一本，做题时一会儿就做一道。虽然速度快了，可却没能完全掌握。这样学习也肯定抓不住重点。

给第一种人的忠告：改变一下你的性格吧，让自己细心些，认真些！

给第二种人的忠告：学习的方法和技巧比学习本身更重要！

29

狐假虎威

《战国策·楚策》：

“虎求百兽而食之，得狐。狐曰：‘子无敢食我也，天帝使我长百兽，今子食我，是逆天帝命也。子以我为不信，吾为子先行，子随吾后，观百兽之见我而敢不走乎？’虎以为然，故遂与之行。兽见之皆走，虎不知兽畏己而走也，以为畏狐也。”

传说老虎是森林之王，它凶猛无比，森林里的小动物们都非常怕它。只要一闻到老虎身上那种特殊的气味，小动物们全都敏感地四处逃窜。

一次，老虎出来觅食，发现一只狐狸。老虎猛地扑了过去，一下子便逮住了狐狸。

狐狸很狡猾，它的眼珠骨碌碌一转，随即装出一副很坦然的样子，不慌不忙地对老虎说：“虎大爷，你可不能吃我呀。”

老虎一愣，奇怪地问道：“不能吃你？为什么？”

“为什么？”狐狸搔了搔头，笑着说，“说起来嘛，也没有什么大不了的，就是……啊，老天爷下达了命令给我，叫我到这儿来做专管百兽的长官。虎大爷，你想呀，今天你吃了我，那不就是违抗了老天爷的旨意？这事要是让老天爷知道了，你可是要受惩罚的！”

说完，狐狸故意圆睁双目摆出一副气势汹汹的样子，要治老虎的罪。

老虎听了这番话，还真被吓住了。可他肚子太饿了，又舍不得放狐狸走，心里有些困惑地想着：明明我是百兽之王啊，怎么老天爷又任命狐狸来当百兽之王呢？

看着老虎将信将疑的样子，狐狸又说：“你如果认为我说的是假话，就跟在我后边，到百兽面前走一趟，今天也让你见识见识我的威风！”

老虎半信半疑地说：“那好吧。”就跟在狐狸的后面走。狐狸神气活现、大摇大摆地在前面走，老虎则满腹狐疑地在后面东张西望。小动物们一见到狐狸后面跟着一只大老虎，哪个不害怕呀，一下子都跑得无影无踪。

看到此景，老虎有些迷惑了。狐狸却得意地说：“怎么样，我没说错吧？他们一见我就吓得直跑，这回你该相信了吧！”

它们一边说着，一边走着，于是刚才的场面不断地出现：不管它们走到哪里，动物们都会拼命地跑开。这时，老虎有些信以为真了，就客客气气地放走了狐狸。

老虎哪里知道：百兽实际上最害怕的是它自己呀！狐狸是借着它的威风才把百兽吓跑的！

成语详解

假：借的意思。

狐假虎威：狐狸借着老虎的威势来吓唬别的动物。比喻依靠或凭借别人的权势与力量来显示自己的威风。也比喻借助别人的权势与力量来欺负人。

妙语点拨

小时候听到“狐假虎威”这条成语，觉得狐狸还挺聪明，挺有趣的，并未觉得有多大的贬义。后来，知道了“拉大旗，做虎皮”的俗语，又知道了“狗仗人势”“羊质虎皮”等成语，才感觉到了这些成语与俗语中的讽刺意义。其实，道理很简单：那只狐狸尽管一时蒙骗了许多动物，可它能长久地蒙骗下去吗？老虎会一而再、再而三地跟在它的后面任它耍威风吗？最后的结果一定是：老虎知道狐狸欺骗了自己，勃然大怒，将狐狸吃掉。

所以，弱小无能者可能风光一时，却绝不可能风光一世。适当的依赖是可以的，但却不能因此而养成不思进取的习惯。只有自己真的强大了，才能收获最有意义的人生。

30

晋·陈寿《三国志·魏志·卢毓传》：

“选举莫取有名，名如画地作饼，不可啖也。”

卢毓是三国时期魏国涿郡人，与刘备是同乡。他的父亲卢植是当时很有名的人物。卢毓十岁时父亲就死了，他便成了孤儿。当时，袁绍与公孙瓒交兵，卢毓的两个哥哥都死在乱军之中。尚未结婚的卢毓就挺身担负起抚养两个寡妇嫂嫂和几个侄子的义务，品德与行为很受同郡人的赞赏。即使这样繁忙劳累，他仍然每天都坚持学习，不断增长自己的才干。

曹丕任副丞相时，任命卢毓为冀州主簿。由于卢毓清正廉洁，处事勤勉，在曹丕称帝（魏文帝）后不久就被从地方调到中央，提升为侍中，在魏文帝身边侍奉。三年后，他又被提升为中书郎，掌管机要、政令等事宜。后来，他又被任命为吏部尚书（相当于组织部长，专门负责调配干部），负责管理全国官吏的任免、升降、调动等事务。

在调任他为吏部尚书的时候，魏文帝曹丕让卢毓给他推荐一个有能力的人来接替原来他担任的中书郎之职。卢毓推荐了郑冲。曹丕说："这个人我知道，你推荐一个我不知道的。"

于是，卢毓又推荐了阮武和孙邕，最后曹丕选中了孙邕。

卢毓刚任吏部尚书时，当时任中书郎的还有诸葛诞、邓艾等人，他们虽然名气很大，但作风轻浮虚夸，而且喜欢相互吹捧，曹丕心有不满，打算撤换他们，但又找不到合适的人选，就决定采取选举的方式来选拔。曹丕对卢毓说："这次选拔中书郎，能否选拔到合适的人才，关键就看你的了。挑选人才，千万不能选那些只有名气而没有实际能力的人。名气就像是在地上画的饼，虽然看起来也圆圆的像个饼，但是却不能充饥啊！"

卢毓说："是的，陛下说得很对。要选拔特别优秀的人才，仅从声名上是判断不出的。但是臣以为，名气毕竟能反映一定的实际情况。根据名气来选拔一般的人才，还是可以的。如果是修养高、德行好又有名气的，我们就不应该嫌弃他们。所以，陛下也不要一听是有名气的就讨厌。臣建议对他们的实际水平进行考核，看看他们是否有真才实学。"

曹丕觉得卢毓说得有些道理，也比较中肯，就采纳了他的建议，下令制定官员考核制度和办法。这样一来，考核人才就有了依据和标准，选拔人才的效果也好多了。

成语详解

画饼充饥：画一张饼来解饥饿。比喻徒有虚名而无实际能力。后来也比喻徒有虚名，而没有实用价值。也可以比喻用空想来安慰自己。

妙语点拨

中国人都爱说“天上不会掉馅饼”，把它与“画饼充饥”联系在一起就能发现，中国人是把“饼”作为一种主食来看待的。尽管这两句话的意思不完全相同，但却有一点相似之处，就是告诉人们：无论是在天上还是在人间，在我们自己的生活中，你要想吃到真正的“饼”，必须靠自己的努力。

但这里必须要强调的是，这种努力必须是方向正确的，而不是盲目的；必须是实际存在的，而不是虚无缥缈的。记住：在纸上画一万张漂亮的饼，不如在厨房里做一张真正的饼。

31 画虎类犬

《后汉书·马援传》：

“效伯高不得，犹为谨敕之士，所谓刻鹄不成尚类鹜者也。效季良不得，陷为天下轻薄子，所谓画虎不成反类狗者也。”

马援，字文渊，他是东汉初年光武帝刘秀手下的名将之一。他志向远大，英勇善战，为东汉王朝的建立立下了不少战功，被光武帝封为“伏波将军”。

马援平常对侄辈的教育十分严格，他希望他们将来都能成为有用的人。就是在随军出征时，马援也关心着他们的成长。

马援有两个侄子，一个叫马严，一个叫马敦。马严和马敦都喜欢讥讽和议论别人，并喜欢和侠客交友。他们有着同样的习惯：生性好动，不喜欢读书，天天打扮成侠士的模样，却从未替人打抱不平，也从未帮助别人解决什么难题和困难。

马援在军中听说了他们的这些情况，心里十分难过，就写了一封信去教育他们，希望两个侄子能改正这些缺点，成为对国家有用的人。这封信就是后来著名的《诫兄子严敦书》。

在这封信中，马援教育他们说：“我希望你们在听到有人议论别人的过失时，能够像听到议论自己的父母那样，只用耳朵听，而不要去参与议论。我一生最反对议论别人的长短，更不愿意我们马家的子孙有这样的行为。龙伯高是一个厚道谨慎、说话适度、恭谦节俭、廉明公正的人，虽然他的职位不高，但我很敬重他，希望你们能向他学习。越骑司马杜季良，为人豪侠，讲义气，能够与别人同甘共苦、同忧共乐，不论好人坏人都能和他交朋友。他给他父亲办丧事时，宾客如云，但良莠皆有。我虽然也挺喜欢他，但我不希望你们学习他。这是因为，你们即使学不成龙伯高的样子，还可以做一个朝廷信得过的官吏，就好像画一只天鹅，不像天鹅而像鸭子，怎么说它们还是同类；如果你们学习杜季良，结果恐怕还不如他，反而成了天下的轻薄儿郎。这就像一个人画虎不成，反倒画得像狗一样。我实在是不愿意我们马家的子孙效仿他呀！”

马严和马敦看了叔父马援的信，觉得叔父说得非常在理，很快就改正了自己的缺点。

成语详解

类：类似、好像。

画虎类犬：没有画虎的本领，却要画虎，结果画出的虎像狗一样。比喻不切实际地追求过高目标，反而弄巧成拙。也比喻模仿得不到家，反而弄得不伦不类。

妙语点拨

从表面上看，这条成语带有明显的贬义。其实，对于一个初学绘画的人来说，哪个人没有经历过“画虎类犬”的经历？画什么却不像什么，这是初学画者的正常表现。关键是，人对此应该有个正确的态度：知道这是一个必然的过程，找出不像的原因，努力提高自己的画技，尽快地达到画什么像什么的境界。

可惜，生活中有许多人只知道盲目做事，却不知道自己应该做什么，适合做什么，对自己的追求盲目多于清醒、固执多于理智，不切实际地追求过高的目标，结果常常弄得自己身心疲惫，做什么也不成功，最后一无所成。

32

《战国策·齐策二》：

“未成，一人之蛇成，夺其卮曰：‘蛇固无足，子安能为之足？’遂饮其酒。”

战国时期，楚怀王任命昭阳为大将军，率雄兵十万攻打魏国。昭阳善于用兵，很快就摧毁了魏国的精锐部队，攻陷了魏国的八座城池。为了显示自己的军事才能，昭阳决定趁楚军士气旺盛，起兵东征齐国。

消息传到齐国，齐国上下非常惊恐，齐王急派陈轸为使者，前往昭阳军中相劝，让他放弃攻打齐国的念头。

陈轸见了昭阳，先对他的战功歌颂一通，然后非常有礼貌地问道："按照贵国的规定，将军立下如此大功，能提升你的职务吗?"

昭阳回答说："不能吧。我现在官居上将军，再提升就是令尹。可现在已经有令尹了，楚王不可能设置两个令尹。所以不可能升职。"

陈轸听后，没有继续前面的话题，而是给昭阳讲了一个故事：

楚国有个人前去祭祀，祭祀完毕后，撤下很多祭品。这个人随手就将祭祀时曾用过的一壶酒赏给了随从们。可是，人多酒少，不好均分，由谁先喝更是个难题。随从们商量说："咱们大家来比赛在地上画蛇吧，谁先画完谁先喝。"

于是，大家分头去找了些小树枝来，每人各拿一根。牵头的人把酒壶放在中间，让大家围成一个圈儿，并约定听到开始的口令后才可以动笔。随从们纷纷表示赞同。

很快，大家便各自在地上画起蛇来。

有个人画得很快，不一会儿工夫就画完了。他高兴极了，丢下树枝伸手就去抓酒壶，看着别人还在一笔一画地画着，他便把酒壶放回地上，并说："这些人画得太慢了，照这个画法，别说再画上一条蛇，就是我睡上一觉都来得及啊。"

他又四下望了望，长叹一声道："唉，谁叫我水平高呢。想当年要不是因为家境贫寒，说不定我现在都成了有名的画师了。也罢，就再等他们一会儿，再给我的这条蛇添上四只脚吧。”

说完，他左手拿着酒壶，右手拿起树枝，又得意扬扬地在地上画起来。边画边口中念念有词，说的多是些自吹自擂的话。

正当他晕晕乎乎地陶醉于自我创造的优美意境中时，手中的酒壶一把被旁边的人抢了过去。他一下子清醒过来，叫道：“你这人好没道理，干吗抢我的酒壶？”

对方十分不解：“你为什么说我抢？这是我应得的，因为我比你先画好啊！”

那人急了，脸涨得通红：“我早就画完了！”

“不对呀，你要是早画完了，为什么不停笔？”对方辩解道。

“我是早就画完了！为了等你们，我才给蛇又添上几只脚的。不信，你来看呀！”说着，他伸手去拉对方的衣服。

听了这话，对方笑着说道：“蛇本就没有脚，可你却给它添上了脚，那还能叫蛇吗？这壶酒本来是属于你的，可是现在它却属于我了！”说完，那人将壶中的酒一饮而尽。

昭阳听到此处，若有所思地问：“先生大老远地从齐国跑来这里，难道就是要给我讲这样一个故事吗？”

陈轸说：“当然不是。您奉命攻打魏国，连克八座城池，斩获魏军将士数万，功劳卓著。楚国人人皆知，足可以扬名天下了，正好趁此机会凯旋收兵。而您今天却要乘胜攻打另一个国家。即使这一战成功，您也没有获得加封和提升的可能。可万一战败，却会将前边的伐魏之功付诸流水。如果不懂得适可而止，又不能升职，那您的行为不就是画蛇添足之举吗？不知将军以为如何？”

昭阳沉思片刻，似有所悟，说：“先生说得对。如果不是您的及时指教，我岂不成了画蛇添足的傻瓜？多谢先生指教！”

随后，昭阳下达了撤兵回朝的命令。

成语详解

画蛇添足：在画蛇时给蛇加了四只脚（蛇本来没有脚）。比喻做了多余的事，反而节外生枝，倒起了不好的作用。

妙语点拨

茅盾先生说过这样的话："事莫妙于适可而止，过则生灾。"列宁也说过："真理再往前迈出一步就是谬误。"这两句话无非是告诉人们：什么事都要有个度，适度才好，而过度就会让事情发生质变。

我们常说的做事要把握好分寸，就是说做事要做得恰到好处，做得恰如其分，做得既不过分过格，也不短斤少两。尤其是不要做那些无关的、没用的、多余的事，免得旁生枝节，弄巧成拙。

讳疾忌医

宋·周敦颐《周子通书·过》：
"今人有过，不喜人规，如护疾而忌医，宁灭其身而无悟也。"

春秋时的一天，蔡桓公在家里翻阅竹简。名医扁鹊进来见他，站着观察了一会儿，说："主上，您生病了。不过病还很轻，只在皮肤和肌肉之间，但要是不及时医治的话恐怕就会加重。"

蔡桓公很不以为然地说："我身体好好的，一点病也没有。你别吓唬我。"

过了十天，扁鹊又去见蔡桓公说："您的病已经深入到肌肉和血脉里去了，如果还不医治的话，病情将会加重。"

蔡桓公有些不耐烦地说："我身体好好的，哪里来的病？治什么治？"

等扁鹊退下后，蔡桓公对大臣们说："这些医生就是喜欢靠治疗没有病的人来炫耀自己的本领，我才不信那一套呢。"

又过了十天，扁鹊特意来见蔡桓公，有些着急并恳切地说："主上，您的病已经深入到肠胃里去了，再不医治，恐怕就来不及了！"

这一次蔡桓公有些生气了，瞪着扁鹊叫嚷道："你怎么又来胡说八道？别说了，我根本没有病！"

又过了十天，扁鹊在宫内看见蔡桓公后，转身就走。蔡桓公觉得扁鹊的行为很奇怪，就忙派人去追问原因。

扁鹊说："现在主上的病已经深入到骨髓里去了，我已经无能为力了。当初主上的病在皮肤和肌肉之间，用汤药和灸法就可以治好；后来病发展到了肌肉里，用针灸的方法也可以治好；再后来病发展到肠胃里，服用药酒还可以治好；可是现在主上的病已经到了骨髓里，这时就是到了传说中掌管生死簿的'司命神'手里，也没有办法治了啊。"

过了五天，蔡桓公果然病情发作，全身疼痛难忍，他立刻派人去请扁鹊。这时，扁鹊已经逃到秦国去了。

不久，蔡桓公就死了。

成语详解

讳：隐讳、隐瞒、掩饰。忌：害怕。

讳疾忌医：原意为隐瞒自己的疾病，害怕被医生诊断出来。后泛指隐讳自己的错误和缺点，很怕别人指出来，拒绝别人的批评。

妙语点拨

在这个世界上，确实有一类有病不治、讳疾忌医的人，他们不是因为这个理由就是因为那个理由，反正知道自己有病也一拖再拖，不去治疗。结果，小病变大，轻病变重，重病变绝——最后的结局只能像蔡桓公一样。这其实是很可悲、很可怕的。

一个人，生了病不去治，病就会由轻到重，直到无法医治。同样，如果一个人有了缺点与错误却一味地隐瞒或掩饰，而不去改正，其结果也会是错得越来越重，最后到达无可救药的地步。

人吃五谷杂粮，谁都难免有病。有病不可怕，及早发现可以及早治疗。怕就怕，生病了却不当回事，误了治疗的时机。

人非圣贤，孰能无过？每个人在生活、学习与工作中，都难免会犯这样或那样的错误，我们应该不断地反省与检查自己的所作所为、所思所想，以便及时发现自己的不足，千万不能掖着藏着，对别人提出的批评也要虚心地接受。这样才能让自己健康成长，不断进步。

34

汉·司马迁《史记·赵世家》：

“韩氏所以不如于秦者，欲嫁其祸于赵也。”

战国后期，公元前262年，即赵孝成王四年，韩国上党（今山西省太行山地区）太守冯亭派使者求见赵王。使者对赵王说：

“韩国不能防守上党，想把上党纳入秦国。上党的官民都甘心归附赵国，不愿意归附秦国。现有城市17座，愿统统纳入赵国，希望大王来管辖，任凭大王赏赐官民。”

赵孝成王非常高兴，就召见平阳君赵豹，询问他：“冯亭要把上党纳入赵国，你怎么看这件事？”

赵豹说：“这其中肯定有什么问题吧。圣人把无缘无故地接受别人的好处看作最大的祸害啊，请大王三思。”

赵孝成王反问说：“人们都被我的恩德所感召，怎么能说这是无缘无故的好处呢？”

赵豹说：“现在秦国正像蚕吃桑叶般慢慢侵吞韩国土地，从中间断绝韩国，不让韩国与上党相通，自以为可以稳坐而接受上党的土地。韩国之所以不把上党让给强大的秦国而主动送给赵国，实际上是想嫁祸给我们赵国呀。强大的秦国天天在打上党的主意而得不到，弱小的赵国却坐收渔利，这就是无故之利，有害无益呀。大王您一定不能接受啊。”

赵孝成王想了想，觉得赵豹说得有一定道理。可他转念一想，上党这个地方对赵国实在是太重要了，便说：“现在我们如果派百万大军去攻打上党，一年半载也打不下一座城池。现在不费一兵一卒就能得到17座城镇，这个好处实在是太有诱惑力了。”

赵孝成王又找来平原君赵胜商量此事。没想到，赵胜居然同意赵孝成王的意见。于是赵孝成王决定不采纳赵豹的意见，就派出军队占领了上党的长平（现山西省高平市）。

土地虽然得到了，可是大祸也跟着来了。赵国的这一举动果然导致后来秦赵之间的一场大战。

公元259年，赵国派大将赵括率军驻守长平并与秦军大战于此，结果被秦国大将白起设计包围，赵军大败，赵国的40万兵马全部被俘虏并惨遭活埋。

成语详解

嫁：转移。

嫁祸于人：把祸害转嫁到别人身上。

妙语点拨

嫁祸于人的事，我们小时候恐怕都没少干：在家里，你打碎了一个玻璃花瓶，当妈妈回来的时候，你是不是会告诉她是弟弟打碎的？在学校，你碰翻了同学的墨水，同学回来时你是不是会对他说是别人碰洒的？……

可能你只是下意识地保护自己，只是想不让别人责怪你，当然也可能你就是故意设计来陷害别人。这最后一点是最不可饶恕的。无论如何，这种事还是不要再做了吧。因为照此发展下去，它轻则会让你成为一个不真诚、不敢担当的人，重则可能让你成为一个心地邪恶的人。

为了保护自己不受伤害而嫁祸于人，是小恶；为了竞争、嫉妒而嫁祸于人，是中恶；为了置人于死地而主动设计、下套来嫁祸于人，是大恶。不管是哪种恶，还是请不要为之吧！人应该从小就培养自己敢于面对错误、敢于对自己犯的错误负责任的人生态度。

35

见利忘义

汉·班固《汉书·郦商传》：

“当孝文时，天下以郦寄为卖友。夫卖友者，谓见利忘义也。”

汉高祖刘邦死后，太子刘盈即位，史称汉惠帝。惠帝懦弱无能，就由他的母亲吕后执政。吕后是个野心家，处心积虑地要篡夺刘氏政权，害死了刘氏的许多亲属，一心想让吕氏亲族来坐天下。因此，她封自己的侄儿吕产、吕禄为王，掌握了汉朝中央的军政大权。惠帝也觉得吕后做的事很过分，但他又阻止不了，又因亲眼见过受吕后虐待的刘邦的宠姬戚夫人的惨状，于是吓得生了一场大病，从此便不再过问政事。

吕后的一系列做法引起了许多大臣的不满与反对。吕后死后，周勃和陈平等一批老臣便秘密谋划，企图一举诛灭吕氏家族。但是吕禄掌管着北军，周勃根本无法靠近他，也无法达到目的。正着急时，他猛地想起了老丞相郦商。

郦商是汉高祖刘邦最亲近的一位老臣。他们曾经一起起兵高阳，在那次战斗中，郦商将自己的四千兵马全部交给了刘邦统率，而自己则单枪匹马去冲锋陷阵，立下了奇功。刘邦做了皇帝后，就封他为右丞相，对他很器重。但是，这时的郦商已经年老多病，不能管理朝政，正在家休养，他的儿子郦寄在朝中任职，一向与吕禄关系密切，两人是好朋友。周勃与陈平商量后，觉得郦商、郦寄父子与吕禄的这层关系可以加以利用，于是就把郦商软禁起来，胁迫他的儿子郦寄去诱劝吕禄交出兵权。

郦寄再三思索，万般无奈，只得按周勃和陈平教他的话去欺骗吕禄说："高祖和吕后共同平定天下，刘氏所立的九个王和吕氏所立的三个王都是大臣们商量决定的，刘氏的诸侯王以为不妥当。如今太后去世，少帝年纪很轻，您不赶快回国守住自己的封地，却充当大将军率领军队，这会引起大臣和诸侯王的怀疑。您还是交出大将军印，把军队交还给太尉吧。同时请梁王也归还相国大印，回到自己的封地去。这样齐王一罢兵，您也可以坐享千里江山。”

这一席话还真说动了吕禄的心，吕禄就叫人去征询吕产和吕家其他人的意见。大家也拿不定主意。于是，吕禄便相信了郦寄的话，和他一起离开军营，出外打猎和游玩，顺路来看望自己的姑妈吕媭。不料，吕媭知道这件事后大怒道：“你身为将军，却擅自离开军队。你看着吧，吕家今后再没有立足之地了！”

她气得把所有珠宝玉器全都撒到堂下，意思是这些以后都不是自己的了，没有必要再替别人保存这些财宝了。

为了取得兵权，周勃通过主管符节的纪通，拿了符节假传皇帝命令，控制住驻扎在城外的北军。接着，又让郦寄等人叫吕禄交出了大将军印信。

周勃进入北军营门后，传令全军说：“拥护吕家的就露出你的右臂，拥护刘家的就露出你的左臂！”结果，全军兵士都露出了左臂。北军就这样被周勃接管了。

这时，吕产不知道吕禄已经交出北军，还想进宫作乱，但侍卫不让他进门。吕禄的女婿刘章乘机向吕产发动攻击，最后将他杀死。

周勃见刘章除掉了吕产，认为大势已定，非常高兴。第二天就把吕禄斩首，用棍棒打死吕产、吕禄的姑妈吕媭，又分头把吕氏家族的男男女女全部抓起来，不论老少全部斩首。这样，为虐多年的吕氏家族的势力终于被彻底铲除了。

几乎与此同时，郦商因病故去。郦寄过去虽然是吕禄的好朋友，但因为他在诛灭吕氏的斗争中出了大力，所以朝廷不仅没有治他的罪，还让他子袭父爵，封他为曲周侯。

成语详解

见利忘义：看见利益就忘掉了正义。指为了有利可图而忘掉道义，出卖朋友与良心。

妙语点拨

在关键时刻，是选择利益还是选择正义？这就像哈姆雷特那句惊世一问“生存还是死亡?”一样，是一个难以轻易作出回答的问题。

为什么难以回答？因为当人们面临二者必须选其一的时候，如果你选择了正义，你失掉的不仅仅是利益，更有可能是生命！而如果你选择了利益，你就失掉了名誉、正义与人格。比如前面提到的郦寄，如果他不这样听从周勃的安排，那么他很有可能失去父亲及家人，失去当时所有的一切。而他最终选择了利益，失掉了“正义”。“见利忘义”这条成语就从他开始延续了几千年，他的骂名也随着这条成语的固定而永远地固定下来了。

其实，郦寄的千古骂名有点冤枉。如果从朋友相处的角度来看，他挨骂确实是应该的。但如果从社会发展的角度来看，他的选择是顺应天时的，是合乎人类进步的，也属正义之列。因为，吕氏的行为无论怎么说都属于倒行逆施，是不得人心的。郦寄在历史转折的关头对吕氏杀了个回马枪，推动了历史进步，其实应该属于“正义”的范畴，应当给予肯定。

生命确实是宝贵的，利益确实是人们需要的。人们理应热爱生命，珍惜利益。可是，当它与人类的进步、正义与文明发生碰撞时，当它们之间不可能“鱼与熊掌兼得”的时候，我们的选择只能是别无选择——正义！

36

见异思迁

先秦·管仲 《管子·小匡》：

“少而习焉，其心安焉，不见异物而迁焉。”

春秋时期，齐桓公夺取君位后，任用管仲进行改革，以达到富国强兵的目的。

有一天，齐桓公和管仲一起讨论国家大事，齐桓公向管仲请教为政之道：“齐国是一个历史悠久、幅员辽阔、地位尊贵的东方大国。只是自襄公以来，暴政突现，民不聊生。现在百废待兴又千头万绪，怎样才能安定民众，使他们踏踏实实地做好本职工作呢？”

管仲回答说：“士、农、工、商四类人是国家的柱石，不能让他们杂处，杂处则说话做事都会乱。所以从前圣王安排知识分子，就让他们到清静的地方去；安排手工业者，就让他们到官府作坊去；安排经商的，就让他们到集市和大街上去；安排农民，就让他们到肥沃的田野中去。这样人们的思想才会安定下来，才会安于本职工作。”

随后，管仲又依次论证了士、农、工、商各居其所的好处：让知识分子居住在娴静之地，他们父慈子孝、仁爱恭敬，并以此教育子弟，则其子弟会从小耳濡目染而心思安定；让农民们聚居在一起，明察四季的变化，早起晚归地在田野中劳作，他们的孩子也会因为从小熟悉劳作而心思安定；让工匠们居住在一起，相互讨论工作，比赛技艺，并以此教育子弟，其子弟也会从小心思安定而不会见异思迁；让商人们居住在一起，他们根据年景的好坏、四时的变化来判定物资的多寡、计算商品的贵贱，他们整天做这些事，并以此教导子弟，他们的子弟从小习惯了这些，也就会心思安定。

齐桓公觉得管仲说得非常有道理，就采纳了他的建议。齐国因此很快就富强起来。

成语详解

迁：变动、改变。异：不同的、新奇的。

见异思迁：看见不同的或新奇的人或事物就想改变原来的主意。形容意志不坚定，爱好不专一。

妙语点拨

在生活中，我们常常会将“见异思迁”与“喜新厌旧”连用。还有想要炫耀文采的，甚至会加上“朝三暮四”“心猿意马”这两条成语。从广义上来说，这几条成语可以视为同义词，连用也未尝不可。但如果细加分析，它们之间还是有着明显差别的。“见异思迁”指看见不同的人或事物就改变主意，侧重强调外物对主体的影响；“喜新厌旧”侧重强调“喜欢新的厌恶旧的”，一般用来指爱情不专一；“朝三暮四”则侧重强调“常常变卦，反复无常”，常用于形容人的意见与观点说变就变；“心猿意马”则侧重强调“心思不定，反复无常”，虽然也有反复无常的意思，但却多用来形容人的心思不稳定、经常起伏波动的状态。

看到不同的事物就想改变自己原来的主意，这是一个人意志不坚定的表现，也是一个人心理不成熟的体现。世界这么广阔多元，人生这么丰富多彩，呈现在人们眼前的光怪陆离的景象确实容易让人眼花缭乱，迷失方向。这样的人最终只会因为没有自己的主见、缺少判断力而成为庸碌无为的人。人的精力与时间都是有限的，学习与研究一个专业或门类需要花费大量的时间与精力，你不扎扎实实、专心致志地做深、做透一件事，一会儿一变，怎么可能成功呢？这山望着那山高，最终你哪个山峰也到不了！

竭泽而渔

《吕氏春秋·义赏》：

“竭泽而渔，岂不获得？而明年无鱼。”

公元前636年，晋公子重耳在外流亡了19年之后终于回到晋国做了皇帝，他便是大名鼎鼎的晋文公。当时，曹、卫、陈、蔡、郑等诸侯都追随强大的楚国，只有宋国不肯亲楚而投靠了晋国。楚威王对此很恼怒，就命大将子玉统帅三军，包围了宋国都城商丘。

宋成王见势不好，赶紧向晋文公求援。晋文公收到宋国的求救信后，把舅父狐偃召来商议。他对狐偃说：“楚军的兵力远远超过我们晋军，你看我们怎样才能取胜呢？”

狐偃回答说：“我听说，讲究礼节的人不厌烦琐，善于打仗的人不厌欺诈。大王就用欺诈的方法吧！”

晋文公对狐偃的方法有些顾虑，又把大臣雍季召来，询问他有什么好见解。雍季并不赞成狐偃的主意，他打了个比喻说：

“有一个人要捉鱼，就把池塘里的水都抽干了。他这样做当然能捉到池塘里所有的鱼，可是明年这池塘里就无鱼可捉了。还有一个人要捕捉野兽，便把山上的树木都烧光了。他这样做当然能捉到许多野兽，可是明年这里就没有野兽可捕了。欺诈的方法虽然偶尔用一次会成功，可是常用的话就会失灵，并不是长久之计啊。”

晋文公再三权衡之后，为救一时之急，还是采用了狐偃的主意，果然用计谋战胜了楚军。

回国以后，晋文公对功臣论功行赏时，给了雍季比狐偃更多的赏赐。有个大臣觉得奇怪，就问晋文公这是为什么。晋文公回答说：“雍季的话，对我们几百年都有利。狐偃的话，只是对我们一时一事有用。我怎么能因为一时一事的实用而让它超过对我们几百年都有利的话的价值呢？”

成语详解

竭：干涸。渔：捉鱼、捕鱼。

竭泽而渔：抽干了水塘去捉鱼。比喻只贪图眼前利益，不做长远打算，不顾后果地索取而不留余地。

妙语点拨

人类有一个永远也破解不了的悖论：世界上所有的好东西与坏东西都是人类自己创造出来的；最好的矛和最好的盾也都是人类创造出来的；最高深最有用最智慧的理论、科学、知识是人类发现与总结出来的，而人类自己却一而再、再而三地抛弃和无视这些科学与理论，毫无顾忌地做着反科学、反智慧的蠢事、坏事与荒唐事！

有一个最典型的事例足以为证：聪明而智慧的人类早就知道

自然界中的许多资源是一次性的，比如：天然气、石油、煤矿、铁矿等矿产资源都是不可再生资源，用一些就少一些，用完了就再也没有了；还有一些野生动物资源，也是自然界的不可再生资源，只会越来越少。然而，人类为了自己获得更大的利益，还是会无休止地挖掘与消耗不可再生资源，还在无视各种各样的保护与禁捕法规，继续残杀与捕捉那些无辜的动物！今天，各种矿产资源正在人类的盲目利用与开发中逐渐枯竭，野生动物也在人类长年累月的猎捕中逐渐减少，甚至有些物种已经灭绝了，还有些物种正在走向灭绝！

我们是不是该想一想：这种竭泽而渔的行为带给人类自己的是怎样可怕的后果？

我们是不是该问一问：如果这样下去，许多年后，我们的后代还能有什么？用什么？吃什么？他们该怎么生存？

金玉其外，败絮其中

明·刘基《卖柑者言》：

“又何往而不金玉其外，败絮其中也哉！今子是之不察，而以察吾柑！”

元朝末年，杭州有一个卖柑子的人，很会储藏柑子。他自称精于水果保鲜技术，柑子不仅长期不腐烂，而且摆出来个个颜色金黄，就像是新摘下来的鲜果。

有人不信，专门在盛夏时节到这个卖柑人的摊位上去买蜜柑，只见摊子上摆放的蜜柑表皮黄澄澄的，看上去十分鲜美，让人垂涎欲滴。于是，一传十，十传百，卖柑人善储蜜柑的消息便传扬开来，一时间杭州附近十里八乡的人都赶来购买。尽管他的价格比普通柑子的价格要高出十倍，人们也都争着买他的，卖柑人的生意很快就红火了起来。

浙江青田（今青田县）人刘基听说了这个消息，对人们的传言很怀疑。因为他知道蜜柑极易失去水分，能把它保存到冬天已经是很不容易的事情了，怎么可能使它在盛夏的时候还保存良好的水分呢？刘基十分不解，也不太相信。为了解开谜底，他特地赶到了杭州城。

卖柑人的摊位前果然是人流如潮，拥挤不堪，刘基好不容易才挤进去买到了两个柑子，剥开一看，里边的柑瓤却像破旧的棉絮！这哪里是传说中味道鲜美的柑子啊？

刘基气愤地责问卖柑人："你卖给人家的柑子，是准备把它装在盘子里，用来供奉神灵、招待客人呢，还是仅仅炫耀它的外表，用来骗人？你太过分了！"

卖柑人并不生气，他面带微笑，从容地说道："先生您说得对，从良心上讲我是做得有点过分。不错，我不顾买主的感受，只做表面文章欺骗世人。可是您仔细瞧瞧，如今这世上骗人的人和事还少吗，难道只有我一个？且不说市井中的坑蒙拐骗，单看那朝中的文武官员，那些威风凛凛的武将，从外表上看，他们比孙武、吴起还神气，可他们真的有孙武、吴起那样的韬略吗？再看那些长袍阔袖的文官们，个个是饱读圣贤之书，气宇不凡，可他们果真有伊尹、皋陶那样治理国家的真本领吗？现在盗贼横行，他们不去抵御；百姓穷困不堪，他们不去救济；官吏贪赃枉法，他们不去治理；国家法规败坏，他们不去整顿，一个个吃着皇粮、拿着官饷却不知羞耻，这些文官武将又何尝不是‘金玉其外，败絮其中’呢？我搞这一套仅仅是为了养家糊口。可他们呢，他们是为了什么？说穿了还不是为了一己私利而祸国殃民，长此下去是要祸及子孙的呀！为什么你不去责难他们，反倒偏偏来挑剔我的柑子？”

刘基听着听着，就觉得气消了不少，听完后他频频点头，觉得卖柑人所说的句句击中时弊，这让他不由得陷入深思：朝廷昏庸，官吏们个个作威作福，鱼肉百姓，令百姓苦不堪言。消除社会不稳定因素的办法只有一个，那就是起义推翻元朝的腐朽统治啊！

回乡后不久，刘基就加入了朱元璋反元的队伍。由于他学识渊博又精通兵法，很快成为朱元璋的得力助手，先成为谋士，后被封为军师，为明朝的建立立下了不朽的功勋。

成语详解

絮：棉絮。败：破旧。

金玉其外，败絮其中：（柑子）外表就如金玉一样的颜色，可它里面却像破旧的棉絮一样。指虚有其表而内里败坏。多用于比喻人或物外表好而内里劣，为贬义。

妙语点拨

首先应该说明一点，故事中的那个卖柑者尽管将国家的时弊揭露得淋漓尽致、入木三分，但他自己出售那种“金玉其外，败絮其中”柑子的事，当然也是一种欺诈性的商业行为，绝不能因为他义正词严地抨击了国家的种种不良现象，就抹杀了自己骗人的不道德行为。

法国著名作家伏尔泰曾说：“外在的美只能取悦人的眼睛，而内在美却能感染人的灵魂。”这句话告诉我们：一个人应该追求外在美与内在美的和谐统一。只有两者统一了，才是具备了真正的美。如果一个人空有一副华丽的外表，却无才无识，那就只能成为一个无用的花瓶。如果在一副华丽的外表之下，不仅是无才无识，还是满腹的阴险与狡诈，那么对这样的人，还是躲远些比较好。再华美的外表也掩盖不了一个人内心的空洞无知。

请记住这三条：一是不做这种人，二是远离这种人，三是警惕这种人。

39

举棋不定

春秋·左丘明《左传·襄公二十五年》：

“弈者，举棋不定，不胜其耦，而况置君而弗定乎？”

卫献公于公元前575年即位。到他在位的第18个年头，由于他骄奢淫逸，骄横残暴，卫国已经是天怨人怒，朝野上下酝酿着一股强烈的反抗情绪，他的统治已经濒临崩溃了。

卫国的大夫孙文子和宁惠子觉得照此下去，卫国非灭亡不可，因此两人在一起商议挽救危局的办法。最后他们一致认定：必须把献公放逐到国外，另立国君，否则后果不堪设想。他们二人的决定得到满朝大臣的积极支持。

公元前559年，宁惠子和孙文子利用军事政变将卫献公赶下台。随后，二人拥立公孙剽为国君，即卫殇公。朝政由二人共同把持。卫献公则带着母亲与弟弟逃到了齐国，过着流亡生活。

12年以后，宁惠子病重，养病期间，他想起驱逐国君的往事，觉得很后悔，认为这件事极不光彩，会影响他的名誉。临终前，他把儿子宁悼子叫到床前一再嘱咐，在他死后，一定要争取把献公接回来，以减轻他的罪孽。宁悼子含泪答应了父亲。

献公虽然流亡在外，但他却时刻关心着卫国的政局与人事变化。当他得知宁悼子遵从父亲的遗命，有了要请他回国重当国君的想法后，觉得机会来了，便立即派人带来口信说："只要允许他回国为君，他保证广施仁义，不计前嫌，并不过问朝政，自己只掌管宗庙、祭祀一类的事，朝廷大事一切由宁悼子做主。"

宁悼子听到献公的这个口信，就像吃了一颗定心丸，更加放心了，立即向朝臣们说了请献公回国的打算。不料朝中许多大臣听后纷纷反对。

大夫石宰谷说："前不久我见过献公，据我观察，十几年来他的残暴性格毫无改变，一旦他回国重新当了国君，朝政还会被他搞得一塌糊涂，不仅百姓要遭殃，你我的性命也迟早会被他夺去啊。"

另一位叫叔仪的大夫说："你们对国君的态度太草率了，还不如下棋那么认真。下棋时如果举棋不定都必败无疑，何况确立国君这样的大事，今天赶走，明天又请回来，轻率得如同儿戏。如果真的要请回献公，你我的死期也就不远了。"

可惜，宁悼子固执己见，他以"先父遗命"为借口，不听大臣们的意见，心里总想着自己独揽大权。结果他先杀了孙文子，后来又杀死了卫殇公公孙剽，终于迎回了卫献公。

献公回国后不久，就利用大夫公孙免余的力量除掉了宁悼子，并将宁氏全家杀害了，报了自己当年被宁惠子驱逐之仇。

成语详解

举棋不定：举起棋子却不知道该怎么走。比喻做事犹豫不决。

妙语点拨

下棋时举棋不定往往导致失败，这其实倒问题不大，因为毕竟下棋只是一个游戏而已，开心就行。可是，我们在处理事情时，尤其是在处理比较重大的事情时，如果总是徘徊不定，犹豫不决，优柔寡断，往往就会丧失良机，失去成功的机会，甚至对自己和整个事业造成巨大的损失。这种损失在战争中表现得尤其明显，战争的关键时刻，指挥员稍有迟疑，就可能造成数百万兵将全军覆没的严重后果。

遇事总是拿不定主意，这样的人绝大多数是由于环境、性格和素质这三方面因素造成的。

一、环境。有些人生在比较封闭的家庭，父母比较刚强，家中大事、小情以及自己的一切都由父母说了算，这样的人长大后极有可能是遇到事情就乱了方寸，慌了手脚，拿不定主意。

二、性格。有些人天生性格内向，在人前从不爱发表意见，生怕说错了让人笑话，所以遇事就不爱想办法，就是想了也想不出好办法，拿不定主意。

三、素质。有些人由于文化背景、生活阅历、社会经验等的相对不足，其基本素质就相对较弱，一旦遇到他们极少遇到或从未经历的问题，就很难把握事情未来发展的规律与走向，也就很难做出果断而准确的判断。

无论是由哪一种原因造成的，遇事容易左右摇摆的人，如果想改变自己这个弱点，没有别的办法，只能是多学习各种知识，多积累社会经验，多增加生活阅历，并且在日常的生活、学习与工作中多加锻炼。

40

刻舟求剑

《吕氏春秋·察今》：

“楚人有涉江者，其剑自舟中坠于水，遽契其舟，曰：‘是吾剑之所从坠。’舟止，从其所契者入水求之，舟已行矣，而剑不行，求剑若此，不亦惑乎？”

战国时，楚国有个人乘船过江。一不小心，身上的佩剑掉到了江中。楚国人大叫一声，急忙伸手去抓，可是已经来不及了。他赶快找到艄公让他下水打捞，还发动全船的乘客帮他想办法。霎时，船上的人乱作一团。

船停了下来，几个熟识水性的年轻人正准备和艄公一起跳进水里，这时，楚国人忽然叫住了大家：“诸位，快住手，我有好办法了。”

“什么法子，快说说看。”大伙儿一听，觉得很惊奇。

“瞧我的！”那人边说边从身上掏出一把小刀，迅速地在船帮上刻了一个记号，一边刻一边解释说：“瞧，这就是我的剑掉下去的地方，等上了岸，我按照标记下水去捞，一定能找到那把剑。这样，既可以不耽搁大家的行程，也误不了我的大事，一举两得嘛！”

大家都以为他在开玩笑，也没有当真。等船靠了岸，那个楚国人立刻脱了衣服，从船帮上刻有记号的地方下水去寻剑。他在水底下摸了大半天，也没有找到宝剑的影子。无奈，那人极不情愿地上了船。上船后，他指着船上刻的记号，自言自语道：“明明我的剑是从这里掉下去的，为什么却找不到呢？”

看着他困惑的样子，一个老者笑着对他说：“船一直在不停地行走着，而你的宝剑却掉进了水底一点也不动。船走了这么远了，你怎么可能找到你的宝剑呢？”

成语详解

舟：船。求：寻找。

刻舟求剑：在船上刻上记号来寻找掉入水中的宝剑。比喻做事固执、拘泥，不知变通。用来讽刺那些拘泥成例，不知道跟着形势的变化而改变看法或方法的人。

妙语点拨

这个故事实际上是在提醒我们：世界上的事物是永远处在运动与变化之中的，变化就是客观世界事物发展的规律。

所以，我们无论做什么事情都应遵循这条自然而永恒的规律，要用变化的观点来看自己、看别人、看世界、看万物，对任何事物都应学会用变通的思维去对待。如果事物变化了，而你不去相应地改变自己的应对方法与策略，而是凭主观臆断去做，这就违背了事物发展的客观规律，结果轻则白费力气，重则损失惨重。

41

口蜜腹剑

宋·司马光《资治通鉴·唐纪》：
“世谓李林甫，口有蜜，腹有剑。”

唐玄宗时，李林甫先后担任兵部尚书、同中书门下平章事，后来又升任中书令，可谓权重一时。不管走到哪里，都是八面威风。说实话，他不是个没文化的官，倒是颇有些才艺，他的字画很不错，也小有名气。

李林甫在职 19 年，极尽阿谀拍马之能事，因而很得唐玄宗的信任。每次上朝，李林甫都会使出浑身解数，竭力迎合玄宗。他时时处处不忘观察皇帝的脸色，揣摩皇帝的心思，总是能在恰当的时候歌功颂德，表达自己对玄宗的忠诚。为了不断提升自己的地位，李林甫想方设法拉拢唐玄宗宠爱的宦官、嫔妃，如高力士、杨贵妃等，极尽所能地讨他们的欢心，让他们在皇帝面前为自己说好话，替自己创设晋身之阶。任职的 19 年中，李林甫从不违逆皇帝旨意，他信奉“无条件的服从”是臣子的本分。

李林甫是宰相，总会有人找他说情、办事。他每次都满口答应，可实际上不但不帮助这个人，还会暗中加以破坏，说人家的坏话。许多人不了解这些，还以为他是个好人呢。

对待同僚，李林甫更是大耍两面派伎俩。表面上他满脸笑容，一团和气，办事公道，有礼有节，实则阴险毒辣，嫉妒心极强。一旦遇到本领、威望、功劳超过自己的人，或者是受到皇帝厚待的人，只要这个人有可能威胁到他的利益，李林甫就一定要千方百计地除掉对方。

有一次，唐玄宗在勤政殿楼上隔着帘子眺望，见到兵部侍郎卢绚骑马从楼下路过，随口就夸了几句，说卢绚的风度气质很好。李林甫听后心里很嫉妒，几天后就将卢绚降为华州刺史。卢绚到任不久，又被人诬蔑说身体不好、工作不称职，再一次被降了职。

有一个官员叫严挺之，被李林甫排挤到外地当了个小官。有一次，唐玄宗猛然想起他，便问李林甫说：“严挺之还在吗？这个人很有才干，还可以用他啊。”

李林甫假意说："陛下既然想念他，我去打听一下。"

退朝后，李林甫将严挺之的弟弟找来，对他说："你哥哥不是很想回京城见皇帝吗？你让他上一道奏章，就说他得了病，请求回京城看病，这样就能达成所愿。"

严挺之接到弟弟的来信后，就上了一道奏章，请求回京城看病。李林甫拿着这封奏章去见唐玄宗说："哎呀，真是太可惜了，严挺之现在得了重病，不能干大事了啊。"于是，唐玄宗就放弃了提拔严挺之的念头。

前面两例是因为嫉妒。而对于他心里痛恨的人，他存心想要害对方时，就会先装着跟这个人很亲热的样子，见面除了热情就是奉承，让别人对他不设防、不怀疑。而在背后，他则用最狡诈阴险的手段来陷害对方。让我们看看李林甫是如何陷害他非常痛恨的李适之的吧。

有一次，李林甫对李适之说："适之兄，听说华山那里蕴藏着许多金矿，假如能大量地开采，一定能富国强民。我现在非常忙，如果你有时间，就写个奏章给皇上吧，皇上一定会提拔并重用你的。"

正直的李适之不知此中有陷阱，就写了奏章给唐玄宗，请求开采金矿，为国家与百姓造福。唐玄宗看后非常高兴，连忙找李林甫商量此事。李林甫说："哦，是为了采金的事情吧，我早知道了。陛下，华山是帝王之气最集中的地方，万万不能动它呀，否则恐怕会对陛下的江山不利呀。"

唐玄宗听后，觉得李林甫想得很周到，更能为皇帝与国家着想。而对李适之则很反感，很快就疏远了他，不久后还贬了他的职。

李林甫做了19年宰相，几乎所有有才能的正直的大臣都受到过他的打击与排挤，而许多和他一样的小人却得到提拔。有许多不明底细的人往往被他表面的伪善所迷惑，对他讲出心里话。李林甫便以此为把柄，在别人背后进行陷害。时间长了，许多人渐渐识破了他这种先用甜言蜜语骗得对方的好感，然后再借机下手的伎俩。所以，当时的人谈起李林甫时，都说他是一个“口有蜜，腹有剑”的阴险人物。

成语“口蜜腹剑”就是由“口有蜜，腹有剑”简化而来的。

成语详解

蜜：甜美的东西。

口蜜腹剑：嘴上抹着蜜，肚里藏着剑。指人嘴里虽然话说得好听，心里却在想着怎么陷害别人。形容那种嘴甜心毒、阴险狡诈的人。

妙语点拨

提到口蜜腹剑，我们马上会联想到另外几条意思相近的成语，笑里藏刀、口是心非、佛口蛇心、两面三刀，也许还会联想到《红楼梦》中的王熙凤身上那种独特的为人处世的本领——“明是一盆火，暗是一把刀”。其实，不论是历史上的李林甫还是文学作品中的王熙凤，都在我们身边存在着。遇到这种人，一定要警惕，当然也千万注意，别让自己成为那样的人。

如果说这句话还有可取之处的话，那么剔除后半句，只留下“口蜜”中真诚的那一半——老百姓俗话说的“这个人嘴真甜”，就是说这个人话说得让人爱听，让人高兴，这是人们应该在交际中努力做到的。毕竟，没有人喜欢听难听的话，更没有人喜欢听让人生气的话。

口蜜而不腹剑，这才是我们应该追求的一种健康而正确的处世之道。

42

滥竽充数

《韩非子·内储说上》：

“齐宣王使人吹竽，必三百人。南郭处士请为王吹竽，宣王说之，廪食以数百人。宣王死湣王立，好一一听之，处士逃。”

战国时期，齐国的国君齐宣王非常喜欢听人吹竽，又爱讲排场，常常喜欢听许多人一起合奏的音乐。所以，齐宣王派人到处搜罗能吹善奏的乐工，组成了一支三百人的吹竽乐队。而那些被挑选入宫的乐师，也有着特别优厚的待遇。他们不仅每天吃香的喝辣的，而且演奏完了还常常有赏钱，小日子过得非常滋润。

有一个游手好闲、不务正业的浪荡子弟，名叫南郭。他听说齐宣王有这种嗜好，而且做乐工的待遇也很好，就非常羡慕。尽管他一点也不会吹竽，可他还是一心想混进那个乐队，跟着吃香的喝辣的。于是，他设法见到了齐宣王，说自己是一名出色的乐师，还将自己吹竽的本领大大地吹嘘了一通。齐宣王也没有考查，便高兴地让他进了吹竽的乐师班。

每到为齐宣王演奏的时候，南郭先生就混在乐师队伍里，学着别的乐师的样子，摇头晃脑，摆出各种吹竽的姿势，装模作样地在那里学得惟妙惟肖。由于是几百人在一起吹奏，大家吹出来的乐曲声音也都差不太多，齐宣王也听不出谁会谁不会。其实，南郭先生只是做个样子，根本没吹出声音来。

就这样，南郭在这个“中央乐团”里混了好几年，不但没有露出一丝破绽，而且还和别的乐师一样得到了优厚的赏赐，获得了“皇家乐师”的身份，过着舒适自在的生活。

不久，齐宣王死了，他的儿子齐湣王继位。齐湣王和他父亲一样爱听吹竽。只是有一点不同，他不喜欢听合奏，而是喜欢乐师们一个个单独吹给他听。

南郭先生听到这个消息后，吓得浑身冒汗，整天提心吊胆的。心想，这回麻烦可惹大了，一旦露出马脚来，丢掉饭碗是小事，要是落得个欺君犯上的罪名，恐怕连脑袋也保不住啊！看来，这个让他享受人间富贵的“中央乐团”不能再混了！于是，趁着齐湣王还没叫他演奏，南郭先生赶紧卷起铺盖溜走了。

成语详解

滥：失实，与真实不符，引申为蒙混、冒充的意思。竽：一种吹奏的簧管乐器，与今天的笙类似。充数：凑数。

滥竽充数：本义是指不会吹竽的人冒充会吹竽的人。比喻没有真才实学的人混在行家里充数，或者以次充好。有时也用作自谦之辞。

妙语点拨

南郭先生的不幸有两点：其一，你可以不会吹竽，不会吹不要紧，你可以选择别的工作，为什么非得来吹竽呢？其二，如果你真的想做这一行，那就应该苦心练习吹竽的技术与本领，即便以前不会，都混进“中央乐团”了，也该好好练一练才好啊，练好了自然就不必“心虚”了。这两点都不具备，还要贪恋那么优厚的待遇，到考验来时，还不是要灰溜溜地逃走？

前几年曾有人写过一篇《南郭先生后传》，说南郭先生在出逃后屡遭打击，深刻体悟到自己的错误，于是幡然悔悟，决心痛改前非。他从头开始，从一点一滴学起，一个音符一个音符地苦练，终于学成了吹竽的本领，成为当时的吹竽高手。

可惜，还有许许多多现代的南郭先生们并没有悔改之意，还是在各行各业里抱着金饭碗混饭吃，而且吃得有滋有味。但是请相信，他们早晚会有出乖露丑的那一天。

也许我们做不了杰出的音乐人才或别的领域的佼佼者，也许我们也做不了那个新时代的“南郭”，但起码可以做些力所能及的事情，即便做不到出类拔萃，也可以做一个平凡的人，做好自己分内的事。

43

利令智昏

汉·司马迁《史记·平原君虞卿列传》：

“鄙语曰：‘利令智昏。’平原君贪冯亭邪说，使赵陷长平兵四十余万众，邯郸几亡。”

战国时期，赵国有一个名叫赵胜的人，十分贤能，有功于赵国。起初，他的封地是平原县，因此，他被称为平原君。他曾担任赵惠文王和孝成王的相国，三次被罢免，又三次被复职，在诸侯中很有名气。

但是，平原君有时也会不识大体，被眼前的小利蒙住双眼，致使赵国蒙受重大损失。

公元前262年，秦国派大将白起带领大军攻打韩国。秦军先占领了韩国的野王（今河南沁阳市），这里是韩国的上党同内地之间的重要通道。野王一旦失守，上党立即就会被孤立起来，无法抵抗强大的秦军。上党郡守冯亭说："上党眼看就守不住了，我们投降秦国不如投降赵国。赵国得到上党后，秦国军队肯定会去攻打它。那时，赵国受到攻击，必然求韩国援助。赵国和韩国联合起来，就可以抵挡住秦国了。"

于是，冯亭派人带着上党的地图去会见赵孝成王，要把上党献给他。这时，平阳君赵豹认为，无缘无故收下这块地，肯定会埋下祸根，便劝赵孝成王不要接受。但平原君赵胜却认为，不费吹灰之力就能得到一块地，没什么不好，应该接受。最后孝成王还是挡不住诱惑，接受了平原君的建议，派平原君到上党将这块地接收过来，并封冯亭为"华阳君"。

马上就要被打下来的上党，转眼间却成了赵国的地盘，眼看着即将入口的肥肉就这样被赵国抢走了，秦王非常愤怒，便派白起为大将，率领军队大举攻打赵国。

这场战争一直打了三年多。最后，赵国的四十万大军在长平被围困，全军覆灭，数十万士兵被活埋。秦军的铁蹄几乎踏进赵国的首都邯郸。这就是历史上非常有名的秦赵长平之战。

成语详解

利：金钱、利益。智：理智。昏：糊涂，神志不清。

利令智昏：因贪图私利而使头脑发昏，丧失理智。

妙语点拨

从司马迁的原文"鄙语曰"中可以得知，创造这条成语的并不是哪方神圣、何处高贤，而是普通老百姓。看来，老百姓早已深深地看透了人性的本质！因而，他们总结出了一条精辟的真理——利令智昏！就这四个字，足以概括各行各业不同层次的人的一个共同的心理走向和行为误区！

在这个世界上，没有什么比“利”这个东西更能让人头脑发昏了。是“利”，让人在发昏的情况下，忘了法律，忘了正义，忘了道德，忘了责任，忘了一切人类必须遵守的信条和原则，于是就上演了一场又一场本不该发生的悲剧。

“人为财死，鸟为食亡”。其实，“利”本是人类正常的需要，人人可以图之，人人可以得之。只是，求利者应该通过正当的途径去获得，而不能唯利是图。人作为一种高级动物，本该不同于其他物种，应该也必须保持清醒而冷静的头脑。

临渴掘井

《晏子春秋·内篇杂上》：

“溺而后问坠，迷而后问路，譬之犹临难而遽铸兵，临噎而遽掘井，虽速亦无及已。”

春秋时期，鲁昭公因为不善治国，被人赶下了台，驱逐出国，只好跑到邻近的齐国去避难。

齐景公就问鲁昭公：“你正是年轻有为的时候，怎么就把国君的位置弄丢了，还失掉了国家？你有没有反省过这到底是什么原因呢？”

鲁昭公回答说：“我年纪轻，有很多人爱护我，可是我没有去和他们亲近；有很多人规劝我，可是我没有采纳他们的意见。渐渐地，就弄成了内无竭力帮助我的人，外无效忠拥护我的人，真正爱护我的人一个也没有了。倒是周围有好多人奉承我，对我说假话。这样，我就好像秋天的蓬草那样，虽然枝叶看上去依旧长得很好看，其实根茎已经快枯萎了。等到萧瑟的秋风吹起的时候，枝枝叶叶都被连根拔起了。”

齐景公认为鲁昭公还年轻，现在又认识到了自己的错误与过失，今后或许能成为一个贤良的国君，于是就问身边的宰相晏子：“如果让鲁昭公回到鲁国去，你觉得他能不能重新成为一位贤君？”

晏子回答说：“不行啊。蹚水过河而溺水的人，多半是因为事先没有探明河水的情况；迷路的人也多半是因为事先没有搞清楚路的情况。一个人已经掉进水里了，然后才去追究掉在水里的原因；已经迷了路，然后才去问路，这不是为时已晚了吗？这就好比战争的危难已经临头，才想起去打造兵器来进行抵抗；喉咙被食物塞住咽不下东西了，才筹划挖井取水来润喉去噎，即使你用最快的速度去完成，也已经来不及了啊。”

齐景公听了这番话，点头称是。

成语详解

渴：口渴。掘：挖掘。

临渴掘井：到了口渴的时候才去挖井。比喻事先没有准备，事到临头才匆忙想办法应付。

妙语点拨

看到这条成语，不由得想起一句老百姓常说的俗话：“临上轿才扎耳朵眼。”这两句话一个雅，一个俗，但却表达了相同的意思：不要等到事到临头才手忙脚乱地想办法，那样即使有千方百计也等于无计可施——因为为时已晚，错已铸成。

也许有人会问：中国还有一条成语叫“亡羊补牢”，得出的结论是“未为迟也”。就是出了差错后，再想法弥补，免得再受损失。这两条成语的意思岂不是互相冲突？

其实，两者所表达的内容一点儿也不冲突。因为两者强调的重点发生在事件的不同阶段：“临渴掘井”强调的是必须要有准备才能免遭损失；“亡羊补牢”强调的是发现问题后再想法补救，免得再受损失。很显然，后者是在受到损失之后作出的无奈之举，而前者强调的是应该在没有遭受损失的情况下早早地预防，提前准备，做到有备无患，以防万一。

比较一下，还是前者所提示的内容更让人警惕：因为它会让你少受损失、少遭伤害，或者不受损失、不遭伤害。

想一想，我们在学习和生活中，是不是常会遇到类似的情况？临到考试了才想起复习功课，那样能考出好成绩吗？临到毕业了，才想起自己有很多该学的知识没有学，该做的事情没有做，这样你能很好地应对即将来临的社会挑战吗？

虽会有一时侥幸发生，但那绝不是长久之计！还是早做打算吧！

45

买椟还珠

《韩非子·外储说左上》：

“郑人买其椟而还其珠。此可谓善买椟矣。”

春秋时期，楚国有一个珠宝商人到郑国去卖珍珠。为了招揽顾客，他很是动了一番脑筋，最后决定在珍珠的外包装上多下点功夫。他亲自到绸缎庄去选了一些上等的面料，请人做成许多式样精美的锦囊，还让绣娘在锦囊的外面绣上山水花鸟等图案，然后再分门别类地将珠宝一件件装到锦囊里。

果然，经过这番包装后，珍珠卖得非常好。到最后，还剩下一颗最大的珍珠，这颗珠子玲珑剔透，价值连城。商人想把它包装得更别致些，便专程登门拜访城中一位知名的工匠，请他做了个漂亮的小匣子，把珍珠装起来。这匣子用名贵的兰木雕制而成，工匠还按照商人的要求放到熏箱中用桂花和花椒等多种香料熏烤，使其散发出迷人的香味儿。匣子的外边缀着小件珠玉，还镶嵌上了玫瑰色的宝石和翡翠，看上去美丽华贵、绚丽耀眼。

在集市上，有一个郑国人看到这个漂亮的珍珠匣子，左看右看也看不够，爱不释手。他甚至都没看匣子里面装的是什么东西，便以高价买下了这个匣子。付完账，他就抱着匣子高兴地走了。

郑国人走了没多远，突然像想起什么似的又折了回来，只见他郑重其事地打开匣子，取出那颗大珍珠，还给了楚国商人，说：“对不起，掌柜的，我要的只是这个匣子。这颗珠子还是还给你吧！”

楚国商人觉得太奇怪了，就劝了他一句：“这颗珍珠的价值比那个漂亮的匣子要高出许多倍呢，你还是拿去吧。”

郑国人说：“我看中的就是这个匣子呀。”说完，他拿起匣子就走了。

楚国商人听了这话，再望着那个郑国人离去的背影，不由得说了一句：“这真是天底下头号大傻瓜呀。”

在场的伙计们也都面面相觑，半天也说不出一句话来。

成语详解

椟：木匣子。珠：珍珠。

买椟还珠：本义是指用重金买下漂亮的装珍珠的匣子，却将其中装的珍珠退还给卖家。后比喻舍本逐末，取舍不当。也比喻只重视外表，而忽视或者轻视了本质的东西。

妙语点拨

世界上的事情就是这样：一些具备漂亮外表的东西，因其炫人耳目，往往让人眼花缭乱，就容易掩盖其内在本质的珍贵，人们也因为被这漂亮的外表所打动、所吸引，才做出类似郑国人那样的蠢事。我们无论做事、学习还是为人处世，都不能只看事物的表面，也不能只看一个人的表面，不能只被其表面的华丽新颖所吸引而忽视了事物和一个人的本质。看问题、分析事物，一定要善于透过表象抓住本质。只有这样，才不会舍本求末、轻重倒置。只有这样，才能做出正确的取舍，才能既得到外面漂亮的匣子，更得到里面珍贵的珍珠。

46

盲人摸象

《大般涅槃经》三十二：

“尔时大王，即唤众盲各问言：‘汝见象耶?’众盲各言：‘我已得见。’王言：‘象为何类?’其触牙者即言象形如芦菔根，其触耳者言象如箕，其触头者言象如石，其触鼻者言象如杵，其触脚者言象如木臼，其触脊者言象如床，其触腹者言象如瓮，其触尾者言象如绳。”

从前，在中国北方的一座城市里住着八个盲人。他们常常听人说起南方有一种动物叫大象，长得非常雄壮庞大，就非常好奇，总想有机会亲手摸一摸。

有一天，一个南方人牵着一头大象来到这里。这些盲人听说后非常高兴，一起来到这头大象面前，请求南方人让他们亲手摸一摸大象。南方人很同情他们，非常爽快地答应了。八个盲人急切地想知道大象是什么样子，就一个接一个争先恐后地抢着用手来摸大象。

盲人们摸了好半天，才全部摸完。南方人就问："摸完了吧，那你们知道大象长什么样子了吗？"

盲人们都说知道了，并纷纷说出自己的感觉。

第一个盲人摸到了大象的牙齿，就说："我知道了，大象就像一个又大又粗又光滑的大萝卜。"

第二个盲人摸到了大象的耳朵，就说："不对不对，大象明明是一把大蒲扇嘛！"

第三个盲人摸到了大象的脑袋，就说："我看哪，大象就像一块大石头！"

第四个盲人摸到了大象的鼻子，就说："不对，大象就像一根洗衣服用的大棒槌。"

第五个盲人摸到了大象的大腿，就说："你们瞎说，大象又圆又高的，明明是一根大圆柱子啊。"

第六个盲人摸到了大象的脊背，就说："哪里呀，我看大象就像是一张又宽又厚又大的床！"

第七个盲人摸到了大象的肚子，就说："不对，我觉得大象就是一口大水缸啊。"

第八个盲人摸到了大象的尾巴，就说："唉，大象哪有你们说的那么大，它只不过是一根草绳罢了。"

这八个盲人争吵不休，都说自己摸到的才是真正的大象。

南方人听着他们的争论，心里不免觉得好笑：他们一个一个都说得活灵活现的，其实谁也没有说对啊！

成语详解

盲人摸象：比喻看问题或看事物只看到一个方面或一个部分，就做出以点代面、以偏概全的判断。

妙语点拨

人们常说，“耳听为虚，眼见为实”。其实，亲眼所见也不一定绝对真实，就是亲身去体验也不一定能获知全部，因为你所见到的只是局部，你所体验的也不完全。如果想获知事物或事情的全貌，必须进行全方位、多角度的调查与了解，之后才能做出比较正确的判断。

盲人摸象的做法虽然不可取，但也情有可原，毕竟他们是受到了先天条件的限制。而一个正常健全的人，则应该尽量客观、公正，避免犯如此低级的错误。

47

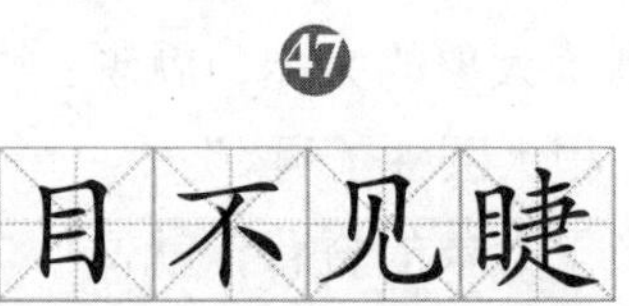

目不见睫

战国·韩非 《韩非子·喻老》：
“臣患智之如目也，能见百步之外不能自见其睫。”

春秋初期，楚庄王经过几年的励精图治，使楚国的军事实力迅速增强，于是他觉得应该让各国了解楚国的强大，尊他为霸主。

有一天，楚庄王召集群臣，问道："我准备称霸诸侯，你们看，应该先让哪个国家臣服?"

有一个大臣说："越国现在很不安定，百姓生活困苦，兵力又单薄，攻打它比较容易获胜，越国百姓也会很欢迎我们的。"

大臣杜子听说这件事后，觉得有必要劝阻庄王，他不愿看到刚刚平静的生活再次被战争破坏。于是他求见庄王，一见面就直截了当地问："听说大王要对越国用兵，您真有这种打算吗?"

楚庄王说："有这个想法，征服越国可以扩展我的疆土，增加税收，开辟兵源。你觉得怎么样?"

杜子沉思了一会儿，没有正面回答问题，而是反问道："不知大王此次兴兵，有几分获胜的把握?"

楚庄王充满信心地表示有必胜的把握。

杜子说："请大王详细说说。"

楚庄王说："越国目前朝政混乱，社会很不安定，军队缺乏训练，不堪一击。这真是天赐良机，我的大军一到，越国一定望风归顺，不战自降。"

杜子笑着问："大王能看到自己的睫毛吗?"

楚庄王说："当然看不到。不过，这和攻打越国有什么关系吗?"

杜子说："我们可将睫毛比喻为自身的不足，它往往被人所忽视。前不久，我们楚国分别与秦、晋两国交兵，结果是我们大败，还丢掉几百里的疆土。这样的军队能算是强大吗？我还知道，有个叫庄蹻的江洋大盗，在国内胡作非为，欺压百姓，横行霸道。这个人好像还没得到应有的制裁，我不知道那些负责司法的官吏都干什么去了。他们是根本不知道这件事，还是知道了也不闻不问呢？由此看来，楚军并不比越军有战斗力，国家管理得也不比越国出色，我觉得楚国的软弱不在越国之下。可您却自以为比越国强盛，对这些大王您都视而不见，这不正是与看不见自己睫毛的道理一样，缺乏自知之明吗?”

听了杜子的这番话，楚庄王如大梦初醒，连连点头称赞道：“你讲得对呀，你讲得对呀!”于是取消了攻打越国的计划。

成语详解

目不见睫：自己的眼睛看不到自己的睫毛。比喻人不能省察到自己，或只能看见远处而不能看见近处。也比喻人缺乏自知之明。

妙语点拨

自身的缺点就如同自己的睫毛一样，虽然总在眼前，却总是视而不见。这是人的一个先天弱点。如果一个人不能克服这个弱点，他就可能处在弱势的处境而难以自拔。

其实，“目不见睫”也怨不得人本身，因为这是人的生理状况的必然性，就像人永远也看不到自己的后脑勺一样。可是，作为一个正常而理性的人，如果总是看不到自身的缺点，总是觉得自己比别人优秀，那你就难以进步，难以真正地超越别人。时间久了，你就会被迫从人生的竞技场上“提前退休”。

要克服“目不见睫”，要想“目能见睫”，只有两个办法。一是自己经常“照镜子”，从多个角度去审视自己的“睫毛”是长是短，是直的还是卷的。二是让别人帮助自己来看。俗语说：“旁观者清”。别人的眼光比自己看自己总要清楚与清醒得多。这两方面一综合，你肯定会发现自己的不足，之后再努力地加以克服与改正，你就能不断进步。

人生，不就是在这样螺旋式的进步中不断提升的吗?

48

南辕北辙

《战国策·魏策四》：

“魏王欲攻邯郸，季梁闻之，中道而返，……往见王曰：‘今者臣来，见人于大行。方北面而持其驾。告臣曰：我欲之楚。臣曰：君之楚，将奚为北面？曰：吾马良。臣曰：马虽良，此非楚之路也。曰：吾用多。臣曰：用虽多，此非楚之路也。曰：吾御者善。此数者愈善，而离楚愈远耳。’”

魏国是战国七雄之一，国君魏安僖王早就有称霸天下的野心，他想通过攻打北方的赵国来扩展魏国的版图，从而尽快谋得霸主之位。大臣季梁听说此事后，急忙来求见魏王。

季梁说：“大王，今天我有事出门，在路上碰到一件怪事，所以想说给大王听听，希望您可以指点迷津。”

“好啊，你说说看。”魏王很有兴致。

季梁说：“是这样，今天我外出办事，在路上看见一个人坐着马车急匆匆地赶路，我很奇怪，您想，如果没有急事的话谁会一大早那么着急上火地往前赶呀。我连忙叫住他，问他有什么事情，又要到哪里去。那人说：‘到楚国去。’稍有点常识的人都知道，到楚国去应该朝南走，可他却在拼命地往北走。于是，我大声说道：‘朋友，到楚国应该往南走，你怎么往北走呢?’他回答说：‘没关系，我的马是上等好马，据说可以日行千里呢。’我说：‘即使你的马再好也没有用，因为你所走的这条路根本就不通往楚国。’他听了我的话，居然大笑起来，并且说：‘朋友，你不用担心，我带了充足的盘缠，还雇了很好的马夫，你说有了如此优越的条件还用担心到不了楚国吗?’我气得快要发疯了，在此之前，我真的不知道天底下还有这么固执的人！我一把扯过马缰绳，说：‘拜托你清醒一点，你的方向本身就是错的，不管你的马有多好，路费有多丰厚，马夫有多高明，统统都是不中用的。’那人笑着拍了拍我的肩膀说：‘朋友，你放心，方向不成问题，大不了我多走几天，会到的。’说完，他示意马夫快马加鞭，扬起的尘土扑了我一脸。”

魏王听罢，不禁哑然失笑：“天下竟有这样的蠢人!”

季梁接着说道：“这个人就是背道而驰啊！大王您一心要成就霸业，一举一动就都应该取信于天下，这样才能树立威信，成为众望所归。如果依仗自己国家大、兵力强，动不动就想进攻别国，想借着攻占别国的土地来扩充疆域，我觉得这种想法和那个赶路人非常相似。那个赶路人背离自己的目标，不断向相反的地方前进，走的时间越长离自己的目标就会越远。而大王您现在就是这样啊，您会离成就霸业的目标越来越远啊!”

魏王听了季梁的话，觉得他说得很有道理，于是打消了伐赵的念头。

成语详解

辕：古代车马前面的两根车杠。辙：车轮走过的痕迹，指道路。

南辕北辙：想要往南边去，却驾车向北行驶。比喻行动与目的正好相反，也表示背道而驰，走的路越多离目标就越远。

妙语点拨

我们常常会看到有这样一种人，他们只会低头拉车，不会抬头看路，或者只顾盲目走路，却搞错了前进的方向。一味地埋头蛮干，有时不免会迷失方向。而知道了方向的错误却不能及时掉转方向，反而固执己见，向着错误的方向继续走下去，肯定就会离目标越来越远。你的条件再好，也于事无补；你的条件越好，离目标就会越远。

正如一句英国谚语所说：“对一艘盲目航行的船来说，任何方向的风都是逆风”。人生的路是短暂的。如果在人生之路上多了几次这样的逆风，那对人的打击之大可想而知。所以，认准前行的方向比其他条件与要素都重要。

49 弄巧成拙

宋·普济《五灯会元·法元秀禅师法嗣》：

“上堂祖师妙诀，别无可说，直饶钉嘴铁舌，未免弄巧成拙，净名已把天机泄。”

从绘画内容上说，中国画大体上分为三大流派：山水画、人物画及翎毛花卉。此外还有专门画楼台殿阁的一个支流，这种画离不开尺，所以又叫界画。

北宋时期，有一位专攻人物画的画家，叫孙知微。有一次，他受成都寿宁寺的委托，给寺院画一幅《九曜星君图》。他费了很多心血，好不容易才将图用笔勾好，人物栩栩如生，衣带飘飘，宛然仙姿，只剩下着色最后一道工序了。这时，刚好有朋友请他去喝酒，他放下笔，将画仔细看了好一会儿，觉得还算满意，便对弟子们说：“这幅画的线条和轮廓我已全部画好，只剩下着色了，就由你们来着色吧。你们一定要小心些，不要着错了颜色。我去朋友家会客，等我回来时，希望你们能画好它。”

孙知微走后，弟子们围着这幅画，反复地观看老师用笔的技巧和总体构图的高妙，互相交流着心得。

有的说：“你看，那水曜星君的神态多么逼真，长髯飘洒，不怒而威。”

有的说：“你看，那菩萨脚下的祥云缭绕，真正的神姿仙态，让人肃然起敬啊。”

众徒弟中有一个叫童仁益的，平时专爱卖弄小聪明，喜欢哗众取宠。可今天却只有他一个人一言不发。

有人问他：“你为什么不说话，莫非老师这幅画有什么缺陷吗?”

童仁益故作高深地说：“大家没有看到吧？水曜星君身边的童子神态很传神，可是他手中的水晶瓶好像少了点东西。”

众弟子说：“没发现少什么呀?”

童仁益说：“老师每次画瓶子，总要在瓶中画一枝鲜花，可这次却没有。也许是急于出门，来不及画吧，我们还是替他画好了再着色吧。”

众弟子一听，大多数也赞同。于是，童仁益就非常用心地在瓶口画了一枝艳丽的红莲花。

孙知微从朋友家回来，当他发现画中童子手中的瓶子生出了一朵莲花时，生气地说：“这是谁干的蠢事？如果仅仅是画蛇添足倒还罢了，这简直是弄巧成拙啊。童子手中的瓶子，是水曜星君用来降服水怪的镇妖瓶，你们给添上了莲花，就是把宝瓶变成普通花瓶，岂不成了天大的笑话!”

说罢，他一把将画撕了个粉碎！众弟子都吓得不敢抬头，偷偷地看着童仁益。童仁益羞红了脸，低头不语。

成语详解

弄：玩弄、卖弄。拙：笨。

弄巧成拙：指本想将事情做得更巧妙一点，结果反而将事情搞得更糟了。

妙语点拨

“弄巧成拙”与“画蛇添足”有着部分相同的意思，都是好心想将事情做好却做得糟糕了。但两者的差别也比较明显：前者属于陈述性成语，侧重在想要将事情做得巧妙些却反而做坏了；后者属于比喻性成语，侧重在想将事情做得圆满些却做多了而将事情办糟了。

喜欢“弄巧”的人，一定是知识不足、基础不牢、功力不到而又喜欢卖弄小聪明的人。由于知识不足，做事就可能违背科学、违背常识；由于基础不牢，做事就可能不踏实、不可靠；由于功力不到，做事就可能不到位、不准确。这样的结果必然是弄巧成拙，将好事变成坏事。

喜欢争强好胜，喜欢炫耀自己，从本质上来讲并不是什么坏事，关键是你得具备可以争强的能力和可以炫耀的资本。不过，就算你真的有本事、有能力，也不必非得去跟人炫耀吧，若能在取得成绩后保持低调，一如常态，才能成熟的表现。

50

杞人忧天

周·列御寇《列子·天端》：

“杞国有人，忧天地崩坠，身亡所寄，废寝食者。”

春秋时期，周朝诸侯中有一个很小的国家杞国（今河南杞县)。杞国有一个生性胆小的人，整天忧虑不安，疑神疑鬼的，经常会说一些莫名其妙的话，有时还会讲一些非常恐怖的事情。因为听起来好像有理有据，周围的人也被他搞得惶惶不可终日。

一天，他躺在院子里的葡萄架下望着天空发呆，突然生出一个十分可怕的念头：如果有一天我头顶上的这方天一下子塌下来，以我如此瘦弱的身体，怎么可能支撑得住呀？我正值壮年，如果就这样死了多可惜？到天真的塌下来的那一天，我应该藏到哪里呢？

从此，这个问题在杞国人的心里变成了一个死结，他整日整夜地为这件事而烦恼。因为担惊受怕，精神恍惚，他吃不下饭、睡不好觉，还常常做噩梦，梦醒之后就大汗淋漓。就这样，他的身体日渐消瘦。

他的朋友见他每天这样愁眉苦脸的，很担心他的身体，就劝他说：“你看，天不过是堆积在一起的气体罢了，这些气体很轻，它们悠悠地在空中飘荡，是根本不可能掉下来的。你就放心吧。再说，我们每天被各种气体包裹着，不是生活得很好吗？你见过有哪个人是被天上掉下来的气体砸死的？你听说过周围的气体挤死人的事情发生吗？再说了，就是天真的塌下来了，也不是你一个人担心发愁就可以解决的啊。还是想开点吧。”

杞国人听了以后，觉得朋友的话很有道理，心放宽了不少，身体也开始恢复了。

可是过了些日子，又一个可怕的念头闯进他的脑海。他认为：不错，天确实像朋友说的那样，是由许许多多气体组成的，要不天晴的时候，空中的云彩怎么会四处游走呢？可是这样一来，问题就出现了，这些气体很轻啊，它怎么能够承受得住太阳、月亮以及众多的星星呢？想想看，即使天真的不会塌下来，谁能保证太阳、月亮、星星不会从天上掉下来呢？要是它们真的从天上掉下来了，地会不会被砸得陷下去？地要是陷下去了，杞国肯定也就不存在了，那我也就失去了存身之处。真要是这样的话，我该如何是好啊！于是，他不由自主地又发起愁来。

后来，又有朋友来劝他不要为那些没边儿的事发愁，可他总是听不进去，觉得这个世界很快就要崩溃了。有一天他突然想：如果我到海上去，天塌下来不就砸不到我了吗？于是，他想法子买了一条船，跑到海上去生活，每天都待在船上战战兢兢地等待着有朝一日天塌下来。

日子过了一天又一天，一年又一年，天还是没有塌下来，太阳、月亮和星星也没有一个掉下来。而这个杞国人还在为这件事担忧着、烦恼着、恐惧着。

就这样，杞国人一生一事无成。直到死去的时候，他仍然为天会不会塌下来而发愁呢。

成语详解

杞：周朝时期一个诸侯国的国名。忧：担忧、忧愁。

杞人忧天：杞国有一个人总是担心天会塌下来。后多比喻不必要的或没有根据的忧虑和担心。

妙语点拨

美国著名作家马克·吐温说：“忧愁是伤人的病菌。它会吞噬你的优势，而留下一个像废品一样的垃圾。”这句话绝对一百个正确。因为，人的情感也是有空间限制的，你担心的事情越多，它们占据你情感空间的位置就会越大，那么你拥有的快乐就会越少，你拥有的为正经事而努力的激情、决心与劲头也就越少了。很明显，一个人如果整天都在忧愁满腹、愁肠百转中度过，他的心里总是想着那么多没有用的事，哪还会有精力做别的事呢？最后的结果也只能与杞人一样，成为真正的“庸人自扰”。

记住，生活中许多我们所忧虑的事情可能永远都不会发生。退一步说，即使发生了，也不一定就会落到你的头上。再退一步说，纵使真的要发生，你的忧虑也可能挡不住它，改变不了它。那么，又何必为那些没必要也毫无根据的事忧心忡忡呢？

51 前倨后恭

《战国策·秦策一》：

“苏秦笑谓其曰：‘嫂何前倨而后卑也？’其嫂曰：‘以季子之位尊而多金。’”

战国时期，洛阳城里有一个著名的纵横家名叫苏秦，他曾和魏国人张仪一起拜鬼谷子为师，学习所谓的“纵横之术”。他后来游说过许多国家，联合了六国共同抵抗秦国，并被拜为六国的宰相，在当时享有极高的声望。

可是，他在成名以前却屡遭失败，奔波了几年都一事无成。有一次，他去游说秦国，秦王根本没有理他，对他非常冷淡。他不仅花光了带去的钱财，自己也心力交瘁，面黄肌瘦。当他穿着破烂的衣衫潦倒地回到家时，他的父母、兄嫂，甚至连妻子都认为他没出息，没有一个人看得起他。妻子不给他做衣服穿，嫂子不给他做饭吃，父母也不跟他说话。尤其是他嫂子，更是常以白眼相向，骂他是个游手好闲、不务正业的人，并断言他今生今世永无出头和发达的一天。

有一次，苏秦听到嫂子与妻子背着他说："咱们在家里做生意、治产业，这才是正事。你家苏秦却天天东跑西颠地四处游说，玩嘴皮子，现在闹到这个田地也是他活该呀!"

苏秦听后非常伤心，更十分气愤。他决心从此闭门读书，潜心苦学，他发誓，一定要干出一番事业来!

两年后，他自觉学有所成以后，又开始出外游说。后来，他终于以"合纵"学说游说成功，说服燕国和赵国联合起来。随后，再由他去说服其他四国——齐、楚、魏、韩，争取一起来对付强大的秦国。他被燕文公拜为相国，又被赵肃侯封为武安君，挂宰相印，并赐给他兵车一百辆、锦缎一千匹、黄金二十万两。一时间，他成了声名显赫的人物，几乎是家喻户晓、老少皆知。

苏秦的第一站就是到楚国去游说。在去楚国的路上，他途经洛阳。他的仪仗队浩浩荡荡，威风凛凛，十分隆重。他的父母知道自己的儿子衣锦还乡了，便立刻洒扫庭院，安排酒席，并特地来到洛阳城郊 30 里的地方迎接他。他的妻子不敢正眼看他，只是侧耳倾听他的话；他的兄弟更是连看也不敢看他，低着头侍奉他；至于他的嫂子，更是俯首低眉，竟然在地上对苏秦接连地拜了四拜，向苏秦承认自己从前的过错。

苏秦见此情景，不由得想到自己之前落魄回家时受到的侮辱与冷落，有些感慨但也踌躇满志地笑着对嫂子说："嫂嫂，你为什么从前那样傲慢自大，而今天却又这么卑微谦恭呢?"

苏秦的嫂嫂被他这么一问，真是又愧又怕，便连连叩头求饶，说："那是因为小叔现在的职位变得这么尊贵，又有这么多的金钱啊!"

苏秦听了，不禁长叹一声，说："唉!同是我苏秦，我穷困贫贱的时候，连父母也不把我当儿子看待；如今我富贵了，亲戚们就惧怕我了。人生在世，功名富贵竟是如此重要啊!"

成语详解

倨：傲慢、怠慢。卑：谦卑、恭敬。“卑”与“恭”意思大致相同，后来人们就将“前倨后卑”改为“前倨后恭”。

前倨后恭：原先傲慢，后来恭敬。形容前后态度截然不同。后来人们多用于形容那些势利小人。

妙语点拨

“穷在闹市无人问，富在深山有远亲。”嫌贫爱富、攀附权贵是大多数人都摆脱不了的世俗观念。所以，当苏秦的嫂子回答苏秦的问话时也答得非常干脆而坦率：就是因为你的地位高了，财富多了，我对你的态度就不同了呀！一副典型的市侩嘴脸昭然若揭。

不要嘲笑苏秦的嫂子！她毕竟是个家庭主妇，见不多识不广。我们当今多少有知识有文化有地位的人比起她来，有过之而无不及啊！他们见到上司就点头哈腰，低眉顺眼；见到下属就摇头晃脑，吹胡子瞪眼。而当曾经的上司成了退休干部时，或者成了他们的下级时，他们马上就会变成另外一副嘴脸——“前恭后倨”！事实上，社会上的不正之风、恶俗之气正是这些见风使舵、狗眼看人低的势利小人们带来的！

做人还是本色一些好，真实一些好。我们可以爱富，但不需要嫌贫，贫富永远不能成为衡量一个人成功与否的标准。何况，此时的贫可能成为彼时的富，此时的富也可能变成彼时的贫。当我们以一颗平常心看待贫富贵贱时，我们的心灵才会获得更大的自由，我们的精神才会拥有更广阔的空间。

52

趋炎附势

《宋史·李垂传》：

“今已老大，见大臣不公，常欲面折之，焉能趋炎附势，看人眉睫，以冀推挽乎？”

宋真宗时，聊城（今属山东）人李垂考中进士，先后担任著作郎、馆阁校理（汇编时事、校勘书籍等的官职）等官职。在这期间，他写出了三卷《导河形胜书》，对治理旧河道提出了许多有益的建议。

李垂很有才学，为人正直，对当时官场中奉承拍马的庸俗作风非常反感，因此他得不到重用。当时的宰相丁谓，就是用阿谀奉承的卑劣手法获取宋真宗欢心的。他玩弄权术，排挤异己，独揽朝政。许多想升官的人都得不住地奉承他、吹捧他。

有一次，一个官僚对李垂从不去巴结丁谓感到很不理解，就问他为何从未去拜见过丁谓。

李垂坦荡地说：“丁谓身为宰相，不但不公正处理事务，而且仗势欺人，有负于朝廷的重托和百姓对他的期望，这样的人我为什么要去拜见他？”

谁知，这话后来传到了丁谓那里，丁谓非常恼火，便借故把李垂贬到外地去当官。

宋仁宗即位后，丁谓倒了台，被贬到遥远的地方去任职，而李垂却被召回了京都。一些关心他的朋友对他说：“朝廷里有些大臣知道你才学过人，想推举你当知制诰（为皇帝起草诏书的官员）。不过，当今宰相还不认识你，你何不去拜见一下他？”

李垂冷静地回答说：“如果我30年前就去拜见当时的宰相丁谓，可能早就当上了翰林学士（皇帝最亲近的顾问兼秘书长，可升任宰相）。我现在年纪大了，见到大臣处事不公正，常会当面指出。我怎么能趋炎附势，看别人的眼色行事，来换取他们的提携呢？”

他的这番话不久又传到了宰相耳朵里，宰相听了当然不高兴。结果，他再次被排挤出京都，到外地当了一名小官。

成语详解

趋：趋向、投靠。附：迎合、依附。炎：权势兴盛，比喻有权势之人。

趋炎附势：指奉承或依附有权势的人。

妙语点拨

“趋炎附势”这四个字包含着极其深刻的贬义。尤其是那两个用得很准确的动词“趋”和“附”，简直就是画龙点睛的神来之笔，把那些非常善于阿谀奉承、奴颜婢膝、摧眉折腰地向权贵们套近乎的人的丑态，描写得活灵活现、入木三分。可是，有一个问题：为什么人们知道这样做不得人心，却还是乐此不疲呢？原因只有一个：权势的作用太大，它给人带来的好处与实惠太多。尤其在某些特定的阶段与时期，你靠上了权贵，你就有了活路；你没有靠上权贵，反而与权贵相背离，或者相疏远，那你就肯定会被冷落，严重者甚至还有可能没有活路了。

小到一个单位，大到一个国家，一个社会，如果整个大环境陷入这样的恶性循环之中，那就会使每一个正直、善良、忠诚的人毫无出路、毫无希望。

只有在一个正常的良性的社会环境中，人们才不会靠着趋炎附势来生存。换言之，如果我们每一个人从小就养成良好的品格，无论在什么样的环境中都能洁身自好，保持正直的品质，即使我们有了权势，也能坚守清白正直的节操，不给那些趋炎附势者以可乘之机，那么，这个社会的大环境一定会越来越好，那些靠趋炎附势生存的人也一定会越来越少。

53

元·脱脱、阿鲁图《宋史·范如圭传》：

“公不丧心病狂，奈何为此？必遗臭万世矣。”

北宋的大臣秦桧，曾经随同宋朝徽、钦二帝一起到北方当俘虏，在那里投靠了金人。四年后，他被金人放回南宋，随即提出与金人议和、南北分治的卖国主张。一心主和的宋高宗对他宠信非凡，竟对大臣们说，他得到秦桧，高兴得觉也睡不着了。从此，秦桧就青云直上，官一直做到了宰相。

有一次，秦桧私下里偷偷地对宋高宗说：“陛下如果决定同金人议和，只需同臣一人商议此事，不许群臣干预，这样大事才可成！”

后来，秦桧为了能彻底地推行他的议和策略，还不断地网罗朝迁内那些主张投降的官员，并且残酷地迫害主战的官员，从而引起许多大臣的谴责，百姓也对他非常憎恨。

一次，金朝派使臣来南宋提出议和条件。金朝使臣倚仗金朝军事力量强大，行动举止傲慢，向南宋提出了无理的要求，遭到主战官员的一致反对。但是，秦桧却主张接受。

当时，校书郎兼史馆校勘范如圭也主张拒绝与金人议和。他和一些同僚商议后，准备联名上书高宗，反对屈辱求和。奏章写好后，其他人怕秦桧打击报复，一个个打起了退堂鼓。于是，范如圭独自一人给秦桧写了一封信，指责他的卖国行为。信中写道："你秦桧如果不是丧失理智，言行荒谬，像发了狂似的，怎么能干出这种可耻的丧权辱国的事来呢？你这样做，必将遗臭万世，永远受到子孙后代的唾骂！"

但是，秦桧知道高宗与金人议和已经铁了心，所以，尽管范如圭骂得他狗血喷头，他还是我行我素，一意孤行，可耻地向金人屈膝投降。

"丧心病狂"这条成语就来源于此。

成语详解

丧心病狂：丧失理智，像发了疯一样。形容言行昏乱而荒谬，或残忍可恶到了极点。

妙语点拨

仅从字面上看，"丧心病狂"这条成语就给人一种凶恶、恐惧的感觉。你看，"丧""病""狂"这三个字，有哪一个字会给人好的感受？只有一个"心"字是中性词，可前面加上一个"丧"字来修饰，可想而知，一个"丧心"的人如何能有好的状态？

"丧心病狂"和"利令智昏"有点相似，两者都是为某件不合理法的事而昏了头、发了狂！两者的不同之处在于："利令智昏”是因为“利”而发昏发狂的；而“丧心病狂”的“病因”却很多，可能是利益，可能是权力，也可能是因为爱情、人际关系或其他，后者包含的面更大一些，所针对的对象也更广泛一些。当然，这其实也是为了一种“利”——自己的私利！

人生在世，面对生活、工作和学习中的种种矛盾与竞争，应该拥有一个良好的、健康的心态，该争的当然可以争，但要争之有道、争之有理、争之有节，不能采取不正当的手段，更不能走极端。即使在自己的利益受到损害时，也要保持一种平和的心态，胜固然好，不胜也不必为之发昏、发狂，更不要丧失理智，做出荒谬的、发狂的、发疯的事情来。

54

战国 · 吕不韦 《吕氏春秋 · 上农》：

“民舍本而事末则不令，不令则不可以守，不可以战。”

战国时期，各个诸侯国之间经常有使节往来。

有一天，齐襄王派出一名使者到赵国去拜见赵威后。这位使者没去过赵国，更没见过赵威后，但他早就听说赵威后是一位很贤德的王后，所以愉悦地接受了这个差事。他想，我作为齐国使者去向赵威后问安，赵威后一定会很高兴，她一高兴，说不定会赏赐一些贵重的礼品给我呢。因此，他觉得这是一件十分难得的美差。

使者经过长途跋涉，终于到了赵国的都城邯郸。在齐国使者的想象中，邯郸应该是十分漂亮的：那雕梁画栋的梳妆楼，那清水碧透的照眉池，那热闹非凡的市桥，那巍峨秀丽的丛台……他听人描述过很多次，可就是没有亲眼见过。因此，他一路上盘算着，等办完了公事，一定要好好地游览游览，饱饱眼福。

到了邯郸，他直奔赵王城，去问候赵威后。

赵威后果然不负贤名，当齐国使者被一位美丽的宫娥引进后宫时，赵威后早已端坐在一个绣墩之上等候了。她一身威严正气，满脸的慈祥。

齐国使者以礼拜见之后，便把随身带来的齐王亲笔信呈给了赵威后。但不知为什么，那赵威后竟然没有先去拆阅齐王的信，却躬身对齐国使者说："你们齐国今年的收成好吗？"

"好。"齐国使者答。

赵威后又问："老百姓们好吗？"

"好。"齐国使者答。

赵威后再问："齐王也很好吗？"

"也很好。"齐国使者答。

齐国使者回答完问话，心里感觉很疑惑，便问道："尊敬的威后，我奉我国大王的旨意，专程向您来问安。照理说，您若问话，也该先问候我们大王呀。可您先问的却是年景和百姓，您怎么把低贱的人和事摆在了前头，而把尊贵的齐王放在了最后呢？"

赵威后笑着说："话可不能这么说。我之所以先问年景和百姓，后问候你们大王，自有我的道理。"

齐国使者一脸茫然地问："您有什么道理？可否详述？"

赵威后慢条斯理地解释说："你想想看，假如没有好年景，那老百姓靠什么活下去呢？假如没有老百姓，又哪里来的大王呢？所以说，我这样问才合乎情理；不这样问，便是舍本逐末了。你说是不是这个道理？"

“这……”齐国使者哑口无言了。

召见一结束，齐国使者一没有去观赏那雕梁画栋的梳妆楼，二没有去踏看那清水碧透的照眉池，也没有去游览那热闹非凡的市桥和巍峨秀丽的丛台，而是直接急着回齐国去了。

在归国的路上，齐国使者一直觉得肩上沉甸甸的。虽说那赵威后什么礼品也没有赐给他，但他并不认为自己是空手而归。他觉得，赵威后那句“舍本逐末”，就是给自己和这个战乱时代的最贵重的礼品。

成语详解

本：树根，借指事物的根本。末：树梢，借指事务的末节。

舍本逐末：放弃根本的、主要的，只追求枝节的、次要的。比喻做事抓不住根本、重点与关键，只在细枝末节上下功夫。

妙语点拨

提到“舍本逐末”，我们会下意识地想到另外两条成语：“本末倒置”“轻重倒置”。尽管这三条成语都有“没有抓住事物的根本与重点”之意，但三者之间仍有着明显的区别：“舍本逐末”主要指做事时不从根本上着手却在细枝末节上下功夫，它含有舍弃主要方面之意；而“本末倒置”和“轻重倒置”则没有舍弃之意，只是强调把事物的主要方面与次要方面搞颠倒了。

不要小看“舍本逐末”这四个字，它的内涵丰富而重要，说大说重一些，它可以决定你的人生、生命、健康等大事的发展走向是好是坏；说小说轻一些，它会对你生活、学习、交际中的方方面面起到相当大的影响。

大家都知道一句非常经典而流行的话：“五十岁前拼命拿生命和健康来赚钱，五十岁以后拼命拿钱来买生命和健康”。可惜往往都是事与愿违，花再多的钱也无法买回健康——人的身体不是随便消耗了就能改善的。结果，有许多人因为过于拼命过于劳累而英年早逝！生命都没有了，赚那么多钱又来做什么？将生命、健康与赚钱的位置放颠倒了，甚至是舍弃健康而追求赚钱，还有比这件事更“舍本逐末”的吗？

“舍本逐末”与我们的学习和生活息息相关。我们看到，许多人往往非常勤奋非常刻苦，却总也拿不到好成绩，为什么？就是因为他们常常忽略了学习中最根本、最核心的重要内容，而用很大的精力去死挖细掘那些不太重要的细枝末节，结果只是得到了一大堆次要或没用的东西，而根本的重要的东西却被放弃了。

仅仅知道不该“舍本逐末”是不够的，还必须知道什么是“本”、什么是“末”，这样才能更好地去把握。

守株待兔

《韩非子·五蠹》：

“宋人有耕者，田中有株，兔走触株，折颈而死，因释其耒而守株，冀复得兔。兔不可复得，而身为宋国笑。”

从前，宋国有个农夫，守着几亩薄田，辛苦度日。他每天天不亮就下地，一直干到日落西山才回家，一日三餐有两顿在田间地头吃。一年下来，所收的粮食勉强够全家人糊口。他经常梦想着有一天能交上好运，改变自己穷困的生活现状。

一天，农夫又在地里劳作，火辣辣的太阳晒得他大汗淋漓，他很想放下手中的活儿到树荫下休息。忽然，农夫看见从远处跑来一只兔子，它慌慌张张，瞎钻乱撞，似乎是受了什么惊吓，也可能是在躲避猎人的追赶，这只兔子慌不择路，一头撞在地头的树桩上，扭断了脖子死了。

正在田边的农夫见状，急忙扔下锄头跑过去捡起了兔子，心里有说不出的高兴。这是一只野兔，皮毛光滑油亮。农夫掂了掂分量，足足有四五斤重。晚上回家后，他把兔皮剥了，准备第二天拿到集市上卖个好价钱；又让妻子将兔子肉洗净切好，加上调料炖了炖，全家人美美地吃了一顿。

农夫心想：这可真是天上掉馅饼的好事啊！是不是预示着我要开始交好运了？我要是每天都能捡到一只兔子，不仅每天都能吃到兔子肉，而且兔皮还可以拿到集市上去卖，那该多好啊！那可比种地强多了！

于是，从第二天开始，农夫丢掉了锄头，再也不去辛苦地种地了，而是整天守在那根树桩旁，希望还能像那天那样捡到兔子。他每天都早早地来到地里，守啊，守啊……日子一天一天地过去，一晃一个多月过去了，可农夫却再也没有看见兔子前来送死。相反地，他家的田地却因此荒芜了。

周围的人知道后，都嘲笑他的无知与愚蠢。后来，整个宋国的人都知道了这件事，都把这件事当作茶余饭后的谈资。

成语详解

株：树桩。待：等待。

守株待兔：守在树桩旁边等着兔子前来送死。原用来比喻死守着狭隘的经验不懂得变通。也比喻不主动努力，而希望靠侥幸得到意外的收获。

妙语点拨

一只兔子碰巧撞死在树桩上，这本来是一件十分偶然的事情，可是故事中的农夫却抱着侥幸心理，妄想着每天都可以捡到一只兔子，于是就上演了这么一幕闹剧。他的愚蠢就在于，将偶然当成了必然，将成功的希望寄托在不劳而获上。天上可能偶尔会掉下来一个馅饼，但却不会每天都掉。即使是掉了下来，也不一定刚好被你捡到。所以，还是踏踏实实地努力吧。

这个故事还告诉我们：做什么事都千万不能被偶然的成功迷住了双眼。如果你将这个偶然当成经验，将这个“一时”当作“永远”，并且狭隘地死守着它而不知变通，最终受害的只能是你自己。

数典忘祖

春秋 · 左丘明 《左传 · 昭公十五年》：
“籍父其无后乎？数典而忘其祖。”

春秋时，晋国有一个负责掌管典籍的官员名叫籍谈。他的祖父也曾经做过与他一样的官。

有一年，周朝的皇后死了，籍谈被派作代表去参加葬礼。葬礼结束后，周景王摆酒宴款待来宾。

在酒宴上，周景王使用鲁国进贡的宝壶做酒壶斟酒，并别有用心地询问籍谈：“诸侯各国都有礼器进献王室，为什么单单你们晋国没有呢？”

籍谈回答说："早年诸侯受封的时候，都接受了王室赏赐的宝器，可只有晋国从未接受过王室的赏赐。另外，晋国远离王室，天子的威福不能达到，所以就不能奉献宝器。"

周天子摇摇头说："晋国的始祖唐叔是周成王的同胞兄弟，岂能分不到宝器？唐叔接受了文王赏赐的鼓和车，接受了武王赏赐的披甲……你身为晋国司典的后代，当今管理典籍的官员，难道这些你都忘记了？亏你的先祖还是掌管典籍的官啊！"

这番话说得籍谈一时不知说什么好，只好沉默不语。

籍谈回国后，周景王对左右的大臣们说："我看籍谈的后人恐怕不会再有禄位了吧。因为他虽谈论着历代的礼制与典籍却忘记了自己的祖先啊！"

籍谈回国后将此事报告了大夫叔向。叔向不以为然地说："我看天子恐怕不得善终。他把忧愁当作快乐，吊丧的时候还和宾客们饮酒作乐，还不忘向人家要宝器，这也太不懂礼法了吧。他知道的典籍再多又有什么用处呢？"

成语详解

数：数着说。典：历来的礼制、典籍、事迹。

数典忘祖：谈论历来的礼制事迹和典籍时，却忘记了自己祖宗的职守。比喻忘记了自己本来的情况或事物的本源。后来也比喻对本国历史的无知。

妙语点拨

人的忘本，其实也是不可抗拒的本性中的恶！因为人是永远生活在成长中的，一直都在变化着。随着人的变化，人的精神、视野、境界、地位、权力、生活方式与处世态度等，都会很自然地发生变化。

一个山沟里出来的农村娃，一下子变成了大老板，或者当上了领导，前者拥有数十亿的身价，后者有前呼后拥的吹捧，他的观念与举止能不变吗？身份一变，那就什么都变了，包括许多记忆。于是，很自然地忘掉了许多与今天身份不相称的东西，比如曾经的苦出身。

其实，忘记那些小事也没什么，人都是有自尊心的，偶尔的虚荣一下也无可厚非。但重要的是，忘什么也不能忘了自己的“本”——你是从人民那里来的，是要为人民服务的。吃着人民做的饭，穿着人民制的衣，住着人民盖的房，却用人民给的权力谋私利，这比“数典忘祖”的前辈还可恨百倍啊！

一个伟人说：“忘记过去，就意味着背叛。”那么，无论身居何位，还是请保持清醒吧，别成为名、利或者权的奴隶。

贪得无厌

《左传·襄公三十一年》：

“既而政在大夫，韩子怯弱，大夫多贪，求欲无厌。”

春秋末期，周天子的权力已不再为大家所重视，一些当初受封的诸侯纷纷独立，扩展自己的领土。

那时，晋国是一个大诸侯国。国中有六个上卿：赵、魏、韩、范、智伯、中行。在这六个上卿中，智伯是一个野心勃勃的人，他总是处心积虑地想扩展自己的势力范围。

有一次，智伯联合赵、魏、韩三家去攻打范氏和中行氏。在把范氏和中行氏消灭后，他便把范氏和中行氏的土地全部侵占了。

过了几年，智伯又派人去向韩康子要求割地。韩康子惧怕智伯，便忍气吞声地割了一块有一万户人家的地给他。智伯得到这块地后，非常喜欢。接着，他又派人去向魏桓子要求割地。魏桓子本不想给他，但怕他起兵攻打，也不得已割让了一块地给他。

连续两次向人家索要土地都获得了成功，这让智伯得意极了。他以为全天下的人都怕他，于是又派人去要求赵襄子割让蔡和皋狼（今山西离石）这两个地方。他以为赵襄子也会像韩康子和魏桓子一样，乖乖地将土地给他，谁知，赵襄子却没有答应，而是回答说："土地是先人的产业，我不能随便送人！"智伯非常生气，便约韩康子和魏桓子一同去讨伐赵襄子。

赵襄子知道自己寡不敌众，使采纳了谋士张孟谈的计策，迁到晋阳（今太原）城中坚守。结果智伯围攻了晋阳城三年，却一直没能攻下来。但这个时候，晋阳城里的粮食也快要用完了，智伯又用水淹城，形势十分危急。

这时，赵襄子想起智伯曾经索要过韩康子与魏桓子的土地，他们肯定对智伯不满，只是不敢得罪他罢了，于是便派张孟谈去游说韩康子和魏桓子，劝说他们要认清智伯的真面目，倒戈一击，和赵一起进攻智伯，消灭智伯这个共同的敌人。

韩康子和魏桓子本来就对智伯不满，知道他是一个贪得无厌的人，灭了赵襄子对他们也没什么好处，便答应和赵襄子联合起来灭掉智伯，然后三家来平分智伯的土地。于是，三家约定由赵襄子乘夜出兵袭击，韩康子和魏桓子做内应。结果，赵、韩、魏三家里应外合，终于击败了智伯，并将他杀死，瓜分了他的土地。就这样，贪得无厌的智伯落得了一个可悲的下场。

成语详解

贪：贪心。厌：满足。

贪得无厌：贪心总是没有满足的时候。

妙语点拨

贪心与欲望是人类与生俱来的东西。这一点，恐怕就是圣人们也无法免俗。用一句最时尚的话说——这个可以有！谁都可以有！

但是，贪心与欲望是要有节制的，并不是无所顾忌、肆无忌惮地随它放任。谁放纵了自己的贪欲，谁肯定会遭到惩罚。古今中外，有多少这样的鲜活事例？他们或悲惨或可怜或可惜的结局，已成为千古笑谈与反面教材。可是，为什么一代一代的人中仍然有人对其视而不见、置若罔闻？

还得回归那个原点——贪心贪欲！

贪得无厌的智伯只是其中一个“抛砖引玉”的小人物而已。“往事越千年，智伯汗颜”！如今，比他贪心大、欲望强、官位高的可谓比比皆是，数不胜数。正是“长江后浪推前浪，一浪更比一浪高”。

青少年时期的孩子们，应该从小就培养自己正确的价值观和人生观，正视自己的欲望，有所节制，而不能任其发展。

58

春秋 · 左丘明《左传 · 僖公二十四年》：

“窃人之财，犹谓之盗，况贪天之功以为己力乎。”

春秋时期，晋国公子重耳经过十九年颠沛流离的生活，终于在秦穆公的帮助下回到晋国当了国君，为了报答有功之臣，他对这些人论功行赏，将跟随自己流亡的人列为一等功，给过自己帮助的列为二等功，迎接自己归来的列为三等功。赵衰、狐偃等因跟随公子流亡有功，无邑地的封邑地，有邑地的再加封。其他人也都有不同的奖赏，连一般的小臣、奴仆也赏了钱财，可谓皆大欢喜。

然而，重耳却忘记了一个最重要的帮助者——介子推。在重耳流亡期间，介子推的功劳是巨大的。那些年，介子推一直跟随重耳，对他照顾得无微不至，在他挨饿的时候，介子推居然将自己大腿上的肉切下来给重耳煮汤喝。然而不知何故，重耳对介子推既没有提拔，也没有给他任何奖赏。

介子推是一个品德高尚、极有气节的人，他对重耳的遗忘与有功不赏并未介意，也没有丝毫的怨言，甚至认为自己本不该受赏。重耳回国后，他就假称有病回家隐居，侍候老母，甘守清贫，以编草鞋为生。

晋文公也确实不是故意漏了他的，他真怕有谁被遗漏了，还贴出了诏令："如果有谁被遗漏了，请自己来报"。

介子推的邻居看见诏令，便来找介子推。见他正在家里编草鞋，便说："你以后不用再干这个了，晋侯出了诏令找有功之人。你只要一露面，晋侯就会想到你的好，论功行赏。"介子推笑着没有回答。

他的母亲说："你跟着晋侯流亡了十九年，晋侯饥饿不堪的时候，你割下自己的肉给他熬汤喝，没有功劳还有苦劳，你为什么不去见他呢？"

子推说："孩儿没有什么要求，为什么要去呢？"

邻居说："你去见一见，封个一官半职的，也好领些布和米回来，省得天天编草鞋了。”

子推说：“晋献公有九个儿子，只有主公最贤能。主持大局的人不是主公又能是谁呢？这完全是上天的旨意啊！可是有些跟着他流亡的人却以为是自己的力量。这不是在骗人吗？偷盗别人财产的人，尚且被人叫作盗贼。那些到晋侯那儿居功求赏、贪天之功为己有的人，不是更加可耻吗？我愿意终生编草鞋，也不愿意去争这份功劳。”

邻居走后，母亲对他说：“你是廉洁的人，我是廉洁的人的母亲，我们为什么不去隐居呢？”

当晚，介子推就背着母亲躲到绵上的深山（今山西沁源县西北）里去了，从此隐居不出。

晋文公得知介子推归隐绵上，追悔莫及，亲自去深山寻他，但却始终不见踪影，于是他就将绵上作为介子推的封地。

后来传说，晋文公为了逼迫介子推母子出山，曾经放火烧山，想把介子推母子“逼”出来。不料竟好心做了坏事，介子推因为坚决不愿出来做官，便和母亲一起被山火活活烧死了！传说介子推被火烧死那天正好是阴历三月初三。为了纪念这位至死也不做官的清高隐士，当地百姓每年到了这一天都不烧火做饭，全天都吃冷食，这就是后来的“寒食节”的来历。

成语详解

贪：贪图。

贪天之功：把上天或者天意所成就的功绩说成是自己的功劳。现多指抹杀别人的力量，把功劳归功于自己。

妙语点拨

介子推如果活到现在，肯定被网友们评为“当代最清高、超廉洁的人”！但估计没有人会将他视为偶像，更不会有人像他那样有功而不去请赏，反而躲了起来，甘愿清贫，做一个编草鞋的社会最底层人士。

实际上，“贪天之功”中的“天”只是介子推当时的理解。现在看来，就算“天意”再“给力”，如果当时在重耳饿得头晕眼花、两腿发软眼看就要倒下的时候，不是介子推割下自己的肉给他吃，他早就饿死在流亡的路上了，哪还有后来的晋文公？没有那么多人的帮助，没有秦穆公的大力扶持，重耳哪会有回国的那一天？可见，绝对是包括介子推在内的许多人的帮助才成就了晋文公的“建国大业”。功在他们，这是毫无疑问的！

在今天，介子推那样的人应该几乎绝迹了吧。对某些人来说，不“贪天之功”为已有，是因为知道自己没有那个机会，并非清高、廉洁使然。但是，我们常常会遇到这样的人，就是对明明与自己无关的功劳，无论是大功小功，都会主动地去“对号入座”，邀功请赏。几年前有个相声段子叫《五官争功》，就淋漓尽致地揭示了这种人的嘴脸。

有功而不请赏，有功而不受禄，你可能做不到，也不一定非要做到。但是，不居功自傲，不贪天之功，这些确实是一个人应该具备的良好品质，应该努力做到。

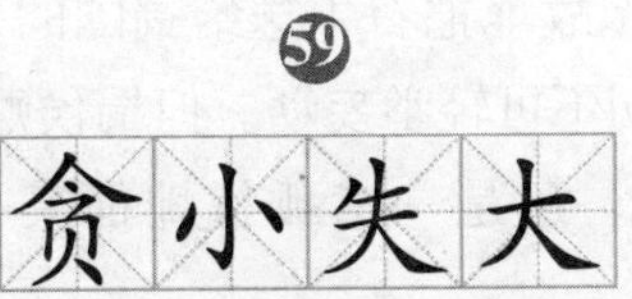

北朝·齐·刘昼《新论·贪爱》：

“灭国亡身为天下所笑，以贪小利失其大利也。”

战国时期，蜀国物产丰富，四周环山，地势险要，国家比较安定。但是，蜀侯却非常昏庸而且贪财。秦惠文王早就想吞并蜀国，但由于到蜀国去的道路险峻，进发的军队总是半途而废。

惠文王多次让近臣出主意，想灭掉蜀国，但一直不得妙计。后来，有人献了一条计策：针对蜀侯贪财的特点，命石匠把大石头凿成石牛，牛身雕空，从牛后塞进一些金帛，称它为“牛粪之金”，并扬言要把这些石牛作为礼物赠送给蜀侯。等蜀国中计后，再设法进入蜀国。

惠文王大喜，觉得这是一条妙计，马上下令实施。很快，一批石牛就雕成了。又过了不久，秦国故意让这消息传到了蜀国。蜀侯听到消息后，高兴极了，一心一意地等着秦国把石牛送来。

过了几天，惠文王派的使者来到了蜀国，使者向蜀侯表示，秦国愿意与蜀国永久和好。为了表示情谊，愿将产金的石牛赠送给蜀侯。蜀侯忙问石牛何时能运来。秦使表示，进蜀山涧峻险，道路不通，至少得一年半载才能运到。蜀侯急了，为了尽早得到石牛，他表示蜀国要马上派民工开山填谷，铺筑道路，迎接石牛的到来。

秦国使者走后，蜀国的大臣们纷纷劝谏蜀侯说，秦国是虎狼之国，绝不会无缘无故地把石牛送给蜀国的，肯定有不良企图，一定要提高警惕，切不可轻举妄动。但蜀侯财迷心窍，一点也听不进大臣们的劝说，还是一意孤行地征集了许多民工来开凿山路。

惠文王得到蜀侯征调民工开山筑道的消息后非常高兴，也开始组织精兵，以运送石牛为名向蜀国进发。几个月后，蜀国的民工把进蜀的道路修好了，秦国的大军也跟在石牛的后面开进了蜀国，打得蜀国猝不及防，一败涂地。就这样，惠文王巧妙地施用了石牛妙计，不费吹灰之力就吞并了蜀国。

后来，人们都嘲笑蜀侯，说他为了贪图小利而失掉了大利。

成语详解

贪小失大：因贪图小的利益而失去了大的利益，造成重大损失。

妙语点拨

在中国还有两句俗语，也表达了因为贪图小利而失去大利的意思，一句是“捡了芝麻丢了西瓜”，另外一句是“占小便宜吃大亏”。可见，这种因为贪小而失大的毛病太普遍了。

造成人类这种毛病的原因在于人类对财富与权力的追逐。一个总想着如何比别人获得更多财富、更大权力的人，肯定会不断地犯这类错误。而一个一心只想着奉献的人，永远也不会犯这样的错误。所以，要想不犯或者少犯这种错误，只有两条路：一是心里不要总是想着索取，想着得到，而应该多想着为别人服务，为社会做奉献。自己做到了，自然会得到社会的回报。二是要放平心态，只要自己该得的那一份，不是自己的不要奢求，也不要与别人攀比，知足才能常乐，心平才能久安。

古人云：“不贪为宝”。人们也常说：是你的别人想争也争不去，不是你的你想争也争不来。牢记并践行这两句话，你就不会因贪小而失大！

60

螳螂捕蝉，黄雀在后

汉·刘向《说苑·正谏》：

“园中有树，其上有蝉，蝉寓居悲鸣饮露，不知螳螂在其后也！螳螂委身曲附欲取蝉，而不知黄雀在其旁也；黄雀颈欲逐螳螂，而不知弹丸在其下也。此三者皆务欲得其前利，而不顾其后之有患也。”

春秋时期，群雄争霸。位于我国南方江浙一带的吴国逐渐强盛壮大，吴王寿梦的欲望也逐渐膨胀起来，他不仅屡屡侵犯周边的一些小国，更把战争的矛头指向与之旗鼓相当的邻国——楚国。

楚国，古代通称“荆楚”，在今天的湖北和湖南的北部，土地肥沃，物产丰富，且占据长江天险的优势，易守难攻。如果能将它收入囊中，便可使东西部地区连成一片，这样春秋霸主之位岂不唾手可得？楚国当时正四处网罗人才，吴王认为其真正目的是伺机吞并吴国，如果不趁早下手，吴国早晚会被楚国所灭。因此，吴王迫不及待地宣布了这个消息，并且对大臣们说：“这件事情我已经决定了，谁都不要出来阻拦！谁要是敢说一个‘不’字，我就杀了他！”这样一来，大臣们谁也不敢劝谏了。

宫里有个年轻的侍从，很想劝吴王放弃攻打楚国的念头，但他害怕吴王的威势又不敢直说。如果当面劝谏可是要掉脑袋的！怎么办呢？他琢磨了好几天，总算想出了一个绝妙的办法。

这天，年轻的侍从起了个大早，他手里拿着打鸟的弹弓，装作要打鸟的样子，跑进宫廷花园里去了。他蹲在大树下，左看看，右瞄瞄，连园中花草上的露水打湿了衣裳都没有觉察。他连续去了三个早上，到了第四天，早起舞剑的吴王看见了他那副狼狈的样子。吴王觉得很奇怪，就大声叫道："哎，过来，年轻人！你在忙什么，怎么把衣服弄得那么湿？"

"嘘，小点声儿。大王，您看！"顺着侍从手指的方向，吴王看到树梢上有一只黄雀。吴王不解地看了看身边的侍从，说："有什么好看的，不就是一只黄雀吗？"

"大王，远非您想得那么简单。您仔细看啊，黄雀的前面是什么？"侍从问。

"是螳螂呀。"吴王答道。

"那螳螂的前面呢？"侍从接着又问道。

"螳螂的前面，我再仔细看看啊，是一只蝉吧？对，是只蝉，它还在叫呢！难道你没有听到吗？"吴王十分肯定地说道。

"是，确实是只蝉。"侍从好像暗暗松了口气，他接着说道，"大王，您看，这只蝉每天一边在树枝上'知了、知了'地高声叫喊着，一边乐滋滋地饮着露水。它哪里知道树叶后边正趴着一只螳螂，弓着身子，伸着前爪，悄悄向前爬，正准备吃它哩。这只蝉拼命地'知了、知了'地叫，似乎熟知一切，可是，危险已经来到自己身后了竟不自觉。再看这只螳螂，它以为美餐即将到口了，心里不知道有多兴奋呢，然而它哪里会想到，黄雀正伸长了脖子，想啄食它哩。而黄雀呢，即使它再聪明，它也不会想到臣子我正在下边拉弓射弹准备打它呢！我想，它们三个的可悲之处都在于：只盯着眼前的利益，而忘了自己身后的祸患啊！"

说到这儿，侍从忽然笑了："臣子我又何尝不是这样，只想着打黄雀，而无暇顾及脚下，结果衣裳都被露水打湿了！"

吴王出神地盯着那棵大树，又望了望眼前的侍从，他敏锐地觉得侍从的话里有话，好像就是对他说的。他又仔细地想了想，一下子明白了，于是取消了攻打楚国的计划。

成语详解

螳螂捕蝉，黄雀在后：原意是说，螳螂正要捕捉蝉，不知黄雀在它的后面正要吃它呢。比喻人目光短浅，只顾眼前的利益，只想着要算计别人，却没想到别人也正在算计着自己，祸患已经离自己不远了。

妙语点拨

蝉在树上高兴地叫着，却没有意识到天敌就在身后虎视眈眈地想吃掉它；螳螂兴奋地发现了美味佳肴一心想吃了它，却没有意识到对自己生命构成强烈威胁的黄雀已经向自己张开了“血盆小口”；正要一饱口福的黄雀还没有实现自己的欲望呢，却不知死神已经向他伸出了一只魔爪——人已经将弹弓瞄准了它！

这就是这个神秘世界上一个生命的链条，同时也是一个死亡的链条！世界万物无一不是在这个神秘的链条下生存着，生活着，同时也不幸地在这个链条下死亡着，消失着。这个链条可以用一个词来解释——联系！就是说，世间万物都有着某种必然的联系。谁能将这个世界的“联系方式”看得更透，谁就能成为自己命运的主宰者，成为一个成功者。

确实，一个人的目光短浅还是远大，决定了他一生的成败。无论做什么事情，都应该既考虑眼前利益，也考虑长远利益。在看到即将到手的利益时，也要能准确地估计到利益背后隐藏着的危机。千万不要为了一点小利而断送了大好前程。

61

同流合污

战国·孟轲《孟子·尽心下》：

“非之无举也，刺之无刺也，同乎流俗，合乎污世，居之似忠信，行之似廉洁，众皆悦之，自以为是，而不可与入尧舜之道，故曰‘德之贼’也。”

万章是孟子的弟子。有一天，师生二人一起讨论孔子为人处世的准则。

万章认为，既然孔子一贯主张实行中庸之道，那么对言行过于激烈、有违中庸准则的人应该持反对态度。可是《论语》中却记录了孔子受困于陈蔡时怀念言行偏颇之人的事实。

于是，万章不解地向孟子请教说：“孔子在陈国时，曾一度思念鲁国那些行为比较狂放的人，这是为什么呢？”

孟子说：“狂放的人言语行为可能把握不住分寸，往往显得过火，但他们的精神却是积极向上的。当然，能与言行都恰到好处的人做朋友是再好不过的事了，可惜，生活中这样的人太少了，那么只好舍而求其次，与那些言行狂放的人交朋友了。”

接着，孟子阐述了孔子的交友标准。他说：“孔子只接触三种人，即言行符合中庸的人，狂放的人，不屑做坏事的人。孔子最痛恨也最瞧不起的是好好先生。这种人，即便从孔子的家门口经过不去看他，他事后也不感到遗憾。”

万章问：“老师，好好先生是怎样的一种人呢？孔子为什么十分讨厌好好先生，骂他们是败坏圣德的人呢？”

孟子解释说："这种人说的是一套，做的是另外一套，不求有大的作为，只求敷衍塞责，过得去即心满意足。他们与别人相处时十分圆滑，八面玲珑，四方讨好。你要批评他吧，又找不出什么明显的错误；你要责骂他呢，又抓不住确凿的证据。这种人的圆滑世故就在于其所作所为都是在迎合时尚，屈从风俗。他们表面上忠厚老实，公正清廉，内心里却自私自利，不问是非曲直，只计利害得失，而且大多数人对这种做法都很欢迎。这与尧舜的圣德和中庸之道是完全背道而驰的。所以孔子最瞧不起这种人，骂他们是败坏圣德的小人。他们经常同流合污，没有一点值得称赞的地方。"

万章说："我记得孔子说过，他厌恶那种表里不一的东西，他厌恶狗尾草，因为它冒充禾苗；他厌恶邪恶才智，因为它会搞乱仁义；他厌恶夸夸其谈，因为它破坏了信用；他厌恶郑国音乐，因为它干扰雅乐；他厌恶紫色，因为它影响红色……"

孟子高兴地接下去说："孔子厌恶好好先生，就是怕他们把圣德搞歪了，那样会助长邪恶。作为一个君子，要尽量让一切事物都回到正道上来，这样才能杜绝伪善与邪恶！"

万章兴奋地站起身，给孟子施了个礼，说："老师讲得再清楚不过了，孔子讨厌好好先生是他在维护尧舜圣道啊！"

成语详解

流：流俗。污：混浊、肮脏。

同流合污：指没有独立的节操，顺从世俗。后多用来表示与坏人一起做坏事。

妙语点拨

在这个世界上，无论何时何地，总会有先进的与落后的、前进的与倒退的、光明的与黑暗的、旧的与新的、保守的与改革的、卑鄙的与高尚的这样黑白分明的势力与观念在发生着碰撞、斗争与搏杀。有时，白的势力胜利了，有时黑的势力占了上风。总之，人类社会就是在这样持续不断的碰撞与搏杀中前进的。而人类本身，也就是在这种斗争与搏杀中从茹毛饮血的远古时代走到了卫星上天的信息时代。

然而，历史并不像黑白棋子那样黑白分明。很多时候，那些先进的、光明的、新的、改革的势力往往被时代的污流浊水所包围、所排挤、所打压。翻开历史的花名册，那些彪炳青史的伟人圣贤们往往都是在重重的包围中顽强冲杀，有的冲出重围，有的却被这污流所吞噬。比如，我们一到端午节就要吃粽子来纪念的伟大诗人屈原。而一些意志不坚定者、贪生怕死者、随波逐流者、见风使舵者、投机取巧者、身不由己者，却只好和这样的污泥浊水“同流合污”了，成为不齿于人类的垃圾。

说历史太沉重，说现在太尖锐。有一些风气，有一些事物，在不泛滥的时候它就是好的，进步的；可一旦泛滥了，它就会成为灾难，成为污泥浊水，比如网络游戏。在一些学校，如果一个学生不会玩网络游戏，那他肯定会受到排挤，因为他没有“随大流”，没有“跟潮流”，没有与他们“同流合污”。遇此情境，你是该适应还是逃避呢？

对每个人来说，这都是个两难的选择。为何这么难？是因为这个社会的环境和某些环节出了一些问题，有些时候，某些世俗的污浊风气会占了上风！

对此，我们教不了你太多可参考的东西，只能告诉你一句话：应该努力做一个不同流合污的人。但是，不一定要像屈原那样以牺牲生命为代价！

62

外强中干

《左传·僖公十五年》：

“庆郑曰：‘今乘异产以从戎事，及惧而变，……外强中干，进退不可，周旋不能，君必悔之。’”

春秋时代，秦国攻打晋国，一连三仗获胜，秦国的军队乘胜进入了晋国的阵地。

在这危急时刻，晋惠公决定亲自率兵出征抵抗秦军，于是便叫人给他的战车套上郑国出产的名马。这种马高大强壮，威风凛凛。他认为用此马出征，肯定会有利于战事。

晋惠公手下的一位谋士庆郑知道后，就来劝阻他说：“古代有祭祀活动或打这样的大仗，一定要用本国产的马，因为本国的马在本国的国土长大，适应本国的水土，熟悉本国的道路，也懂得本国人的心，因而它听从本国人的使唤。而且本国的马经过训练，驾驭起来得心应手，靠得住。所以用它套车，它一定会顺从您的意志。”

晋惠公听了，并不以为然，但也未置可否。只听庆郑继续说道：“现在您用郑国的马，却并不熟悉它的性情，这太危险了。郑国的这种马身体高大，又很强壮，外貌是很好看。但是，一旦受惊，就会变得很难驾驭。此马惊恐紧张，狂躁不安，血管膨胀，呼吸急促。它的外貌虽很强壮，可是它的内部已气虚力竭了。若发生这样的事，后果不堪设想啊。到那时，进进不得，退退不得，再后悔可就晚了！”

可是，固执的晋惠公没有接受庆郑的劝告，最终还是率领部下套上郑国的马出征了。

不久，秦晋两国的军队在韩地交战，战斗十分激烈。正在此时，晋惠公的战车所套的马陷入泥泞之中，进也进不得，退也退不得。加之战场上战鼓齐鸣，杀声震天，战马受到惊吓，果然狂嘶乱叫，拼命挣扎，越陷越深，无计可施。这时，秦国的军队乘势攻了上来，晋军因此大败，晋惠公也只能束手就擒，成了秦国的俘虏。

成语详解

干：枯竭、空虚。

外强中干：表面看起来好像很强大，其实内里却很空虚。用来揭示与形容敌人貌似强大、实则虚弱的本质。贬义。

妙语点拨

由“外强中干”的马，我们会想到“外强中干”的其他物种，比如人。人的“外强中干”与马比起来更不可原谅：因为马的“外强中干”是物种进化的结果，郑国的那种马就是这样的品种，任谁也无可奈何。而人就不同了，人的“外强中干”绝大多数都是“装”出来的！比如有的人表面上给人的印象是精明强干，其实却是要文不能文、要武不能武；有的人从外表看刚强威猛，实际上都是见硬的就低头、见横的就告饶；有的人外在的身份说起来吓人，什么院士、博士、导师、教授……一旦你跟他就某个学问较起真来，就会发现他“嘴尖皮厚腹中空”，比目不识丁的山野村夫强不了多少。

中国的老百姓自古以来看人看事就非常透彻，概括能力也超强，对这种“外强中干”的人，如果是女的，就称她为“玻璃花瓶”；如果是男的，就称他为“银样镴枪头”。说法不同，但意思却一样——中看不中用。人生一世，草木一秋，还是别做这样的人为好。

63

玩火自焚

春秋·左丘明《左传·隐公四年》：

“夫兵，犹火也，弗戢，将自焚也。”

公元前719年春，卫国残暴的公子州吁杀死了自己的亲哥哥卫桓公，自己做了国君。

州吁当政后，为了巩固自己的地位，对内采取高压手段，残酷地镇压政敌，疯狂地搜刮百姓的钱财；对外以武力攻打那些小国，以转移国内日益严重的矛盾，转移百姓强烈的反抗情绪。他利用郑国与别国有矛盾这一点，拉拢与郑国有矛盾的宋、陈、蔡等诸侯国，准备共同攻打郑国。

州吁派人到宋国说：“贵国如想进攻郑国，除去你们的心腹大患，卫国愿和陈、蔡作为属军，予以支持。”

宋国国君同意了。这时，卫国与陈、蔡两国关系尚好，这四国便联合出兵，包围了郑国的东门，五日后方退。

鲁隐公得知卫国的州吁弑兄篡位并联合他国攻打郑国的消息后，询问大夫众仲说：“卫国的州吁能成功吗？”

众仲回答说：“我听说，一国之君是用德政来安抚百姓的，没听说用动乱来安定百姓的。用动乱如同梳理乱丝，会越理越乱。州吁这个人，依靠武力，过于残忍。他这样依靠武力，就没有群众基础；过于残忍，也就没有朋友。大家都会背叛他，远离他的。攻伐打仗，就像玩火一样，不加制止，最后会烧死自己。州吁杀害了自己的哥哥，又暴虐地对待百姓，这样用战乱达到统治的目的，是不会成功的，最终必将失败。”

果然，不到一年，卫国在陈桓公的支持下，推翻了州吁的统治，并杀死了州吁。这个结果正如众仲所预言的那样，暴君州吁搬起石头砸了自己的脚，落得个“玩火自焚”的下场。

成语详解

玩：玩弄。焚：烧。

玩火自焚：比喻干冒险或害人的事，最后受害的还是自己。

妙语点拨

可能我们小时候都有过这样的经历：趁大人不在家时，用打火机点燃一张纸，或一根火柴，就开始“玩火”，一不小心，火星溅到了床上或地板上，于是就着了起来！差一点你就玩儿起了“自焚”，幸好邻居发现了火险，很快报了警。一场虚惊！回家后，爸爸妈妈不是一顿臭骂就是一顿狠揍！最后，肯定一致地警告你——下次千万不要再玩火了！

可惜，有许多人往往只是记住了这个经历，却没有吸取这个教训，长大后可能还会做着与“玩火自焚”一样的蠢事：网络游戏很好玩，就疯狂地玩，一直到玩上瘾了，不想读书、不想回家，学习成绩一落千丈；感觉毒品很刺激，于是吸毒成瘾，没钱买毒品就去抢劫偷盗……结果，每一个玩火的人都自食其果，自己把自己烧成了“骨灰级”的玩火大王！

记住：这个世界上，凡是让你觉得特别好玩的东西，凡是让你能玩几次就上瘾的东西，没有一样是好东西！也许你会觉得我说得有些过分，或太绝对，但深思之后你肯定会同意：此言不虚！

64

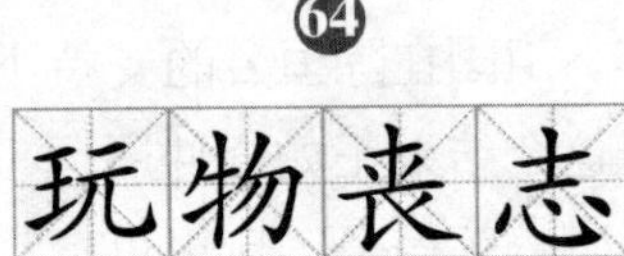

玩物丧志

《尚书·旅獒篇》：

“玩人丧德，玩物丧志。”

周武王姬发灭掉商朝建立了西周。为了巩固自己的统治，他一面分封诸侯，即将东方的土地分给有功之臣和周王室的子孙；一面向各边远地区派出大批使者，以宣扬自己的文治武功，希望他们都归顺于周室。

慑于周武王的威名，不少远方的国家和部落纷纷派使者带来许多贡物给武王，以示臣服。其中有一个部落送来一只叫作獒的狗。这只狗身上的毛呈黄褐色，身体较大，尾巴较长，四肢比较短，非常凶猛，极善于搏斗。同时它又很有灵性，在武王面前匍匐在地，好像是在行跪拜之礼一样。武王很喜欢它，便重赏了前来进献獒的使者，然后就高兴地逗着它玩儿了起来。时间一长，武王就越来越喜欢这只獒了，有时和它形影不离，常常玩起来就不想别的事了。

辅佐它的太保、武王的弟弟召公知道这件事后，作了一篇名叫《旅獒》的奏章，呈给周武王。奏章的内容就是规劝武王不要沉迷于安乐之中，不要让胜利果实毁于一旦，而应该学会艰苦奋斗。其中有这样一段话：“如果沉湎于侮辱和捉弄别人，就会使自己丧失崇高的德行；如果沉湎于所喜爱的事物，就会使自己丧失积极进取的志向。犬马不是自己国内的不畜养，朝廷中更不应该养那些奇珍异兽。不看重远方的特产，远方的人才能归顺；尊重有贤能之人，近处的人才能安居乐业。周王朝的建立很不容易，可不能让它这么快就灭亡啊！”

读了这篇奏章，周武王很感动，他不由得想起了从前纣王因荒淫无度而导致商朝灭亡的惨痛教训，觉得召公的话很有道理，就下令将这只獒与其他贡物分别赏赐给各位功臣和各国的诸侯们。他自己则将全部精力都用在了国家的治理与建设上面。终于，他为周朝奠定了八百年江山的基业。

“玩物丧志”这条成语，其实还有另一个更有趣且让人慨叹的典故。

春秋时，卫国的第十四代君主卫懿公特别喜欢鹤，他养了许多只鹤，整天与鹤为伴，如痴如醉，因此丧失了进取之志，常常不理朝政、不问民情。而那些进献给他鹤的人，都会得到重赏。他带着鹤出去玩的时候，还让鹤乘坐比国家大臣所乘坐的马车还要高级的豪华马车。同时，由于养鹤的开销很大，他就搜刮民财，弄得民不聊生，怨声载道。

懿公的这些行为，引起了大臣们的极大不满。一些大臣甚至私下说：“在咱们国君的眼里，我们都不如一只鹤呀，这样的君主，真不值得为他卖命啊。”

大夫石祁子、宁速屡次向他进谏，可卫懿公就是不听。

公元前 659 年，北狄部落入侵卫国，卫懿公命军队前去抵抗。将士们气愤地说：“既然鹤享有很高的地位和待遇，现在就让它们去打仗吧！”

懿公不解地说："鹤怎么能打仗呢？"

将士们反问道："既然鹤是没有用的东西，那你为什么要舍弃有用的将士而养那些没有用的鹤呢？"

懿公无可奈何，没办法只好把鹤放走，然后亲自带兵出征，与狄人大战于荥泽，最终战败而死。

卫懿公荒诞地沉湎在玩弄动物之中，因而不理朝政，不恤民众，最终落得个亡国亡身的悲惨下场，成为千古笑谈。

成语详解

玩：玩赏。丧：丧失。志：志气。

玩物丧志：醉心于玩赏所喜好的东西，从而消磨掉志气。

妙语点拨

每个人都有喜好的东西，这是正常的，符合人的本性。但是，这种喜好应该有两个前提条件：其一，你所喜好的东西必须是有益于身心健康的。其二，你对所喜好的东西必须能很好地掌控，同时你必须有一种控制自己情感与欲望的能力，绝不能让这种喜好过了头。因为过了头的爱好就会变成嗜好，它会左右你的情感，让你的精力、情感、志向等转移、分散或弱化，从而影响你的大方向、大志向、大事业。

比如，在中国当下最让有识的国人们所痛心疾首的网络游戏与麻将，完全可以成为成语"玩物丧志"的现代版的最佳诠释与注解！

65

为虎作伥

宋·苏轼《渔樵闲话》：

“猎者曰：‘此伥鬼也，昔为虎食之人，既已鬼矣，遂为虎之役。’”

相传，古时候一座大山里生活着一只凶猛无比的大老虎，它以捕食山林中的各种小动物为生。因此，小动物们一听到老虎的声音便闻风而逃，很快，老虎的食物来源就濒临枯竭。

一天，老虎摇摇晃晃地从栖身的山洞里走出来，它已经饿了好几天了，简直是有气无力。老虎在山林中守候了半天，连一只小动物的影子也没有看到。正当它垂头丧气地准备离开时，突然听到了人的声音。老虎来了精神，它屏住呼吸，两眼死死地盯住声音传来的方向。人的影像越来越清晰了，老虎看到，走上山来的是一个衣衫褴褛的中年樵夫。樵夫一边走着一边还唱着歌，突然眼前一黑，他的脖子被一只毛茸茸的爪子掐住，不一会儿就没了声气。

这时，樵夫的魂魄不停地向老虎乞求：“大王，你已经吃了我的肉身，求你放了我的魂魄，让我赶快托生吧！”

老虎恶狠狠地说：“不行！我以后还需要你帮我寻找食物，你要乖乖地听我的吩咐，否则，我让你永世不得翻身！”

“好吧。”那人的魂魄无奈地说。

从此，老虎每次出行，樵夫的魂魄就在前面引路。如果发现陷阱或捕兽的猎具，樵夫的魂魄就引导老虎绕开。如果遇到人，老虎要吃他，樵夫的魂魄就先冲上去抓住那人，脱掉他的衣服，然后请老虎来吃。

后来，人们就把这个被老虎咬死后替老虎服务的魂魄叫作“伥”或“伥鬼”。有人说，伥鬼必须死心塌地地为老虎服务，听从老虎的指使，否则就要受到严厉的惩罚。

而大山里的老人说得就更神奇了，他们说，如果有人遇见老虎，他的腰带、扣子就会自动解开，衣裤也自动地一件件脱下来，露出肉来让老虎吃。这些就是伥鬼暗中帮着老虎干的。那人被老虎吃掉后，他的灵魂也就变成新的伥鬼，原来的伥鬼有了替身，也就可以获得自由了。

成语详解

为：替，帮助。伥：伥鬼，专门负责帮助老虎吃人的鬼。

为虎作伥：甘心情愿作为老虎的帮手帮助老虎更方便地吃人。比喻做坏人的帮凶，帮助坏人干坏事。含有贬义。

妙语点拨

一位伟人曾说：一个人做一件好事是容易的。难的是一辈子都做好事，不做坏事。在现实生活中，一辈子都做好事的人永远只是少数，如雷锋、焦裕禄、孔繁森等人。我们无法也不可能要求所有的人都去做他们。事实上，绝大多数人如果能做到一辈子都不做一件坏事，或者少做坏事，那这个社会的安定和谐肯定会大大增强。

在坏事中，有的人是确实不知其坏而做的，可以算是无意中做了坏事；有一些却是明知其坏而去做，这就是故意做坏事了。比如，知道别人干的是坏事还去帮助他，这是最不能原谅的坏。

我们当然要争取一辈子也不做一件坏事，即使做不到，也起码应做到这一条：绝不给坏人当帮凶！

为渊驱鱼，为丛驱雀

战国·孟轲《孟子·离娄上》：

“故为渊驱鱼者，獭也；为丛驱雀者，鹯也。”

一天，孟子的几个学生针对夏、商两朝灭亡的原因展开了激烈的辩论。天命派认为桀和纣的灭亡是天意，人的力量没法与天意抗衡。

有人立即反驳说：“明明是人意嘛，哪里是什么天意！孔子说：‘天何能言？以人代言之。’即使是天意，也是通过人力来实现的。把一切因果都说成天意，人的努力还有什么意义呢？”双方争执了半天，谁也说服不了谁，于是他们一道去请教孟子。

孟子仔细听了双方的想法，分析道：“桀和纣之所以灭国亡身，不是什么天意，而在于他们失去了民心，一个失掉百姓支持的国君当然要失败了。一个君主要想取得天下，必须遵循一个原则，那就是首先要得到百姓的支持，百姓不支持的事情肯定办不成。怎样才能得到百姓的支持呢？方法很简单，那就是深得民心。民心其实是很容易争取的。”

这时，一个学生提出了质疑：“纣王造鹿台，百姓并不支持，但百姓被迫无奈，还是把鹿台造起来了。”

孟子说：“鹿台是造起来了，但纣王却因为这件事惹怒了百姓，最后不得不自杀身亡。这样看来，鹿台建成对纣王而言并不是什么好事呀！”

有的学生不愿意让问题节外生枝，就对孟子说：“先生，您还是说说桀和纣失天下的原因吧。”

孟子说：“好吧，我们回到原来的话题。还是先说说怎样取得民心：首先是要为百姓着想，做百姓喜欢的事情，解决百姓的疾苦，让他们有房住、有衣穿、有饭吃。凡是百姓讨厌的事情就万万不能去做，更不能强迫他们去做。”

孟子说得有些兴奋，站起来继续说：“我打个比方，国君施行仁政，爱护百姓，百姓就像百川归海一样涌向国君的周围。你们都知道，水獭是专门靠吃鱼为生的，水獭一出现，鱼类必然潜往深处；鹞鹰专吃小鸟，小鸟看到鹞鹰来了，一定会飞向树林深处。可以说，是水獭将鱼儿赶入深水，是鹞鹰为丛林聚积鸟类！由此可见，是桀和纣把百姓驱赶到商汤王和周武王那儿去的。总之，桀和纣的灭亡是因为人心向背，绝不是什么天意。天意太难把握了，我们还是多尽人力吧。”

弟子们听了老师的话，都表示满意。

成语详解

渊：深潭。丛：丛生的树木，树林。獭：水獭。

为渊驱鱼，为丛驱雀：替深水将鱼儿赶来的是水獭，替丛林把鸟类赶来的是鹞鹰。指把自己的人都赶到敌人那一方去了。多比喻为政不善，结果使自己的百姓投向了别人。

妙语点拨

如果你细心地阅读中国历史就会发现，中国的26部史书中记录了26个朝代的兴亡，而每一次朝代的更迭，究其缘由，大多是亡国之君见利忘义，施暴政，剥削和压迫百姓，干下了“为渊驱鱼，为丛驱雀”的蠢事，才有了百姓的“逼上梁山”与“揭竿而起”。

一个哲人说：历史常常有惊人的相似之处。事实上，差不多每一个朝代的统治者都想自己的江山千秋万代，都不想自己的统治有一日如大厦般倾倒，可最后却总也免不了面对那样的结局。

为什么呢？多是由于人的两个本性使然：一是自私自利的本性；二是权力欲望的膨胀。这两种本性相互作用，就足以使一个本是平民出身、一心想着当上统治者好为百姓谋福利的人，几年之后变成与原来愿望背道而驰的人——一个贪婪无度、残暴无法的“君子”。他们可能到死也不明白：我是怎么将我的盟友都变成了我的敌人？

人的一生就是与自己人性中丑恶的一面做斗争的一生。人，只有战胜了自己，才能战胜别人，才能战胜一切困难！

畏首畏尾

春秋·左丘明《左传·文公十七年》：

“畏首畏尾，身其余几？”

春秋时期，晋国和楚国都是大国，国力都比较强大。而郑国则比较弱小。晋国和楚国为了扩大自己的势力范围，都想把郑国变为自己的附庸。

有一次，晋灵公为了称霸诸侯，制造声势，便决定在郑国附近召集邻近的一些小国开会。郑国地处晋楚之间，可它既不愿得罪晋国，也不愿得罪楚国，只得找了个借口不去参加会议。

晋灵公见郑穆公没有来，便认为郑国对晋国有异心，于是心生不满，准备发兵讨伐郑国。

郑穆公知道后很害怕，急忙令公子归生写了一封信给晋国的执政大夫赵盾，信中陈述了郑晋两国一直以来的友好关系，说明了郑国当时的处境，也表明了郑国的态度。

公子归生在信中说："郑国国君即位三年多来，先后朝见晋君三次，我国虽然很小，但也算对你们尽了最大的诚意，即使面对楚国的强大压力也是如此。可是你们还是觉得我们做得不够好。这样一来，郑国也只有灭亡一条路了，也就再也无法向晋国进贡了。我们郑国位于晋、楚两个大国之间，北边害怕晋国，南边又怕楚国，这才没能应邀出席会议，实在是无可奈何呀。古话说：'畏首畏尾，身其余几'。（头也怕，尾也怕，全身还有哪个地方不害怕呢）古话还说：'鹿死不择荫'。（鹿到了快要死的时候，不选择庇荫的地方，只求有地方安身）。我们郑国的处境现在正是这样啊：既害怕楚国攻打，又害怕晋国攻打，就像那只鹿一样，被赶到绝路上时就会铤而走险，什么也不顾了。如果把我们逼得无路可走了，那我们就只能去投靠楚国了；如果我们投靠了楚国，那也是你们逼的！郑君也知道郑国就要灭亡了，在万不得已的情况下，只能集中全国的兵力，在边界等候晋国军队的攻击了！今后，我们到底应该怎么做，就听凭你们的命令吧。"

赵盾看完了这封信，觉得说得不无道理，就力劝晋灵公不要轻易发兵。晋灵公也害怕郑国真的投靠楚国，就决定不再兴师问罪，于是派大夫巩朔到郑国安抚，和谈了事。

成语详解

畏：害怕。

畏首畏尾：既怕前头又怕后头。形容瞻前顾后、疑虑重重的样子。也形容胆怯多疑，对什么事都害怕。

妙语点拨

既害怕前面，又担心后面，那就是没有不怕的地方啊。这与中国的一句俗语“前怕狼，后怕虎”何其相似！

经常有这种心理的人，绝大多数是性格内向的人，或者是有过失败经历的人，他们最大的特点就是：既害怕失去现有的一切，又害怕未来的变故对自己的冲击；他们既不想受到损失，也不想失败；他们既渴望得到一些好处，又害怕付出的更多。所以，他们总是在患得患失中犹豫不决，在思前想后中畏首畏尾，在瞻前顾后中怕这怕那，在胆怯多疑中坐失良机，因而就丧失了对事物应有的果断和判断力，也就丧失了许多可能到来的机遇，最后弄得自己两手空空，一事无成。

什么都怕的人，可能是因为他害怕失败；什么都不怕的人，可能也是因为他害怕失败！都是害怕失败，那么与其做前者，不如做后者——因为后者起码还有一点到达巅峰的机会，而前者却只有品尝失败苦酒的命运了！与其什么都不敢做就失败，不如勇敢地去做一做，那样，即便是失败了，也问心无愧！这样的失败多了，就会成为成功的种子。

68

五十步笑百步

《孟子·梁惠王》：

“孟子对曰：‘王好战，请以战喻。填然鼓之，兵刃既接，弃甲曳兵而走。或百步而后止，或五十步而后止。以五十步笑百步，则何如？’曰：‘不可；直不百步耳，是亦走也。’”

战国时期，魏国的国君梁惠王是个很不错的君主。也许有人会问：为什么魏国的国君却称为梁惠王呢？因为魏国的都城是大梁，所以人们就称他为梁惠王。

梁惠王处理国政很用心，对国内老百姓的生活也相当关切，不像其他君主那样劳民伤财、大修池阁楼台。但他很喜欢用兵，经常为一件微不足道的小事就与邻国大动干戈。

有一件事让梁惠王很不开心，他始终想不明白，为什么他终日操劳国事，尽心尽力地想让百姓过安定的日子，但国家的人口却不见增长。为此，他询问过朝中的大臣，大臣们也说不出个所以然来。正在这时，大学问家孟子来到了魏国。梁惠王决定召见孟子，和他探讨一些自己平常想不通的事情。

一天，梁惠王召见孟子，用困惑的语气问：“对于治理国家，我自己觉得已经竭尽心力了。例如，黄河以北受灾，农业歉收，我立即组织灾区的人们迁移到丰收的地带去，并且把黄河以东的粮食往灾区调拨。当然，假如黄河以东受了灾，我也会采取同样的办法来解决。”

说到这里，梁惠王有些激动，他站起来，一边踱步，一边继续说：“据我观察，在列国诸侯中，还没有谁能像我这样勤勉治国，关心百姓的生活。可是让我想不通的是，其他国家的人口并没有减少，而我们魏国的人口也不见增加呀。您能告诉我，这是什么原因吗？”

孟子回答说：“大王，请别灰心，凡事都是有缘由的。你救济灾民，爱护百姓，能说不对吗？不能！那别国的百姓为什么看不到身为魏国百姓的好处而纷纷奔来呢？想必一定是有原因的。大王喜欢打仗，那我就不妨用打仗来解释其中的原因吧。比方说，在两国交战的战场上，战士们听到战鼓一响就应该挥动刀剑向前冲杀，但有的人却往回飞跑，有的人跑出一百步停下，有的人跑出五十步就停下了。于是，跑了五十步的人开始嘲笑跑了一百步的人，说他贪生怕死，临阵脱逃。您认为，这种嘲笑有道理吗？”

梁惠王说：“当然没道理啊！跑了五十步的人和跑了一百步的人一样是在逃跑，只不过是跑得慢了一点罢了，怎么能耻笑跑了一百步的人呢？”

孟子接着说：“大王，您明白了这个道理，就知道魏国也不比别国强多少了，就不要希望您的百姓比邻国的多了，因为您治理的国家与邻国相比就如同五十步笑百步啊。您虽然比邻国诸侯更关心百姓，可是您经常兴兵打仗，每次战争都有伤亡，怎么能指望人口增长呢？如果您在农事忙碌的季节，春种、秋收的时候不去征兵、征工，那魏国的粮食就会多得吃不完；如果禁止用网眼过小的渔网去湖里捕鱼，那鱼就总会生息不绝；如果对树木砍伐加以限制，那么木材也会用之不尽。有了这些条件，老百姓能不拥护您吗？您再下令在国内多植桑麻，多养猪狗鸡鸭，让大家能穿上丝绵，吃上肉，那天下的百姓能不归附于您吗？然而现在却不是这样，富人家的猪吃掉穷人家的粮食，您不能禁止；道旁常有饿死的百姓，您不能救济；百姓死了你归罪于老天不好，这不是与杀了人不承认有罪，反说是刀子有罪一样荒唐可笑吗？大王如果不推卸责任，认真改革朝政，那么魏国一定会强盛起来的……”

梁惠王听后，信服地点点头，说：“你说得确实很有道理。”

成语详解

五十步笑百步：向后逃跑五十步的人嘲笑向后逃跑一百步的人胆小。指虽然缺点与错误的程度不同，但其本质却是一样的。比喻某些人只知道嘲笑他人的不足或过失，却没有反思自己也有这样的不足或过失，只是程度比别人轻一些罢了。

妙语点拨

这条成语生动地描绘了“程度不同，本质一致”的生活现象，反映的是人类一种没有自知之明的表现：自己是胆小鬼，却嘲笑别人比自己更胆小；自己本身就不高明，却常常讥笑别人比自己还不高明；自己犯了错误，却常常批评别人比自己犯了更严重的错误。总之，什么都是别人的比自己的差，就是同样犯了错误也是别人的比自己的严重，承担的责任也要比自己更大。这恐怕是人性中最难以克服的一种弱点吧！

人，只有克服这种不自知的弱点，才能正确地认识自己，认识别人，认识这个世界。而只有时时刻刻地用一种正确的态度来反省自己，看待别人，才能真正发现自己和别人的长处与不足，并做到取长补短，相互学习，共同提高。

69

削足适履

西汉·刘安《淮南子·说林训》：

"夫所以养而害所养，譬犹削足而适履，杀头而便冠。"

《淮南子·说林训》中曾记载了两则历史故事：

春秋时期，有一次楚灵王亲自率领战车千辆、雄兵十万去征伐蔡国。这次出征非常顺利。楚灵王看大功告成，便派自己的弟弟弃疾留守蔡国，全权处理蔡国的军政要务，然后点齐十万大军继续推进，准备一举灭掉徐国。

楚灵王的这个弟弟弃疾，不但品质不端，而且野心极大，他并不甘心只做蔡国这个小国的王，常常为此闷闷不乐。

弃疾有个叫朝吴的谋士，非常工于心计。有一天，他试探着问弃疾："我看您近来总是不高兴，能告诉我为什么吗？也许我能为您出点主意。"

弃疾说："蔡国这个地方太小了，没有什么发展前途，你有什么妙计吗？"

朝吴道："现在灵王率军出征在外，国内一定空虚，您不妨在此时引兵回国，杀掉灵王的儿子，另立新君，然后由您裁决朝政，将来当国君不就顺理成章了吗？"

弃疾采纳了朝吴的计策，立即引兵返回楚国，杀死了太子，另立灵王的另一个儿子子午为国君。楚灵王是个比较内向而软弱的人，在征讨途中听说国内有变，儿子被弟弟杀死，顿时心寒，想想自己活在世上也没什么意思了，就上吊自杀了。在国内的弃疾知道楚灵王已死，非常高兴，马上威逼子午也自杀，自己则自立为王，即史上臭名昭著的楚平王。

另一个故事是：

晋献公非常宠爱妃子骊姬，对她言听计从。骊姬提出要将自己所生的幼子奚齐立为太子，晋献公满口答应，并将原来的太子、自己的亲生儿子申生杀害了。

即便这样，骊姬心中还是很不安，因为申生虽死，可是晋献公还有重耳和夷吾两个早已成年的儿子，骊姬觉得这对奚齐将来继承王位是个极大的威胁。于是有一天她对晋献公说："申生虽然死了，可是重耳与夷吾还在国内，将来奚齐为君，他们兄弟二人如果联合旧臣作乱，奚齐还能安安稳稳地当国君吗?"

晋献公说："我也担心这个问题，依你之见应该如何呢?"

骊姬毫不隐讳地建议杀了重耳和夷吾兄弟俩，以绝后患。昏庸的晋献公竟欣然同意了。但他们的密谋被一位正直的大臣探听到，立即转告了重耳和夷吾。二人听说后，立即分头逃到国外避难去了。

《淮南子·说林训》中的这两段故事，都是因为听信别人的怂恿和挑拨，以致兄弟逼死哥哥，父亲杀死儿子。作者在评论这两件事时说："骨肉之间本应该相亲相爱。但如果有阴险的坏人从中挑拨，父亲也可能杀死儿子。由于听信坏人的唆使，使父子、兄弟自相残杀，这就好比是砍去脚指头去适应鞋的大小，削去头上的肉来适应帽子的大小一样，是非常荒唐和愚蠢的。"

成语详解

适：适应、适合。履：鞋子。

削足适履：把脚削掉一块来适应鞋子的大小。比喻不顾自身与外部条件，盲目生搬硬套的愚蠢做法。也比喻对某种事物或人不合理的迁就与妥协。

妙语点拨

现实世界里，这种把脚削去一块来将就鞋的事情是不会有的。但是，与这种荒唐行为本质相同的行为与想法确实存在。

为了将来能去英美等发达国家读书，许多孩子在家长的强力指导下，六七岁就开始疯狂地学习英语，几乎到了走火入魔的程度。为了提高孩子的英语水平，父母规定除了必考的主要课程，孩子不得接触与学习无关的东西。然而，当这些聪明的孩子将英语学得顶呱呱之后，却发现自己连母语——中国话都听不懂、说不通、写不顺了！

一个连自己的母语都掌握不了的人，你能相信他会将外语学好吗？这些被家长和所谓的“精英教育”“削足”的孩子们，将来能“适履”吗？

70

心怀叵测

明·罗贯中《三国演义》：

“马腾史子马岱曰：‘曹操心怀叵测，叔父若往，恐遭其害。’”

东汉末年，汉献帝刘协在位，曹操因为平定董卓内乱有功而被献帝任命为丞相。他以献帝年幼为名代理朝政，把持朝政多年，拥有强大的势力，因此朝中官员大多敢怒而不敢言。

一日，探子来报，说东吴主公孙策归天，他的弟弟孙权接替孙策执掌东吴政权。曹操认为东吴忙于操办丧事，且孙权刚刚掌权，尚不熟悉军中事务，根基未定，正是攻打东吴的千载难逢的良机。于是调兵遣将，准备即日南下攻打东吴。然而曹操的谋士提出异议："凉州与许都距离不远，听说凉州太守马腾日夜忙于操练兵马，不知其居心何在。假如丞相率兵马离开许都城，马腾带兵乘虚攻入，又该如何处置？"

"我倒大意了，如果马腾趁我南征之际突然袭击许都，我临时回兵救援都来不及呀！这该如何是好？各位有何高见，不妨说说看。"曹操说着，征询的目光扫过在场的每一位谋士。

大家七嘴八舌，提出各种建议，最后曹操采纳了一个谋士的建议，决定假拟诏书把马腾骗到许都来除掉，他认为这是一劳永逸的好计策。于是曹操假借献帝的名义修了一道诏书，封马腾为"征南将军"，让马腾即刻进京接受任命。

马腾接到诏书后，立即与子侄们商量要不要去许都。长子马超认为，皇上的封赏是对父亲多年来操劳凉州军务的肯定，是父亲和凉州的荣耀。既然诏书让即日进京，就应该马上去。如果不去，一来违逆了圣旨罪不可赦，二来也对不住皇上的爱才、惜才之意，所以应该去。

但侄儿马岱足智多谋，他觉得曹操诡计多端，为人最不可信，出尔反尔是家常便饭，所以他对叔父说："曹操的心里隐藏着难以猜测的阴谋诡计，如果叔父前去，恐怕会遭遇不测啊。"力劝马腾不要去自投虎口。

可惜马腾没听侄儿的劝告，仍领着五千兵马去了许都，果真中了奸计，被曹操杀害。

成语详解

叵：不可。怀：心里装着、藏着。测：猜测。

心怀叵测：心里隐藏着难以猜测的阴谋诡计。也有人称作“居心叵测”“居心莫测”。贬义。

妙语点拨

坦白地说，两军交战，两国对阵，战争双方谁都可以运用各种计谋，使用各种招数。这个时候，“阳谋”“阴谋”都是无可厚非的。

但是，在日常生活中，人与人之间的交往最需要的是真诚相待，襟怀坦荡；最忌讳的是相互算计，各谋私利，甚至包藏祸心，欲将对方置于死地而后快。

有人说，今天的青少年成熟得太早，他们过早地懂得了竞争的残酷，过早地领略了人性的弱点，他们的心里缺少灿烂的阳光，早熟得让人悲哀！从这个角度说，年轻的朋友们，希望你们还是别成熟得太早，还是少一些成熟、少一些老练、少一些算计，而多一些单纯、多一些真诚、多一些透明吧！

“你的心里能不能阳光一点呢?”这是春晚小品《一句话的事儿》里郭冬临的一句台词，让我们共勉吧！

71

晋·孙盛《晋阳秋》：

“王衍，字夷甫，能言，于意有不安者，辄更易之，时号‘口中雌黄’。”

魏晋时期，上层社会清谈之风大盛，西晋大臣王衍就是著名的清谈家。王衍少年时就伶牙俐齿，一次他在文学名家山涛府上做客，以清秀的仪表、优雅的谈吐赢得四座的赞赏。然而，山涛却感叹道："日后耽误天下的，未必不是此人啊！"最后，山涛的话果然应验。

因为王衍口才极好，谈论精辟，肚里有一他能说出十来，显得他学识丰富，在当时确实享有盛名。许多读书人都非常佩服他，将他作为自己的榜样。晋武帝司马炎在位时，王衍就任太子舍人，后来调做尚书郎等职。

王衍成年后，爱好老子、庄子的学说，善于用老庄的道家思想解释儒家经义，讲授玄理。讲授的时候，他总是身穿宽袍大袖的衣服，手执一把用鹿的尾毛制成的玉柄拂尘（古代时，教师讲课多拿一柄拂尘，其实就相当于今天的教鞭），轻声慢语，满嘴都是玄妙空虚的怪话。其实，王衍的学问并不扎实，并不是真才实学，他那玄妙空虚的理论常常是前后矛盾、漏洞百出，每逢义理讲得不恰当、不准确，听课的人向他指出错误或提出疑问时，他便随口更改，毫不在乎，且面不改色。经常听他讲课的人背地里都称他是"口中雌黄"。

王衍不仅在讲课时说改就改，他做事也惯于随意更改。他先把女儿嫁给太子为妃，后来太子遭到陷害，他怕受牵连，赶快上表请求离婚；太子冤案昭雪，他因丧失气节被判禁锢终身。而在西晋皇族争权斗争愈演愈烈，酿成历史上著名的"八王之乱"的时候，王衍却命运转折，意外地被两位得势王爷看中，不仅出了监狱，还官拜尚书令。

官虽然做大了，可他颠三倒四、朝令夕改的习性仍旧不改，使得与他一起共事的人都无所适从。而且，身居要职的他和那些贪官污吏一样，全不以天下为念，只顾扩张自己的权势，大把大把地捞钱。

西晋末期，匈奴几十万大军进攻晋朝，王衍被派率十万晋军与匈奴作战，结果被匈奴大将石勒打败，王衍也被俘虏了。石勒让他说说晋朝败亡的原因，并问他是不是因为官僚的腐败与清谈误国，王衍马上又开始了他的“清谈”，堂而皇之地推卸责任，说自己“一向不干预朝政，罪不在我”。为了活命，他还大力地向石勒献媚讨好，力劝石勒称帝。

石勒很不喜欢王衍这种空谈大话、毫无骨气和气节的人，就斥责他说：“你青年时就入朝为官，一直做到头发都白了，位高权重，还说自己与朝政无关，没有罪，这不是胡说八道吗?”

当天晚上，石勒令人将王衍监禁在一所民房内，半夜时又派人将屋墙全部推倒，将王衍活活地埋在了瓦砾堆中。

成语详解

信：任凭、听任。信口：随口。雌黄：一种名叫“鸡冠石”的黄赤色矿物，用作颜料。古人用黄纸写字，写错了就用雌黄做的颜料涂抹后再写。

信口雌黄：指随口乱讲，讲话随便，不顾事实。

妙语点拨

王衍那个时代清谈之风盛行，这虽然让他养成了“信口雌黄”的毛病，但这只是王衍个人的问题，并不是说所有的清谈都误国，都没有一点用处。毕竟他们的清谈是在争论一些社会的、哲学的、国家的、政治的、学问的等方面的问题，总比在一起研究如何饮酒打牌、如何算计别人强得多。

但是，毫不客气地说，和今天的人们相比，王衍的行为真的是小巫见大巫了。在我们身边眼见的耳闻的，不知有多少人还在以“信口雌黄”为荣呢？

当管辖的部门出了事故、出了问题时，领导们总能编出一套一套的理由来欺瞒上级和群众，这是不是“信口雌黄”？当你与别人发生冲突产生不良后果，面临承担责任时，你是不是想方设法地回避己方的责任，肆意编造谎言而将主要责任推给对方？这是不是“信口雌黄”？

做人，还是本色一点好；说话，还是真实一点好。你要永远对你说的话负责任，而不是说完就算完事。你“信口”一次人家信了，你再“信口”两次、三次，人家还会信吗？长此以往，谁还会愿意与你相处呢？

72

幸灾乐祸

春秋 · 左丘明 《左传 · 僖公十四年》：
“今王子颓歌舞不倦，乐祸也。”
春秋 · 左丘明 《左传 · 庄公二十年》：
“背施无亲，幸灾不仁。”

春秋时期，晋献公听信宠妃骊姬的谗言，处死太子申生，又派人去捉拿太子的兄弟重耳和夷吾。重耳和夷吾知道后，从晋国逃到外国去避难。

公子夷吾逃到了秦国。在秦国避难期间，秦穆公对夷吾以礼相待，并将自己的女儿嫁给他，夷吾在秦国的日子过得很不错。不久，晋献公死了，晋国发生内乱，骊姬及其儿子奚齐被杀。这时，秦穆公抓住机会，帮助夷吾平定了晋国内乱，并扶持他登基成为晋国国君，即晋惠公。

晋惠公登基后，对内铲除异己，派人暗杀重耳；对外则背信弃义，以怨报德地对待于自己有恩的秦国。

原来，夷吾在离开秦国之前曾经答应秦穆公，说自己当上国君后，会将晋国的五座城池送给秦国，以报答秦穆公的恩惠和帮助。然而，夷吾当上国君后，并没有履行当初的诺言。当秦穆公派使者索要城池时，他不肯将五座城池送给秦国。秦穆公知道后非常生气，但是念在秦晋的姻亲关系，又不好撕破脸皮，强行夺取城池，最后只能不了了之。

晋惠公四年（公元前 647 年），晋国发生饥荒，向秦国求援。秦穆公采纳了百里奚的建议，暂不计较晋惠公悔约的事情，提供充足的粮食，帮助晋国度过了灾荒。

隔年冬天，秦国发生了同样的灾荒，就请求晋国支援一些粮食。晋惠公便与大臣们商议此事，吕省、虢射认为，没有割地给秦国，两家已成仇敌，现在帮助秦国救灾，无疑是给敌人增加力量，坚决不能答应。晋惠公认为言之有理，于是决定不援粮给秦国。

晋国大夫庆郑认为晋惠公的做法不对，便极力劝阻。他对晋惠公说："忘记别人的恩惠，是无亲；因为别人的灾难而快乐，是不仁；舍不得施舍别人，是不祥；将邻国激怒，是不义。如果这四种美德都丧失了，如何能让自己的国家强盛呢？"

但是，吕省与虢射仍坚持不援助秦国，夷吾也听不进庆郑的劝告。庆郑接着劝道："背弃了信义，得罪了邻国，一旦我们发生什么灾害，还有哪个国家肯来帮助我们呢？"

虢射说："既然我们已经背弃了割让土地的诺言，无法消除秦国对我们的怨恨，那么给不给他们粮食又有什么关系呢？"

庆郑又说："背弃恩惠、幸灾乐祸的行为，就连一般的老百姓都会唾弃，亲近的人也会因此而结仇，更何况本来就是冤家呢？”

可是，夷吾还是听不进庆郑的劝说，最终也没有援粮给秦国，而是随意打发了秦国派来的使者。

这件事情传到秦国，秦国上下都很气愤，责骂晋惠公忘恩负义，纷纷要求讨伐晋国。

晋惠公六年（公元前645年），秦国度过了灾荒。国力恢复之后，秦穆公率兵大举伐晋。晋惠公率军抵御，因他的所作所为不得人心，以致君臣不和、士气不振。而秦军则同仇敌忾，上下团结。结果晋军大败，晋惠公也被活捉了。

成语详解

幸：庆幸。乐：高兴、快乐。

幸灾乐祸：指人缺乏善意，看到别人遇到灾祸时自己却感到高兴。

妙语点拨

提到“幸灾乐祸”这条成语，让人不由得想到2008年5月12日我国汶川发生强烈地震时，美国著名女影星莎朗·斯通“幸灾乐祸”的言论。莎朗·斯通5月24日在戛纳出席公开活动，在被香港有线电视记者问及是否了解中国汶川地震时，竟口出狂言，说中国汶川大地震是“很有趣的事”，甚至恶毒地说这是“因果报应”。

莎朗·斯通的“地震报应论”如同地震一样立即引起了强烈反响，中国乃至世界各国政界、电影界纷纷表示愤怒与抗议，对这位著名公众人士缺乏人道与人性的言辞予以激烈抨击。中国外交部也对此给予关注。莎朗·斯通绝对没想到这一番话会为自己引来如此大的麻烦。在强大的舆论压力下，莎朗·斯通与她的经纪公司先后道歉，但都因缺乏诚意而不被人们认可。后来，麻烦终于演变成真正的灾祸——她的几份代言及演出被取消了，导致她个人及公司损失几千万美元。她最终为自己的“幸灾乐祸”付出了巨大的代价。

从晋惠公到莎朗·斯通，“幸灾乐祸”的结果都为自己引来了灾祸。由此可见，凡是因别人的不幸而窃喜的人，最后都可能为自己引来真正的灾祸。因为“幸灾乐祸”的言论与行为违背了人性、人道与人际关系间最基本的道德底线！

当别人遇到困难或灾祸的时候，能帮助的就请伸出援手吧；实在不想帮助或者有心无力的，也没有人会责怪你，哪怕什么都不做，只报以同情之心，也比幸灾乐祸强得多。

揠苗助长

《孟子·公孙丑》：

“宋人有悯其苗之不长而揠之者，茫茫然归。谓其人曰：‘今日病矣，予助苗长矣！’其子趋而往视之，则苗槁矣。”

战国时期，宋国有一个农夫，在刚开垦出的一片田地里栽上了许多禾苗。此后，他天天盼着这些禾苗快快地长大长高，心里美滋滋地想着：这回到了秋天就会有香喷喷的大米吃了，再也不用花很多钱到集市上去买米了。

于是，农夫每天早上都要到田里去看看，锄锄草，捉捉虫，精心地栽培这些禾苗。可是，过了一段时间，农夫的兴奋劲儿就过去了，因为他发现这些禾苗长得太慢了，今天和昨天差不多高，明天也不会比今天高到哪儿去！照这个速度，猴年马月才能收获沉甸甸的谷穗！农夫心急火燎，像热锅上的蚂蚁急得团团乱转。经过几天的琢磨，他终于想出了一个办法！

第二天，农夫兴冲冲地跑到地里，把禾苗一棵棵往上拔了一大截，一直忙到太阳落山才疲惫不堪地回了家。一进家门，他就得意扬扬地大声对妻子和儿子说："今天可真把我累坏了，不过，力气总算没白费，我总算是帮禾苗长高了一大截！"

儿子听了，十分惊奇，连忙跑到田里去看，这一看可不要紧：禾苗全都死了！

成语"揠苗助长"就是由这个故事概括而来的。

成语详解

揠苗助长：将禾苗拔起来，帮助它生长。比喻违反事物发展的客观规律，急于求成，反而把事情弄糟。

妙语点拨

中国人常说：好心办坏事。这可以说是对这条成语内涵的最佳解读。它告诉我们：办任何一件事，仅有好的动机是远远不够的，还必须有好的方法，才能有好的效果。如果没有这些，那么，再好的动机也是没有意义的。任何事物在其发展变化的过程中，都要遵循一定的规律。单纯从效率出发，盲目追求速度，追求利润，只注重看结果而不注重方法与效果，这种急功近利的做法显然违背了事物发展的客观规律，结果只能是事与愿违，得不偿失。

道理谁都懂，可为什么做起事来却常常犯糊涂呢？这么多年来，我们在教育上所采取的一些“超常规”的做法，比如上海科技大学和中国科技大学的“少年大学生班”，比如引起争议的“超早期教育”“零岁方案”……此类做法是不是也有点“揠苗助长”的意思？

74

掩耳盗铃

《吕氏春秋·自知》：

“范氏之亡也，百姓有得钟者，欲负而走，而钟大不可负。以椎毁之，钟况然有音。恐人闻之而夺己也，遽掩其耳。”

春秋末期，晋国统治集团内部经常因为争夺权势发生内讧，智伯联合韩、赵、魏三卿灭掉了当时的一个贵族范吉射。范氏家族的人迫不得已逃到别的国家去了，只留下一座旧宅院。由于没有人看管，许多小偷与闲人都想到这里来搞点什么，捞上一笔。

有一天，一个小偷发现破落的范姓人家门前挂着一口大钟。这口钟用上等的青铜铸成，上面还雕刻着精美的图案，一看就知道非常值钱。小偷猜想，可能是范家值钱的东西太多，根本不屑把它运走，所以才遗留在此地，这不是送到手的财富吗？这是无人看无人要的东西，不拿白不拿呀！

于是，小偷有些激动地一边这样想着，一边伸手去挪那口大钟，可他没有想到，这口钟实在是太重了！小偷使了半天劲，钟立在原处纹丝未动。直到此时，小偷才明白这口钟没被范姓人家运走的真正原因。

小偷很着急，他想来想去，要拿走这口大钟，唯一的办法是将大钟砸碎，然后一块一块地搬回家。小偷取来铁锤，拼命向钟上砸去。只听“咣”的一声巨响，小偷吓得倒退了十几米。小偷一下子着了慌：糟了，糟了！这钟一响，不就等于告诉附近的邻居，有人在偷钟吗？怎么办？小偷急得团团转。

过了一会儿，小偷四处看看，并没有发现有人来抓他的迹象。于是他大着胆子，再次靠近那口钟，这次，他用的力气比上次要小了许多，可是，钟依然发出“嗡嗡”的声音。小偷一害怕，下意识地伸手捂住了自己的耳朵，他惊奇地发现，钟声变小了。小偷高兴起来，他想：如果用东西堵住耳朵，那么任凭我怎样使劲砸，不是也听不见钟声吗？这样，就可以在别人发觉之前，尽快把钟运走啊。

小偷兴奋地撕开衣袖，从里面扯出一些棉花塞住耳朵，然后，倒退几步，举起铁锤，使足全身的力气朝钟砸去，一下、两下、三下……“咣、咣、咣”的声音再次响起，远近的人听到钟声都蜂拥而至，将小偷围了起来。

小偷困惑不解地说：“不对呀，我已经用棉花堵住了耳朵，什么都听不见了，你们怎么还能听得见呢？”

抓他的人们一看他那一本正经的神情与认真的样子，就知道这是个愚蠢的小偷，不由得哈哈大笑，将他放了回去。

成语详解

掩：捂。铃：铃铛。

掩耳盗铃：捂住自己的耳朵去偷铃铛。以为自己听不见，别人也一定会听不见。比喻自己欺骗自己。也比喻愚蠢自欺的拙劣的掩饰行为。

妙语点拨

这条成语原为“掩耳盗钟”，后来如何演变成了今天大家熟知的“掩耳盗铃”，不得而知。但其形容某人拙笨自欺的意思没有改变。

英国著名学者德莱顿说：“愚妄的主要特点便是自以为聪明。”换句话说，愚蠢的人往往都是自以为聪明的人。这种人活在自己的世界里，按照自己的逻辑来感受外界的一切。他们的眼睛看到了就是有，看不到就是无；他们的耳朵听见了就是有，听不到的就是无。他们乐在其中，当然也蠢在其中。

不要觉得今天的人们不会犯这种低级的错误。生活中许多常见的现象不就体现了这种“精神”吗？重者，腐败分子利用拙劣的手段来掩人耳目，规避法律，干尽坏事，自以为神不知鬼不觉，后来不都落入法网了吗？轻者，为了升学的某些人，采取花样繁多的“高精尖技术”来抄袭、伪造、替考、假考等，后来不也被揭露和曝光了吗？即便有“漏网之鱼”，也是侥幸。

快快忘掉“掩耳盗铃”的低级“游戏”吧，要时刻铭记“若想人不知，除非己莫为”的古训啊！

75

仰人鼻息

《后汉书·袁绍刘表列传》：

“袁绍孤客穷军，仰我鼻息，譬如婴儿在股掌之上，绝其哺乳，立可饿杀。奈何欲以州与之？”

东汉末年，袁绍起兵讨伐董卓，许多州郡都起来响应，大家一致推举袁绍为盟主，袁绍自称为车骑将军。

冀州牧韩馥看到人心大都归顺了袁绍，袁绍的人马越来越多，恐怕他实力太强而把自己吞掉，所以一直不愿意听从袁绍的调遣，并且常常故意少给袁绍的部队军粮，想让他们尽早离开。袁绍知道后，对韩馥怀恨在心。

一天，袁绍的谋士逢纪对袁绍说："主公，你要想讨伐董卓，非占据一块地方不可，否则是不行的。冀州这个地方很富足，冀州牧韩馥又是一个庸才，我们可以想办法把冀州夺过来。"接着，他给袁绍献了一计：一方面秘密命令北平太守公孙赞，让他起兵南下，进攻冀州；一方面派遣自己的外甥陈留、高干去说服韩馥，让他将冀州让给袁绍。袁绍大喜，采纳了逢纪的建议。

公孙赞起兵后，陈留、高干到了冀州，对韩馥说："公孙赞大兵南下了，而袁绍也会有所行动。这样一来，你就处在一个十分危险的境地了。从你的角度来考虑，我看不如主动将冀州让给袁绍，这样既可以获得让贤的美名，又可以保住身家性命，这岂不是两全其美的好事？"

韩馥沉思半晌，知道自己各方面都不如袁绍，眼下又有重兵围城，无奈之下只好同意。但是他的部下却极力反对，耿武、闵纯等人认为袁绍同样是一个没有什么能力的人，于是就对韩馥说："咱们冀州有百万强兵，存的粮食够吃十年。而袁绍不过是穷军孤客，依靠我们活着，就像是吃奶的孩子托在我们手上，给他断了奶汁，他立刻就会饿死。我们凭什么把冀州给他呢？"

韩馥说："我是袁家的老部下，我的才能又不如袁绍，我让贤给他，这也是为古人所称道的事，你们为何不赞成啊？"

韩馥的大将们听说后，见劝说不成，就先调集一万兵马，准备与袁绍一战，保卫冀州。可是韩馥却坚决不准，坚持要让出冀州。结果，他派自己的儿子把冀州牧的印绶送给了袁绍。

袁绍得了冀州后，如虎添翼，军力大增。而后来，这个所谓效仿古人“让贤”的韩馥却被袁绍逼得自杀了。

成语详解

仰：依赖、依靠。鼻息：呼吸。

仰人鼻吸：仰赖和依靠别人的呼吸才能活下来。后用来形容依赖别人而生活，不能独立。

妙语点拨

只有依靠别人的呼吸才能活下来，这里用的是夸张的修辞手法，但类似的事情在自然界里却并不少见。

大海里有一种海葵虾和红海葵，红海葵与海葵虾就是“仰人鼻息”的关系。海葵虾的两只大螯各自夹着一只红海葵，整天东游西荡。一旦遇到危险，海葵虾立即提起红海葵，红海葵便用有毒的触手对付来犯者。这样，海葵虾就可以到处觅食，不必为安全担忧。而红海葵的身体体积非常小，它只要依靠海葵虾吃剩的食物就足以饱腹了。

大家都知道檀香树吧。檀香木用途广泛，经济价值极高，被人们称为“绿色金子”。可你知道吗？它的一生就是寄生的一生！它依靠吸食其他树木的水分与养分来生存！人们称它为“吸血鬼”“寄生虫”一点也不冤枉它。檀香树是一种半寄生性常绿乔木，它的须根上长着千千万万个“吸盘”，这些“吸盘”紧紧地吸附在寄主植物上，从它们那里掠夺水分、无机盐和其他营养物质。虽然檀香树的根系也从土壤中吸取少量营养，但主要还是靠掠夺寄主植物的营养而成活。檀香树赖以生存的寄主植物主要是洋金凤、凤凰树、红豆、相思树等豆科植物，并从它们的根瘤菌中吸取供自己不断生长壮大的养料。更要命的是，檀香树的“嫉妒心”还特别强，不容许赖以生存的寄主树长得比它高、比它好，如果发现寄主树长得比它茂盛，它就会很快地“含恨”而死。所以，往往是在生长得郁郁葱葱的檀香树下，都长着几株面黄肌瘦、垂头丧气的寄主植物。

说完了动物、植物，该说人类了。人类依靠别人生存的事实虽不如动物、植物那么直接，但依赖性的强度却毫不逊色。比如，各种企事业单位里的小职员、小干部，对其主管领导和老板，应该得“仰人鼻息”吧？因为他们的工资待遇、晋级升迁都由人家说了算哪！而那些一心想向上发展的官员们，对其上级领导，也得“仰人鼻息”吧？因为决定他们仕途命运的就是人家的一句话！看起来还是学生们比较幸福：考大学凭的是实力与分数，只要你有实力，谁的“鼻息”你也不用“仰”！

结论就是：只有不断增强实力，才能不去“仰人鼻息”！

76

叶公好龙

汉·刘向《新序·杂事》：

“叶公子高好龙，钩以写龙，凿以写龙，屋室雕文以写龙。于是天龙闻而下之，窥头于牖，施尾于堂。叶公见之，弃而还走，失其魂魄，五色无主。是叶公非好龙也，好夫似龙而非龙者也。”

春秋时期，楚国叶县有个地方官吏叫沈诸梁，字子高。他自称“叶公”，别人都称他为“叶公子高”。

这位叶公非常喜欢龙。他身上佩带的武器全都饰有龙的图纹，他家里的房梁上、柱子上、门窗上也全都雕上了龙，就连墙上也画满了龙。叶公每次出门，必先在房中耽搁片刻，摸一摸门窗、柱子上的龙形雕刻，看一看高高的房梁上那些恍若真龙的纹饰，临走还要喃喃自语一番，似乎是在跟这些龙告别。

有一次，一位朋友到叶公家来拜访，看到叶公对龙如此喜爱，大为惊异，就提醒他说："既然你那么喜欢龙，为什么不在衣服、酒器上也绣上龙呢？"

叶公一拍脑门，大呼道："是啊，我怎么就没想到呢？"于是，叶公派人找来工匠，在杯、盘、碗、碟及所有的器具上都雕刻了龙的图案，就连服饰、被帐上也请绣娘绣上了龙。后来，他甚至将子女的名字与龙联系起来：老大叫"大龙"，老二叫"二龙"，老三叫"三龙"，最小的是女儿他就叫她"龙女"。闲暇时，他就拿着笔画龙。写字时，也是写各种各样字体的"龙"字。

这样，一传十，十传百，附近十里八乡到处都在谈论着叶公喜欢龙这件事。叶公常对朋友们说："可惜呀，我没有见过真正的龙是什么样子的，要是我能见到真龙那可就太好了。"

天上的真龙听说了这件事，十分感动。为了表达诚挚的谢意，它决定专程到人间去拜访叶公，和他交个朋友。

真龙来到叶公家里，从窗外探进头去，长长的尾巴拖到堂屋里。叶公平生从未见过真龙啊！一见到这种场面，立刻吓得面如死灰，浑身颤抖，瘫软在地上。

真龙笑道："叶公，听说你很喜欢我，家里到处雕刻着我们家族的成员，今天我特意来谢谢你。"

龙说话时的声音如响雷般震耳欲聋，双角耸立，双目圆睁，虽说是笑的模样，可那样子却着实有些恐怖！霎时间，叶公头发上指，两眼发直，嘴唇哆嗦着半天发不出一丝声音！随后，他双手紧抱，把身子缩作一团，跌跌撞撞地跑了出去！一直跑了很远才站住，还是一副惊魂未定的样子，如同被吓掉了魂一样。

真龙瞧着叶公那惊恐的样子，不由叹了口气，他这才明白：原来叶公并不是喜欢真龙，他所喜欢的不过是那些似龙非龙的东西。于是，他失望地摇了摇尾巴，快快不乐地回天上去了。

从此以后，叶公再也不敢在人面前说自己喜欢龙了。

成语详解

好：喜爱、爱好。

叶公好龙：叶公表面上喜欢龙，其实并不喜欢真龙。比喻口头上说喜欢和爱好某一事物，而实际上并不是真的爱好。

妙语点拨

恩格斯说："判断一个人当然不是看他的声明，而是看他的行为；不是看他自称如何如何，而是看他做了些什么和实际上是怎样的一个人。"

恩格斯的话其实就是我们长年提倡的言行一致、表里如一的做人处世的珍贵品格。可惜，越是人类极力提倡的东西，往往就越难以达到，因为这肯定涉及人类难以克服的弱点。比如，多少领导、师长们口口声声地喊着"虚心接受批评"，可一旦有不知趣的下属或学生真的给他们提出意见时，他们又会心中不快或恼羞成怒。多少人在大言不惭地呼唤着"改革体制""创新机制"，可是一旦"改革""创新"的大潮要卷走他们的利益和乌纱帽，哪一个不是畏缩逃避、极力抵制？所以，真正做到心胸坦荡、正视批评的人才更加让人敬佩。

假热爱、假喜欢还不如真反对、真抵制来得更真诚、更坦荡、更正人君子。所以，做一个正直磊落的人吧，别让虚情假意毁了你的美好人生。

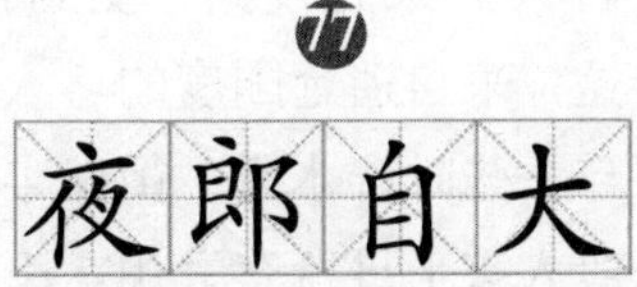

77 夜郎自大

汉 · 司马迁 《史记 · 西南夷列传》：

“滇王与汉使者言曰：‘汉孰与我大?’及夜郎侯亦然。以道不通故，各自以为一州主，不知汉广大。”

夜郎是古时候我国西南地区（今贵州西北部）的一个少数民族部落联盟，也可以算一个小国。它的面积大约只有汉朝的一个州那么大，而且人口稀少，土地贫瘠，出产的东西也不丰富。可是夜郎国王不知道外面还有一个很大的世界，自以为本国是天下唯一的大国。

秦朝统一中国以后，夜郎等地归入了秦王朝的版图。可是由于秦朝末年的连年战乱，以及西汉初期朝廷忙于对付北方的匈奴，夜郎与汉朝中央政权的关系疏远了很多。

汉武帝时，朝廷派兵进入夜郎，在那里设立了州郡。不过由于交通不便，汉王朝对夜郎等偏僻小国的管辖还是比较松散的。张骞通西域以后，汉武帝为了寻找通往身毒国的道路，同时找到和西南各国缔结友好的途径，建立与西南诸国的广泛交往，派出一批使者从蜀郡出发，前往西南各国访问。

有一天，使者王然于来到了滇国。滇王摆下丰盛的酒宴招待汉朝使者，并得意地向他们介绍滇国的气候地形、物产人口和风土人情。说完后，滇王问王然于："汉朝有多大的地盘呀？与我们滇国相比，哪个更大一些呢？"

王然于听到这话，觉得无法回答，只好微微一笑。

后来，王然于一行人又来到夜郎，受到夜郎国王的热情接待。国王设国宴招待这位来自遥远国度的客人，朱漆小方桌上摆满了夜郎国的特色菜与一些时鲜水果，虽然丰盛，其数量及种类也仅及得上汉王朝一般人家平日待客之用。王然于深知这顿饭既然贵为国宴，夜郎国王一定是倾其所有，这份情已足够令人感动了。

席间，气氛异常热烈，双方就两国关心的一些问题进行了积极的磋商。

突然，夜郎国王问王然于道："先生见多识广，那么依您看，夜郎国和汉朝相比，哪一个更大一些呢？"

王然于说："陛下，你我两国既然已经交好，就是友好邻邦。更何况陛下今天以国宴款待我们一行人等，更表明您是一个胸襟宽广、热情好客的人。我们除了真诚地感谢陛下，实在是不愿意冒犯您呀！"

"这话是什么意思，难道是我夜郎国小，小得不足以与大汉朝相比？"夜郎国王似乎有些生气。

王然于笑道："岂敢！岂敢！"

"既然如此，你就实话实说，何必遮遮掩掩！"夜郎国王道。

王然于说："不敢欺瞒陛下，我大汉国确实是地大物博，人口众多，可以说是泱泱大国呀！"

夜郎国王哈哈大笑，说："先生，你太夸张了吧。你看我们夜郎国，方圆几十里内遍布大大小小的村庄几十个，这人口少说也有好几万。人口众多、地大物博这些词儿拿来用在我们身上才不算委屈了它们呀。好吧，既然先生说你们大汉朝是泱泱大国，我今天就耐着性子来听听，你们大汉朝是怎么个大法？难道比我夜郎国还大吗？”

王然于摇摇头，苦笑道：“看来陛下您是真的不知道，来人啊！”

王然于叫手下拿来一张大汉朝的版图，指着地图说道：“陛下，我们汉朝在这儿，贵国在这个位置。保守一点说，贵国的面积至多也就和汉朝的一个郡差不多，像这样的郡，汉朝至少有几十个。陛下，我是实话实说，还请海涵啊！”

原来，因为道路闭塞，交通不便，夜郎国王和滇王一样，从未离开过国门一步，从来没有见过外面的世界。难怪他们确实不知道除了夜郎以外的天下，更不知道汉朝的广大啊！

成语详解

夜郎：汉朝时西南地区的一个小国。

夜郎自大：比喻不知自己的浅薄与渺小而妄自尊大，总觉得自己了不起。含贬义。

妙语点拨

少一些自满，少一些自大，少一些自负，多一些对未知世界的了解与观察，才能知道还有许多比自己已知的世界更加鲜活生动的东西，才能知道外面的世界更精彩，外面的世界更广阔！

显然，夜郎自大是不可取的。细想一下，夜郎的自大其实并不可怕，只是可笑而已。而今天有些人的自大却很可怕，因为他们的自大已经膨胀到了世界之大唯我独尊、舍我其谁的地步。这种自大就不仅是不可取，而更是不可恕了！

处于青少年时期的孩子们，应该抓住一切可以抓住的机会，更多地认识和感知这个世界，别让自己成为这个世界的“局外人”。

78

一毛不拔

战国 · 孟轲 《孟子 · 尽心上》：

“孟子曰：‘杨子取为我，拔一毛而利天下，不为也。墨子兼爱，摩顶放踵利天下，为之。’”

战国初期，魏国的哲学家杨朱主张“贵生”“重己”，也就是重视个人生命，反对别人对自己的侵夺，也反对侵夺别人。思想家墨翟与杨朱的主张相反，他主张“兼爱”，反对战争，提倡生产劳动，谴责贵族奢侈糜烂的生活。

有一次，墨翟的学生禽滑厘问杨朱道：“如果只要拔下你身上的一根汗毛，就能让天下人受益，你干不干?”

杨朱说：“天下人的问题，绝不是拔一根汗毛就能解决得了的!”

禽滑厘又说：“假使能的话，你愿意吗?”

杨朱默不作声了。

有人问孟子对杨朱和墨翟这两位学者的观点如何评价。

孟子坦率地说：“杨朱主张一切为自己，连拔下自己的一根汗毛有利于天下的事，他都不肯干，这一毛不拔也太自私了。而墨翟则正好相反，他提倡爱世上所有的人，只要对天下有利，他一切事情都愿意做，哪怕磨秃头顶，走破脚跟，也心甘情愿，这是多么难得呀！但这恐怕不容易做到，尤其是要每个人都来做，更困难。鲁国贤人子莫提倡中道，我觉得主张中道就差不多了，但也要有灵活性，要学会变通。如果坚持一点，不顾其他，就有损仁义之道了。”

成语详解

一毛不拔：一根毫毛都不肯拔掉。形容非常吝啬、自私。

妙语点拨

如果我们套用现在最流行的一句话来描述“一毛不拔”的人，那就是：见过吝啬的，没见过这么吝啬的！可谓吝啬到极致了。

其实这是一种语言艺术的夸张，不过是为了形容杨朱那种极端的观点罢了。我相信，世界上不会有把傻与吝啬这么完美地结合于一身的人！杨朱怎么说也是一个知识分子，是要脸面的人，怎么会如此之傻地将自己的自私暴露在公众面前？就算他真的很自私，听说只需要一根汗毛就能帮助天下人，也肯定会咬着牙“拔”下来的，这可是事关自己的声誉和知名度的事啊，况且损失又如此之小。

从这一点说，杨朱即使真的如此吝啬，也诚实得很可爱。比那些假公济私却还大喊着无私奉献的人，至少多了几分真诚。

但吝啬终究是不好的，或者说不是一种好习惯。往轻了说，这种小家子气的人在社会上会很难立足，你对别人小气，当然也别想指望别人对你多大方了。往重了说，这种人在事业上也很难有大的成功。有句话说，“心有多大，舞台就有多大”。如果我们将“心”的外延缩小，再反过来理解，你的心有多小，那你的舞台肯定也就会如此之小了。

所以，人可以节俭，但绝不可以吝啬。

79

一曝十寒

战国 · 孟轲 《孟子 · 告子上》：

"虽有天下易生之物也，一日暴之，十日寒之，未有能生者也。"

战国时期，群雄割据，游说之风盛行，形成了一个百家争鸣的局面。

孟子是儒家学说的集大成者，他抓住这个展示才华的大好时机，利用自已的学识和口才，不遗余力地弘扬儒家思想，不仅使儒家学说发扬光大，而且使孟子的名字传遍各国。许多国家的国君都以能请到孟子为荣。

有一次，齐宣王请孟子到齐国做客。孟子经过一段时间的观察和调查发现，齐宣王不仅缺乏耐性，而且经常听信一些奸臣的谗言，误国误民。他觉得有必要对他进行开导。

一次，齐宣王问孟子："我觉得我对国家的治理已经尽心尽力了，怎么齐国还是强盛不起来，你能帮我分析一下原因吗？"

孟子回答说："治理好国家很不容易，不要想一夜之间就把所有的事情办好。这就好比吃饭，只能一口一口地吃；又好像挖井，只能一锹一锹地挖，差一寸都不能挖出水来。如果你停下来了，井还是挖不成。比方说吧，有一种东西生命力很强，生长得又很快，可是，你把它放在阳光下晒上一天，然后再放于阴冷的地方冻上十天，那么，它还是无法生长。我和您在一起的机会不多，当我在您身边时，我的意见您多多少少会采纳一些。但我不在您身边时，有一些奸臣就会来哄骗您，给您出许多坏主意。您听了他们的话往往会办错事，我也只能着急，却没办法挽救。这不就与晒一天再冻十天的道理一样吗?”

孟子说完，齐宣王不置可否，面无表情，似乎并未被触动。

孟子接着又说：“比方说下棋，这本来是一门小技术，但如果不专心学习，还是下不好。全国围棋名手弈秋是一位很出色的围棋老师。他同时教两个学生下棋。一个学生全神贯注，充分领会了弈秋的讲解，能把老师的话牢牢记住。而另外一个人，人坐在那儿，脑子里却想着天上会不会飞来一只天鹅，用什么办法把它射下来，心思根本没用在下棋上。表面看去，两个人都在学下棋，但成绩却有高低之分。是不是两个人的智力差得悬殊呢？当然不是，原因就在于他们的学习态度不同，专心的程度不一样啊。”

齐宣王听到这里，点了点头，说：“先生说得太对了，我一定按你的意见办。”

成语详解

曝：晒。

一曝十寒：晒上一天，冻上十天。比喻学习、工作、做事没有耐心与恒心，经常间断。

妙语点拨

中国有一句俗语，“三天打鱼，两天晒网”，这与“一曝十寒”的意思极为相近。这无非是在告诫人们：无论做什么事情都必须坚持下去，要持之以恒。就像《士兵突击》中许三多说的那样：“不抛弃，不放弃！”这个观点适用于任何人。如果你高兴了就勤劳一天，不高兴了就懒惰十天，那肯定会什么事都办不好，成功对你来说将永远是一个遥不可及的梦。

故事的后半部分关于“下棋”的谈话中，还衍生出了另外一条成语——专心致志。只有全神贯注，用尽全部心血，全身心地投入，才能做好每一件事。这是孟子为了从正面来强调做事要有恒心、要持之以恒的一个补充论证。与前面的“一曝十寒”一反一正，相辅相成，两条成语正好形成了鲜明的对比，更加强化了各自的观点。

80

一叶障目

《鹖冠子·天则》：

“夫耳之主听，目之主明，一叶蔽目，不见泰山；两耳塞豆，不闻雷霆。”

从前，楚国有一个穷苦的读书人。由于家境贫困，他整天就想着发财致富，可又没有什么一技之长。

有一天，他正在屋里读书，猛然间在书中读到这样一段话：“螳螂用树叶遮住自己的身体，其他小昆虫就看不见它，他就能顺利捕食了。要是有人能得到那片树叶，就可以用它来隐藏自己的身体，任谁也看不见他。”

这个穷书生心想：要是我能得到这片树叶该有多好啊，我就用它来遮住自己，想要什么就可以到集市上去拿什么，别人也看不见我，我就不用再过这样的苦日子了！

于是，他扔下书本跑到不远处的树林里去了，一心想找到那片螳螂藏身的树叶。他小心翼翼地在树林里找来找去，一棵树一棵树地寻找，一会儿脖子就累酸了。一天不行，他就天天到树林里转悠。终于有一天，他看见一只螳螂躲在一片树叶的背面！他高兴极了，赶紧爬到这棵树上，准备采摘那片叶子。谁知突然来了一阵风，将树上的叶子吹掉了不少，他要采的那片叶子也落到地上，与满地的叶子混在了一起。这可怎么区别哪片树叶是螳螂藏身的那片啊？穷书生没有办法，只好将这些叶子全都装在了一个筐里，带回家去。

回到家里，穷书生想：怎么才能找到那片可以藏身的叶子呢？想了半天，没有妙招，他只好一片一片地来试验。

他拿起一片树叶遮住自己的眼睛，然后问妻子："你能看见我吗？"

开始，他妻子还正经地回答他："看得见。"

他又举起另一片叶子问："这样能看见我吗？"

妻子仍旧耐心地回答他："看得见。"

他接着又拿起了第三片叶子、第四片叶子……就这样一次又一次地问，妻子一次又一次地回答他。后来，见他还是没完没了地问，妻子有些不耐烦了，就随口答道："看不见啦！"

穷书生一听，乐得跳了起来，大喊道："宝贝找到了，宝贝找到了！"喊得妻子莫名其妙！之后，穷书生急忙拔腿向市场跑去。

到了市场，面对各种各样的货物，书生有些眼花缭乱，但他满心欢喜。在一家店铺里，他一只手拿着树叶遮住自己的眼睛，另一只手就当着店主的面去拿人家的东西，拿到后转身就走，却被店主当场捉住，送到了县衙。

县官审问他的时候，他老老实实地说："我按书上的说法，找到了一片能隐身的树叶，用它遮住自己的眼睛，别人就看不到我了，这才去拿人家的东西。可不知为什么，这片树叶失灵了，让人家看见了。”

听到这话，县官忍不住哈哈大笑起来，说：“你这个书呆子，真是一叶障目，不见泰山啊！”见他如此愚蠢，县官只好训斥了他一顿后就把他释放了。

成语详解

障：遮蔽。

一叶障目：用一片树叶遮住眼睛。比喻被眼前细小的事物、暂时的现象蒙蔽，因而看不到事物的全貌、主流与本质，或者看不到远处、大处和真实的情况。

妙语点拨

表面上看，这个穷书生是被“叶”遮住了眼睛。而其实，遮住他眼睛的并不是那片树叶，而是他心里那些不走正路却想发财的贪欲！被遮住的，也不仅是他的眼睛，更是他的心灵！

致富、发财，过上美好的生活，这是每一个人都向往的，无可厚非，也极其正常。但关键是不能过于痴迷，过于痴迷往往会财迷心窍；也不能剑走偏锋，想发邪财，这样就可能误入歧途。其实，做任何事都一样。过于急切地想当官，就会想尽办法，使用各种见不得人的手段去打通关节；过于急切地想考试得高分，就会想方设法地去作弊。极度膨胀的欲望，会让我们迷失双眼和干净的心灵，看不到高高悬于我们头上的法律，看不到未来的方向。这不是故弄玄虚，类似的事件时有发生。

我们不是穷书生。可我们为什么还在不断上演着几千年前那个书生的闹剧？从此刻起，让自己纯洁些吧，做自己该做的事，拿自己该拿的东西。

81 以卵击石

《墨子·贵义》：

“以其言非吾言者，是犹以卵投石也；尽天下之卵，其石犹是也，不可毁也。”

墨翟是战国时期著名的思想家，后人称他为墨子。他从实用角度出发，认为那种理想化的形式主义的繁文缛节都可以取消。他主张的“兼爱”与“非攻”的思想，实际上就是我们今天所大力提倡的友爱、博爱与和谐。他也反对儒家所津津乐道的“礼乐”“命运”之说等，尤其对春秋以来盛行于民间的星占之术给予了猛烈的抨击。

什么是星占之术呢？星占之术是殷周时期沿袭下来的关于天象及其所象征的灾祥、吉凶的知识和经验的总结。由于当时人们自然科学知识的贫乏，对大自然中的许多现象，人们都不能作出合理的解释。于是，为了摆脱对自然的恐惧与迷茫，就只能根据自己的假想与理解，结合自然中天气天象的变化，推论与编造出似有相关其实并无关联的现象，以此来解释天与人的命运的联系。于是，有一些靠观察星相、占验吉凶为生的星相占卜师就应运而生了。

墨子对这些星占之术坚决地反对，并随时给予有力的反驳。

有一次，墨子在去齐国的路上恰好碰到了一位星相占卜师。

这位占卜师见墨子穿一身黑色的衣服，就慌忙地拦住墨子的去路，问他是不是要到北方去。在得到肯定的回答后，占卜师大惊失色，急忙劝墨子回头，并且告诫他说，因为天帝刚刚杀了一条黑龙，去北方对穿黑衣的人非常不利。

墨子本来就非常瞧不起这种人，根本不信他这一套，继续向北前行。走了不一会儿，当他走到淄水附近时，发现这里正在发洪水，根本过不去，于是就返了回来。

这下可被占卜师抓到把柄了，他有些嘲讽地对墨子说：“怎么样？我说不让你去，你非要去，现在无功而返了吧？”

墨子微微一笑，说：“淄水泛滥，过往的行人都受到了阻隔。这其中有穿黑衣服的，也有穿白衣服、蓝衣服、灰衣服的。如果说天帝刚杀了黑龙，向北行走对穿黑衣服的人不利的话，那怎么穿白衣服、蓝衣服、灰衣服的人也都过不了河呢？可见，旅途顺当与否和穿什么颜色的衣服并没有太大的关系！”一句话说得那占卜师无言以对。

过了一会儿，墨子又说：“现在，我们姑且按照你的话推论下去，如果天帝在北方杀了黑龙，那么就有可能在南方杀了赤龙，或者是在西方杀了白龙。如此，天下的人岂不是都无法出行了？所以，拿你的话来攻击我的言论，就好比是‘以卵投石’，即使你把天下所有的蛋都投掷过来，我这块石头也不会有丝毫的损伤啊！”

这一通反驳让那位占卜师简直无地自容，于是他一言不发，灰溜溜地走了。

成语详解

卵：蛋。

以卵击石：由“以卵投石”演化而来。指拿蛋往石头上碰，或者用蛋向石头上打。用来比喻不考虑自己的实力，去攻击比自己强大得多的敌人。或用来比喻有些人自不量力，以弱击强，实际上是自取灭亡。

妙语点拨

千万不要以为用鸡蛋碰石头是勇敢，那其实是很愚蠢的行为。以弱击强往往是很多人的无奈之举。勇敢是人必须具备的一种素质，但必须建立在正视现实的基础上。如果勇敢不是建立在理性的基础上，那充其量只能算是鲁莽。

记住，当你去做一件事时，首先要考虑自己的力量能否胜任。当你还是一个蛋时，就没必要去硬碰石头。如果你非要去碰它，也得等到你这个蛋长成与石头差不多硬的时候！

82

以貌取人

汉·司马迁《史记·仲尼弟子列传》：

“孔子闻之曰：‘吾以言取人，失之宰予；以貌取人，失之子羽。’”

春秋时，大教育家孔子有很多学生，其中有一个叫子羽，长得很丑陋；另一个叫宰予，长得很英俊。由于两人的长相，孔子对他俩的态度截然不同。

子羽的真名叫澹台灭明，子羽是他的字。他是鲁国人，比孔子小 39 岁。他听说了孔子的大名，想要侍奉孔子。可因为子羽的相貌丑陋，孔子第一次见到他时对他的印象就很不好。之后，孔子对子羽的态度也十分冷淡。见老师不喜欢自己，子羽只好退学回家，自己钻研学问。

而宰予因为仪表堂堂，很有风度，加上他口才好，能说会道，孔子很喜欢他，认为他将来一定会很有出息。

然而，事情的发展却出乎孔子的意料。子羽尽管长得难看，却是一个热爱学问并喜欢独立思考的人。他在离开孔子后，就致力于修身实践，处事光明正大，不走邪路。不是为了公事他从不去会见公卿大夫，他把全部精力与时间都用在了学习和钻研上，不久就成为一个很著名的学者，很多青年慕名到他门下求学。后来，子羽游历到长江，跟随他的弟子有三百人，声誉很高，各诸侯国都传诵着他的名字。

而宰予，虽然相貌堂堂，却天性懒惰，有时甚至天已大亮了，他还在床上睡懒觉。孔子曾再三劝导他，让他勤奋一些，努力学习，但他都不听，气得孔子把他比作没有用的朽木，说他是“朽木不可雕也”。就这样，尽管孔子非常认真地教，可是宰予的成绩总是很差。而且，宰予的仁德之心也很欠缺。

有一天，宰予问孔子说：“父母死了，儿子要服丧三年，这不是太长了吗？君子三年不讲究礼仪，礼仪必然败坏；三年不演奏音乐，音乐就会荒废。旧谷吃完了，新谷也收获了，钻燧取火的木头也轮过了一遍，我认为有一年的守丧时间就可以了。”

孔子说：“守丧未满三年，你就吃大米饭，穿锦缎衣，你心安吗？”

宰予说：“我心安。”

孔子说：“你心安，你就那样去做吧！君子守丧，吃美味不觉得香甜，听音乐不觉得快乐，住在家里不觉得舒服，所以不这么做。如今你既然觉得心安，你就去做吧！”

宰予走后，孔子对其他弟子说："宰予真是不仁不义的人啊！小孩生下来，三岁的时候才能离开父母的怀抱。为父母服丧三年，天下人都是这样做的，从天子到百姓这是通行的礼仪，宰予却认为不应该。难道他没有从他父母那里得到三年的呵护吗?"

后来，宰予靠着他的口才在齐国做了大夫。可是没多久，就因为和田常一起作乱被齐王处死，并被诛灭了九族。

孔子听到宰予的死讯，很感慨地说："我只凭言语来衡量人才，在宰予的身上犯了错误；我只凭相貌来衡量人才，在子羽身上也犯了错误。看来真不该以貌取人啊！"

成语详解

貌：容貌。取：衡量。

以貌取人：凭人的相貌来判断和衡量人的才干。

妙语点拨

事实上，在人们的思维、观念与行为上，有着一个非常明显的悖论，即人人都知道以貌取人是一种不正确、不可取的做法，可是人们在社会交往中，却不自觉地"执行"了自己潜意识的命令，对相貌比较英俊、漂亮的人产生好感。尽管这是第一印象，却在无形中给那些相貌好的人加了分！比如，招工、招聘时，他们会因这良好的第一印象而获得报名或者面试的机会。那些长相不佳的人可能连这个机会也没有。

没办法，这是人类天生的爱美意识的自然宣泄。明知漂亮、英俊的人不一定有才能、有德行，而丑陋的人不一定无才无德，可是人们还是愿意先选择相貌好一些的，一心希望从他们之中选出德才兼备者。可惜的是，人们往往在被残酷的事实打击，受到伤害或遭受损失时，才会像孔子那样明白当初的选择是错的，但悔之晚矣！

还是记住这句话吧：长翅膀的不一定是天使，骑白马的不一定是王子！交朋友以貌取人，你可能失掉最知心的朋友；找对象以貌取人，你可能失去最好的终身伴侣；招人才以貌取人，你可能会失去最佳的合作伙伴！

83

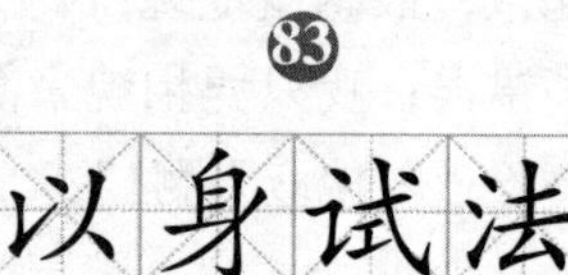

《汉书·王尊传》：

“明慎所职，毋以身试法。”

西汉时期，涿郡高阳县（今河北境内）出了一位廉洁奉公的官员，名叫王尊。

王尊的父亲死得早，他由伯父抚养长大。伯父家里比较穷，王尊每天要赶着羊群到野外去放牧。他非常喜欢读书，放牧时总要带些文史书阅读。渐渐地，他对书上提到的那些秉公执法的官吏十分崇敬，希望自已将来也成为那样的人。

一天，他央求伯父为他在涿郡的监狱里谋一份差使，这时王尊才十三岁。

伯父听后惊讶地说：“你还是个孩子啊，又不懂刑律，怎么能到监狱去做事呢？”

王尊说：“孩儿已从书中看到过很多知识，以后再跟狱长多学学，不就行了吗？”

伯父禁不住王尊一再央求，便备了礼托人找狱长说情，狱长便把王尊当听差在身旁使唤。

王尊当了几年听差，经常接触到刑狱方面的事务，进步很快。一次他随狱长到太守府办事，太守问了他一些法律、诏书方面的问题，他对答如流，太守很惊讶，也很喜欢他，便把他留在府中做文书工作。又过了几年，王尊辞去职务，专心攻读儒家经典。

公元486年汉元帝在位期间，王尊给皇帝上书，对朝政提出了一些建议，语言质朴恳切，皇帝很欣赏他，便任命他为西虢县令，兼美阳县令。

一天，美阳县内的一个女子状告她的养子不孝，不仅鞭打她，还强奸她。王尊收到状子后，非常愤怒，立即派人调查核实。

案件查实后，王尊气愤地说："奸污养母，没有可以参照的定罪的法律条文，可以随意处置。"随后，王尊命人将犯人绑在树上，让弓箭手用乱箭将他射死。一时，王尊的威名震动了全县。

不久，元帝出巡路经西虢，听说王尊正直廉洁，勤勉敬业，就破格提拔他为安定郡太守。

当时，安定郡官场非常混乱，众多官员利用权势作威作福，鱼肉百姓。王尊一到那里任职，就立即整顿吏治，发出布告，晓示属县所有官吏忠于职守，以身作则，为下属作出榜样。他在布告里说："各县县令既然是一县的父母官，都应该抑制豪强不法之徒，不要拿性命开法律的玩笑。"

接着王尊又警告他的下属说："你们也要好自为之，帮助我处理好公务。如自知不能胜任，就马上辞职，不要自以为富有就赖着不走。商人很有钱，但能和他商量公事吗？"

一个月后，有人揭发一个叫张辅怀的官吏贪污不法，横行乡里，欺压良善等种种罪状。王尊立即下令将张辅怀下狱，经过周密调查，严格审讯，张辅怀供认了全部罪行。王尊就依法将张辅怀处死，并抄出赃款百万之巨。这件事引起很大震动，吓得一些不法之徒纷纷迁出此地，逃避王尊的惩罚。

当时长安城外的治安情况非常糟糕，皇帝知道王尊刚正不阿，勇于执法，就下令调王尊为京兆尹。他到任三个月，当地的治安便全面好转。后来他又奉调任徐州刺史。在徐州任内，王尊由于过于操劳，不幸病逝在任所。当地百姓怀念他的政绩，都为他的过世伤心不已。

成语详解

身：身体、生命。试：尝试。

以身试法：明知法律禁止，还亲身去做犯法的事。

妙语点拨

从常理上讲，人们其实都知道，人的生命与身体是上天与父母赐予的最宝贵的东西，世界上没有任何一种东西能超过生命的价值。所以，人们绝不会轻易地去拿生命与身体来换任何东西。如果有谁这样做了，人们也会笑他傻。

然而，事情怪就怪在这里：许多人明明知道法律无情，却常常用自己宝贵的生命去"试"一下法律的无情！许多人在触犯了法律锒铛入狱或被处以极刑的时候，常常会痛心疾首地说：我真恨自己不懂法啊。其实，这就是在掩饰自己的犯罪动机。谁不知道贪污受贿犯法？谁不知道杀人放火犯法？谁不知道抢劫盗窃犯法？

法律是无情的，千万不要用自己宝贵的生命去试探它。无须尝试，无须体验，法就是法，对谁都一样。在这个世界上，你什么都可以想，但并不是什么都可以做，更不是什么都可以去尝试，比如触犯法律。

84 倚强凌弱

《庄子·盗跖》：

“自是以后，以强凌弱，以众暴寡。汤武以来，皆乱人之徒也。”

孔子有一位朋友，名叫柳下季。柳下季的弟弟名叫柳下跖，人称为盗跖，是春秋末期、战国初期奴隶起义的领袖。“盗”，是士大夫对起义奴隶的蔑称。盗跖部下有九千人，横行天下，所向无敌，常以武力侵犯诸侯。凡是他经过的地方，大国严守城池，小国闭城内保，百姓叫苦连天。

孔子知道后，就想用自己的理论来说服他。有一次孔子对柳下季说：“做父亲的一定能教诲他的儿子，做兄长的一定能教育他的弟弟。否则，父子兄弟的关系也就不可贵了。如今，先生是当世才子，弟弟却是强盗，却又不能教育他，我真为你感到羞愧。我请求能替先生去劝说他。”

柳下季为难地说：“如果弟弟不听兄长的教育，即使有先生这样的辩才，又有什么办法呢？况且跖的为人，思想像泉涌一样恣肆横流，意气如暴风一样变化突然，顺了他的心意时他就高兴，不顺他的意时他就会发怒，甚至用言语侮辱别人。我看先生还是不去为好。”

孔子不听柳下季的劝告，让弟子颜回驾车，另一个弟子子贡陪同，前去会见盗跖。

盗跖听说孔子来见他，勃然大怒，对通报人说：“这个人，就是鲁国的伪人孔丘吗？替我告诉他：‘他不种地却吃得很好，不纺织却穿得很好，整日里摇唇鼓舌，惹是生非，迷惑天下君主，虚假地做出孝敬父母、友爱兄弟的样子，以求得封侯，得到富贵。他罪大恶极，让他赶快滚回去！不然，我将用他的肝来加餐添菜。’”

孔子没有退却，仍一再请求拜见，于是盗跖就让他进去了。孔子向盗跖行礼后，盗跖瞪大了眼睛对他说：“孔丘，你接下来要说的话，如果顺了我的意你就可以活命；要是违逆了我的心意，我就让你死。”

孔子说：“将军身躯魁梧，智慧能包罗天下，又勇猛、强悍，足可以南面称王，而名字却叫作强盗，我很为将军羞耻。将军如果能听从我的意见，我可以为您南面出使到吴国和越国，北面出使到齐国和鲁国，东面出使到宋国和卫国，西面出使到晋国和楚国，使他们为将军建造数百里大的城池，尊将军为诸侯王。从此，再也不必弄刀舞枪、侵扰万民。这是贤人才士的行为，也是天下所有人的愿望啊！”

盗跖听了大怒，大声斥责孔子说：“即使你不夸我，我也知道自己有许多优点。你是想以利禄规劝我，把我当成愚昧的人来收买吗？城再大，有天下大吗？尧和舜拥有天下，他们的子孙却没有立锥之地；商汤和周武王贵为天子，他们的后代却被灭绝。远古时人少而禽兽多，人只好住在树上。后来人们耕种取食，纺织取衣，互相之间没有相害之心。”

说到这里，盗跖话锋一转道：“然而，黄帝以后争斗不止，血战不停。尧和舜兴起后，设立了百臣。商汤流放了他的国君，周武王杀死了商纣。从此以后，社会上都是强大者欺负弱小者，多数侵害少数。所以自从商汤、周武王开始，都属于作乱一类的人了。现在，你却把文武那一套东西教给后世，蒙蔽天下之主，借以求得富贵。所以我认为，天下的盗贼没有比你更大的了，天下人为啥不叫你盗丘，而偏叫我盗跖?”

最后，盗跖下结论说：“孔丘，你所说的那些，都是我所抛弃的。你赶快离开这里回去，不要再说了！你的那些道理，都是奔走钻营、虚伪奸诈的东西，不能用来保全人的本性，哪里值得一谈呢！”

孔子碰了一鼻子灰，赶紧辞别了盗跖。他一出门就跳上车，眼光失神，脸色如土。回到鲁国东门外，恰好碰见了柳下季。柳下季说：“好久不见，看车马的样子你好像是出远门了，莫不是到盗跖那里去了?”

孔子仰天叹了口气，说：“是呀，我这叫作没病扎针，自讨苦吃。还去撩弄虎头，编老虎的胡须，险些被老虎吃掉啊。”

成语详解

凌：欺负、欺侮。

倚强凌弱：凭借自己的强大来欺凌弱小者。

妙语点拨

这是一个有着非常明显贬义的成语。可在自然界，这却是一个“不以动物意志为转移”的铁律。我们在中央电视台的《动物世界》与《人与自然》节目里看到的那些血淋淋的场面，哪一个不是体现了这条铁律？作为动物中的强者，虎、狮、豹、狼……它们对那些动物中的弱者，如兔、牛、羊、马、猪、鹿，哪一次见面不是一次残酷的血腥屠杀？随后，就会变成一次疯狂的饕餮大餐！可见，在自然界，没有生而平等之说，强就可凌弱，大就可吃小，谁强谁就胜利，谁强谁就生存。这就叫适者生存。

每个人都想做生命的强者。可是，人的能力与条件肯定会有所不同，肯定会有强弱之分。而强弱也是可以互相转化的，因为人是有可塑性的，在不断的成长与发展过程中，强者也可能变为弱者，弱者也可能成为强者。因此，强者和弱者是相对而言，在更强者面前，强者也成了弱者；在更弱者面前，弱者反而成了强者！

从社会角度来说，不以强凌弱就是不要只维护强者的利益，从而抑制弱者公平地成为强者的机会，而是要保持一种公平的转化机制和状态，即当人处在“弱者状态”时给予一定的帮助与扶持，以保障他可以依靠自身的努力有机会成为强者，同时也应该适度地限制强者，以防止他依靠自身的强势地位去侵犯弱者公平发展的机会！

今日中国社会的两极分化特别严重，穷人吃了上顿没下顿，富人住别墅开宝马。在人们的意识中，“富”与“穷”就是“强”与“弱”的代名词！在许多人的眼里，谁不知道弱者就是那些收入低微的穷人呢？

从现在开始，让我们给弱者一些机会吧，让他们成为强者，这就是最好的不以强凌弱！

85

因噎废食

战国·吕不韦《吕氏春秋·荡兵》：
“夫有以噎死者，欲禁天下之食，悖。”

相传，古时候有这样一个故事：

一天晚上，有一个财主在家里大摆酒席。席间，大家划拳行令，喧声如潮，热闹极了。

突然，闹得最欢的一个老头大汗淋漓，翻着白眼，捂住脖子，拼命地咽着唾沫。原来是他刚才急着说话，嘴里一块牛肉没嚼烂就吞了下去，结果喉咙被堵住了。这时，在场的人纷纷围了过来，有的说快灌一杯冷水，有的说要再咽一块肉，有人使劲扳开老头的嘴，拿起筷子就要往里夹取，有人则使劲捏着他的脖子往下刮……老头被折腾得非常痛苦。最后，老头气得按捺不住，大吼一声"滚开"，随着喊声，那块牛肉也跟着喷了出来。

众人大笑，各自正要回座位继续吃喝时，这个请客的财主却高声说道："各位请回吧。那位仁兄的遭遇就是我们的前车之鉴。老夫认为，要想不再发生这样的灾祸，酒肉不可吃，三餐不可有。本府从今以后，再也不许人吃饭了。"

说完，财主就下令把厨房所有的坛坛罐罐全都打碎，柴米油盐一律放火烧掉了。

成语详解

噎：食物卡住喉咙。废：停止。

因噎废食：原意是指因为有人吃饭噎住了，以后就不吃饭了。比喻由于要做的事情出了点小毛病或怕出问题，索性就不去干了。

妙语点拨

故事是荒唐的，但其表达的思想内涵和情感倾向却是非常真实的。就拿我自己来"开一刀"吧：小时候，因为学游泳时呛了一口水，后来就再也不敢下水了。至今，仍然是一个见水就怕的

“旱鸭子”！这倒也与一句俗语所表达的内容相合——“一朝被蛇咬，十年怕井绳！”因为被蛇咬了，后来看见绳子都害怕，觉得那绳子就是蛇。可见人们心中对受伤害的恐惧之大是无可比拟的。

吃饭被噎着了，我们可以在下次吃饭时多加注意，不要在吃饭时说话，不要吃过硬的食物，何必从此不再吃饭呢？

一次被蛇咬了，我们可以以后提高警惕，不再一个人走山路，或者走山路之前先做些预防，何必见到绳子就害怕呢？

86

饮鸩止渴

南朝·宋·范晔《后汉书·霍谞传》：

“譬犹疗饥于附子，止渴于鸩毒，未入肠胃，已绝咽喉，岂可为哉？”

东汉顺帝的时候，大将军梁商在朝廷的权力非常大。有一次，一些官员向他告密，说地方官宋光犯上作乱，竟敢擅自修改朝廷的法令。梁商听说后大怒，不问青红皂白，就派人去将宋光拘捕，押到了京都洛阳，关进了监狱。

宋光有一个外甥，名叫霍谞，他从小就勤奋好学，少年时代就读了大量儒家经书，在当地非常有名。听说自己的舅舅宋光下狱后，霍谞的心情一直很不平静。当时霍谞虽然只有十五岁，但由于饱读诗书，在各方面都已经比较成熟。他从小常和宋光生活在一起，对舅舅的为人非常清楚，知道舅舅不可能干这种弄虚作假、犯上作乱的事。于是他决心帮助舅舅申冤。可是，自己只是一个孩子，无权无势，又没有人引荐，根本见不到梁商这样的大人物，怎样才能为舅父申冤呢？

经过几天的思考，霍谞最后决定给大将军梁商写一封申诉信，为舅舅辩白。在申诉信中，他的语调慷慨而恳切：“我是宋光的外甥，我写信来是为舅舅申冤辩解。宋光出身高贵之家，作为州郡的长官，一向奉公守法，循规蹈矩，按章办事，以期得到朝廷的重用。即使对朝廷的章法制度有什么不同的看法，他也会按照正常途径向朝廷汇报与反映，怎么会冒触犯死罪的风险擅自修改法章、篡改诏书呢？这就好比一个人肚子饿了为了充饥而去吃附子（一种有毒的植物）、口渴了为了解渴而去饮用由鸩的羽毛泡制的毒酒来解渴一样啊！如果这样的话，还没等东西进入肠胃，到了咽喉处人就已经断气了。这样的蠢事，舅舅怎么可能做呢？我恳切地请求大将军能查明原委，千万不要冤枉了好人啊……”

梁商读了这封信，听说这是个十五岁的孩子写的，不仅深受感动，而且觉得信里说的很有道理，对霍谞的才学和胆识也很赏识。随后，他对宋光一案作了详细的调查，才知道事情的原委：宋光在郡里做官，一贯秉公执法，不徇私情，得罪了一些权贵，他们便编造了“擅自修改朝廷法令与篡改诏书”的罪名来诬陷宋光，企图置宋光于死地。梁商调查清楚后，就将这个情况奏告了皇帝，请求汉顺帝宽恕宋光。

不久，宋光被无罪释放。霍谞的名声也随之传遍洛阳。

成语详解

鸩：传说中的一种毒鸟，人喝了用它的羽毛浸的酒就会被毒死。

饮鸩止渴：原意是指喝毒酒来解渴。比喻只图解决眼前的困难，而不顾及这个行为可能导致的严重后果。

妙语点拨

口渴了，就来喝毒酒解渴，这样的人应该不存在吧？

不见得！

请看看下面的事实与数字：如今，随着人类社会的发展、人口的增长以及工业化的迅猛发展，世界各国的需水量与排废水量也相应地激增。据统计，目前全世界每年约有4 200多亿吨的废水排入江河湖海，这些大量的有毒、有害的工业废水污染了55 000亿吨的淡水，约占全世界淡水总量的14%，加上其他因素导致的污染，全世界已有80%的淡水遭到了污染。也就是说，现在人们所能饮用的淡水只剩下不足总量的20%！多可怕啊！现在占世界人口45%的80多个国家和地区正在遭受严重缺水的折磨与困扰，许多国家和地区的人们已经没有洁净的淡水可以饮用了，无奈之下只好喝着被自己严重污染了的水！真是自食苦果！

这，难道不是人们集体无意识下的“饮鸩止渴”吗？

还有，有多少人为了解决精神上的饥渴，为了获得身体上的痛快和心灵上的麻醉，明知毒品有害身体却仍然放纵而疯狂地参与吸毒，结果是肉体暂时痛快了，可是走向死亡与地狱的步伐也加快了！

这，难道不是人类另一种形式的“饮鸩止渴”吗？

这就是人类的弱点带给自己的劫难：人类的理智往往战胜不了物质、利益、快感的诱惑，明知前方是地狱深渊，也要往里跳；明知是刀山火海，也要往里扑。

“饮鸩”不能“止渴”，只能“止”住生命。

87

鹬蚌相争，渔翁得利

《战国策·燕策》：

“赵且伐燕，苏代为燕谓惠王曰：‘今者臣来，过易水，蚌方出曝，而鹬啄其肉，蚌合而钳其喙。鹬曰：“今日不雨，明日不雨，即有死蚌。”蚌也谓鹬曰：“今日不出，明日不出，即有死鹬。”两者不肯相舍，渔者得而并擒之。’”

战国时期，各诸侯国为了巩固政权，增强国力，都不同程度地进行了政治、经济、军事制度的改革，取得了显著成效，逐渐形成齐、楚、燕、韩、赵、魏、秦七国称雄的局面，史称“战国七雄”。而这“战国七雄”之间经常展开攻伐，你争我抢，拼命厮杀。到了战国末期，七国之间的战争更加频繁而激烈。

有一年，赵国因事伐燕，时任燕国相国的苏代受燕昭王之托到赵国劝说赵惠王放弃伐燕。

苏代是战国著名的纵横家苏秦的弟弟。他与哥哥苏秦一样，极有口才，也非常擅长纵横之说。后来，苏代出任燕国的相国，因力劝燕昭王联合宋国击退齐国的侵略而闻名于世。因此，诸侯国纷纷迎请他做辅国，像苏秦当年那样，苏代也身兼数国相职。

见到赵惠王，苏代并不急于把自己此行的目的和盘托出，而是先给赵惠王讲了一个故事。

来赵国的路上，路过易水的时候，苏代看到一只河蚌张开外壳在河边晒太阳，有只鹬鸟看见了，便快速地飞过去，稳稳地落在河蚌身边，以迅雷不及掩耳之势将细长的嘴巴伸进蚌壳开始啄食蚌肉。河蚌吓坏了，急忙把外壳合起来，死死地夹住了鹬鸟的嘴。鹬鸟遭此一击，非常意外。它只得不停地摇摆身体，希望能摆脱河蚌的钳制。可是无论它怎样努力，嘴巴始终被牢牢地夹在两片蚌壳的中间。

河蚌得意地说："我今天不放开你，明天也不放开你。瞧好吧，等不到后天，一定会有一只死鹬鸟躺在这儿！"

听了这话，鹬鸟很生气，虽然自知一时还无法脱身，但它也毫不示弱："好啊，那我们就走着瞧好啦！你看今天艳阳高照，一点风都没有，我看今天肯定不会下雨，明天自然也不会下雨。这样一来，不出两天，这河滩上一定能捡到一只死蚌。想一想，它会是谁呢？"

正当它们互相斗嘴、争执不下的时候，一个渔夫走过来，一伸手就把它们两个都逮住了。渔夫高兴地笑道："没想到今天的运气这么好，不费一点力气就有丰厚的收获。"

故事讲完了，苏代停了一会儿，接着说道："大王，我认为，燕赵交兵就好像这鹬蚌相争，彼此相持不下，短时间内恐难分胜负。等到燕、赵两国筋疲力尽、无暇自顾的时候，坐收渔翁之利的恐怕是强大的秦国吧！"

赵王听了，沉思半晌，最终取消了攻打燕国的计划。

成语详解

鹬（yù）：一种鸟。体色暗淡，嘴细长，腿长，趾间没有蹼。常在浅水边或水田中吃小鱼、贝类、昆虫等。

蚌（bàng）：软体动物，有两个椭圆形介壳，可以开闭。壳表面黑绿色，有环状纹，里面有珍珠层。生活在淡水中，有的种类可产珍珠。

后人根据苏代劝谏赵惠王时所讲的这则寓言，提炼出“鹬蚌相争，渔翁得利”这句成语，用来比喻双方只顾互相争斗相持，却让第三者趁机得利。

妙语点拨

生活中，人们肯定会遇到各种各样的利益冲突。在面对这些利益冲突时，应该相互理解，力求达到互利共赢。而绝不能为了一时一己的利益互不相让，打得不可收拾。这样做只能有两个结果：一是两虎相争，必有一伤；二是两败俱伤，鱼死网破。

只可惜，这个道理动物们不懂，所以才让渔翁得了利。其实，比动物们聪明许多倍的人类虽然创造了这个成语，也清楚地知道它的含义，却不见得都能做到理性地回避那些于己于人都不利的局面。这可能有两个原因：一是斗气心理，觉得不与对方争个你死我活不解气；二是侥幸心理，觉得自己实力强大，怎么也不会败给对方，更不会让第三者获利。而事实上，所有这样做的人，大都很难达成自己的心愿。

所谓“忍一时，风平浪静；退一步，海阔天空”，应该是对“鹬蚌相争”的最优解吧！

88

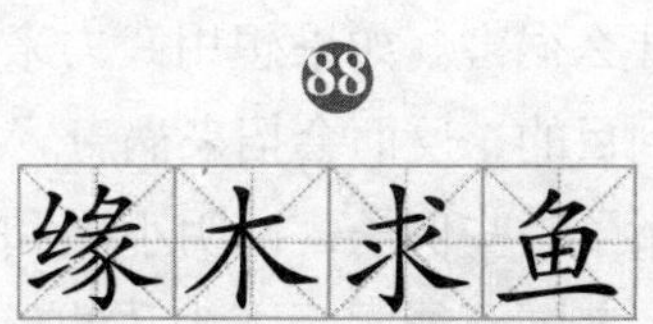

《孟子·梁惠王上》：

“以若所为，求若所欲，犹缘木而求鱼也。”

孟子，名柯，他是战国时的思想家、政治家、教育家。当时，七雄纷争，战事不断，孟子周游列国，推行仁政。最后来到齐国，被齐宣王拜为客卿。

一次，齐宣王和孟子闲谈。孟子问齐宣王说："大王动员全国的军队，让将士们冒着生命危险去攻打别的国家，难道只有打败了别的国家，您心里才会痛快吗？"

"不！不是打败了别的国家我才感到痛快。我这样做，不过是为了满足我最大的欲望罢了。"齐宣王说。

"那大王最大的欲望是什么呢？"孟子问。

齐宣王笑了笑，没有回答。

孟子便又说："是因为好东西不够吃，还是好衣服不够穿？是因为宫中的艺术品太差，还是宫里的音乐不动听？是因为侍候您的人太少呢，还是……"

齐宣王听了，摇头说："不，都不是！"

"噢，那我明白了，大王是想征服天下，称霸诸侯。但是，如果用您的办法去做，就好像爬到树上去抓鱼一样，那肯定是徒劳的。"

"有这么严重吗？"齐宣王问。

"恐怕比这还要严重得多！爬到树上去捉鱼，最多就是抓不到鱼，还不至于有什么祸害。如果想用武力来满足自己称霸天下的欲望，不但达不到目的，反而会招来祸患。"

接着，孟子又举了一些例子，说明小国和大国不能为敌，弱国和强国不能为敌，齐国不能同天下为敌的道理。并强调说，要想称霸天下，必须施行仁政。

齐宣王听了，最后说："你的主张不错，我不妨试它一试。希望你能辅佐我治理国家，达到目的。"

成语详解

缘：沿着，顺着。木：树。

缘木求鱼：表面意思是爬到树上去抓鱼。多用于比喻做事的方向或方法不对，肯定达不到目的。

妙语点拨

谁都知道，鱼是生活在水里的，只有到水里去抓鱼，才可能抓到鱼。爬上大树去找鱼，只有傻瓜才会这样做。其结果是不仅找不到鱼，还有从树上掉下来的可能。

这个故事告诉我们，做事情一定要讲究方法，无论是学习也好，工作也好，甚至做游戏、做运动，都要开动脑筋，讲究方法，认清方向，在找到合适的办法和方向之后再采取行动。不然，如果方向错了，方法不当，行动的结果肯定也不会好，还浪费了时间与精力。

记住：应该用对的方法去做对的事情，而不仅仅是做对的事情！

89

朝三暮四

《列子·黄帝》：

“先诳之曰：‘与若，朝三而暮四，足乎？’众狙皆起而怒。俄而曰：‘与若，朝四而暮三，足乎？’众狙皆伏而喜。”

战国时期，宋国有一个老人，名叫狙公，他非常喜欢猴子，就养了许多猴子。由于长期与猴子生活在一起，他对猴子的性情、习惯、心理都十分了解，狙公说的话，猴子们也都能听懂。猴子们平时最喜欢吃栗子，一看到狙公端着盛满栗子的竹筐从屋里走出来，都会高兴地围着他又蹦又跳。可是，时间一长，加上狙公养的大猴子生了小猴子，他家里就成了猴子的世界。猴子越来越多，开销也越来越大了，这让家境原本就不富裕的狙公一家的日子一天天艰难起来，他有些承受不了了。这可怎么办呢？

他思来想去，终于想出了一个办法：从猴子们每天的吃食上节省！过去，他常常是将几筐的栗子撒在地上，由着猴子们的性子吃，而从此后他开始给它们定时定量。这样，一来可以避免糟蹋粮食；二来也真正做到了一视同仁，公平地对待每一只猴子；三来可以控制猴子们的食量，让不多的栗子多维持一些时间。但问题是，每只猴子每天的食量到底应该控制在多少合适呢？细心的狙公连续观察了好几天，他发现，一般情况下绝大多数的猴子一天吃七颗栗子就足够了，食量大些的添加些别的也就差不多了。按照这个吃法，狙公粗略地算了一下，每天可以节省下来将近两筐栗子。这样，家里储藏的栗子完全可以供猴子们吃到秋天，而那时，新的栗子也该成熟了。想到这里，狙公不禁喜出望外，他再也不需要为猴子们的口粮犯愁了。

可是，如果按照平时的规矩，猴子们一天吃两顿，这七颗栗子该怎样分配呢？猴子们比较通人性，他决定跟猴子们商量一下。

一天早饭之前，狙公把猴子们召集到自己身边，说："猴儿们，听我跟你们说一件事，咱们家的栗子不多了，如果大家不省点吃，就没有办法支撑到秋天。为了让你们每一个都不挨饿，我决定从今天开始对你们的口粮进行统一定额分发，你们看行吗？”

猴子们大都点了头表示同意。狙公接着说：“那好，咱们从今往后给你们分栗子，一律实行‘朝三暮四’的原则，也就是说，早上吃三颗栗子，晚上吃四颗栗子，好不好哇？”

猴子们一听，都嫌给得太少，一哄声地吵闹起来，它们有的去摘狙公的帽子，有的去扯狙公的衣服，有的去拽狙公的胡子，有的竟然学着人的样子呵口气去挠狙公的腋窝。

狙公一见他们的样子，就强忍住笑，灵机一动地摆摆手说：“好啦，好啦，别吵啦！你们看这样行不行，那咱们就执行‘朝四暮三’的政策，就是以后早上给你们四颗栗子，晚上三颗栗子。这样应该满意了吧？”

猴子们一听，就以为早上增加了一颗栗子，大家都非常开心，一致表示同意！它们兴奋得围着狙公蹦蹦跳跳地玩了起来。狙公看着猴子们高兴成这样，自己也捋着胡子笑了。

成语详解

朝三暮四：早晨给三个，晚上给四个。原指玩弄手法，使用诈术来欺骗人。后用来比喻常常变卦，反复无常。或者用来比喻花心，想得太多。

妙语点拨

这句成语很容易理解的。可让人难以理解的是，原本那种很可爱很幽默的故事蕴涵的意义是如何演变成了今天的意义——反复无常，经常变卦？当时那个养猴人给猴子们说的，不过是一种善意的欺骗，怎么能说它是“使用诈术来骗人”呢？只能算是一种机智了。没办法，我们只能根据它演变完成到现在的意义来理解与分析。

而今天，这个意义是多么的冰冷而不讨人喜欢——反复无常，说变就变；上午说过的事下午就矢口否认……试想一下：在学校里，谁会喜欢与这样的人交往？在社会上，谁又敢同这样的人结交呢？

既然我们都不喜欢这样的人，那自己也坚决别做这样的人吧！

90

招摇过市

汉·司马迁《史记·孔子世家》：

“灵公与夫人同车，宦者雍渠参乘，出，使孔子为次乘，招摇市过之。”

春秋时期，卫国的国君卫灵公昏庸无能，不理朝政。国家的大权完全落在他的妻子南子手里。由于南子作风轻浮，行为不检点，因此名声很不好。

公元前494年，孔子在周游列国的途中，带着子路、颜回等一批学生来到了卫国。卫灵公知道孔子是大学问家，对他很客气，甚至开玩笑地说要和孔子结成兄弟。

卫灵公问孔子：“你在鲁国的俸禄是多少？”

孔子说：“官俸是六万小斗。”卫灵公就按照这个俸禄标准给了孔子。

孔子以为卫灵公很赏识自己，有可能重用自己，便非常高兴。后来，有人向卫灵公说了孔子的坏话。卫灵公本来就耳根子软，便信了，对孔子就开始冷淡起来。有时，卫灵公还派人带着士兵到孔子居住的地方走进走出，故意威慑孔子。孔子有些害怕了，在卫国只待了十个月，就找个机会离开了。

离开卫国后，孔子和他的弟子们四处碰壁，在外边不过一个多月，就又无可奈何地回到了卫国，寄住在一个朋友家里。

卫灵公的妻子南子知道孔子名声很大，就派人去对孔子说："要和卫国国君结为兄弟的人，一定要拜见我们夫人。我们夫人希望能见见你。"

孔子客气地推辞了一番，尽管很不情愿，但还是到宫中去见南子。南子在接见孔子时，故意只隔开一层薄薄的纱帘，又把衣服上装饰的玉佩弄得叮当作响，向孔子卖弄风骚，孔子尴尬极了。

这件事让孔子的学生子路知道了，他气呼呼地埋怨老师不该和这种轻浮的女人见面，认为这样有失老师的尊严。孔子急得对天发誓说："我之所以去见南子，是因为她掌握着卫国的实权。我是去向她宣传我的政治主张的。如果我骗你，老天爷会惩罚我的!"

可能是南子对孔子的印象挺好的，就向卫灵公说了不少孔子的好话，卫灵公对孔子的态度也就稍好了些。

有一天，卫灵公和南子乘着一辆非常华丽的车子出游，许多宦官陪同左右。他让一名太监雍渠陪着孔子坐在第二辆车中，紧跟在卫灵公的车后面。卫灵公得意扬扬地在闹市中兜了几圈，大摇大摆地从市面上走过，故意显示自己的威风，炫耀自己的权势。而南子在车中向卫灵公搔首弄姿，丑态百出。

孔子见此情景，不由生气地说："人们是这么喜欢美色，而不喜欢德行啊。我还没有见过重视德行像爱慕美色这样热切的人。看来，卫灵公不是一个想把国家治理好的人，他只是一个爱慕虚荣的好色之徒罢了。”

孔子在卫国又勉强住了一个多月，见卫灵公没有重用他的意思，便带着学生们离开了卫国。

成语详解

招摇：炫耀、张扬。市：闹市，泛指人多的地方。

招摇过市：故意在人多的闹市上公开地大张声势，炫耀自己，引起别人的注意。

妙语点拨

“招摇过市”，是大家都能理解、都非常熟悉的一条成语。其表面意思清楚明白，无需过多解释。在这条成语形成后的几千年里，一直显示着其旺盛的生命力。人们经常能看到这样的场景：“富二代”们开着豪华跑车在街市上呼啸而过，一时让行人侧目，驻足观望；获了几次奖，得了几个证书和奖章，就不厌其烦地在众人面前展览显示……引得众人羡慕、嫉妒、气愤、无奈。

无论在哪个时代，无论在哪个环境中，都会有喜欢张扬、喜欢炫耀的人，因为虚荣心人人都有，程度不同而已。但是，当你的虚荣心强大得占据了你整个内心的时候，你也就什么都做不成了。请记住，真正的能力与威望不是靠炫耀就能获得的。

91

郑人买履

《韩非子·外储说左上》：

“郑人有欲买履者，先自度其足，而置之其坐。至之市，而忘操之。已得履，乃曰：‘吾忘持度。’反归取之，及反，市罢，遂不得履。人曰：‘何不试之以足？’曰：‘宁信度，无自信也。’”

春秋时期，郑国有一个人，平时他就粗心马虎，还有些笨拙，就连自己穿多大码的鞋都不知道。

有一天，他想给自己买双鞋，可是妻子出门不在家，临行前也没告知他鞋子的尺码。不知道号码可怎么买呀？这个郑国人很着急，他在屋里转来转去，觉得很无聊，就对着一家宅院的窗户发了一阵呆。猛然，他看到院外正好有人在丈量地界。他突然受到了启发，决定找一根草棍儿来量一下脚的尺寸。很快，尺寸量好了，他又想起兜里没装钱，就顺手把标明尺码的草棍放在凳子上，四处去找钱。翻了大半天，终于找到了钱。这时，隔壁邻居叫他一起上街。于是，郑国人拿着钱急匆匆地就往外跑。

到了集市，郑国人左挑右选，终于找到了自己喜欢的款式，他想量一下尺寸以确定是否合脚，翻遍全身的口袋也没有找到那根草棍。他蓦地想起，由于走得匆忙，那根量脚尺寸的草棍被忘在家里了。于是，他转身就往家跑。

店主人不知怎么回事，就拿着鞋子叫道：“客官，你的鞋！”

“我回家取了尺码再来买。”郑国人边跑边回头对店主人说。

等他取来那根草棍，天已经很晚了，集市也散了。

郑国人十分懊恼，捶胸顿足道："都怪我，都怪我，你说我怎么会忘了带尺码呢？"

过路的人见了，觉得奇怪，就有人问他究竟是怎么回事。

郑国人说："嗨，别提了，糟糕透了。我今天一大早来买鞋，到集市上才发现忘了带尺码；我就回家去取，等我取回尺码，铺子却关门了，你们说我倒霉不倒霉？"

有人指点他："尺码没带来不要紧，你可以用脚试一试嘛。"

郑国人固执地说道："那哪儿成，脚哪有尺码准啊？"

行人们听了不由得连连摇头，哭笑不得。

后来，人们就从这个故事中归纳出了"郑人买履"这个成语。

成语详解

履：鞋子。

郑人买履：比喻只迷信书本，不相信客观实际；只盲从教条，而不懂得灵活变通。含有讽刺的意思。

妙语点拨

这条成语其实是从寓言中提炼出来的。在现实生活中，可能不会有这样的事发生。但是，无论是过去还是现在，肯定有这样的人在用这样的一种观念左右着自己的行为，做出了种种"宁信度，无自信"的荒唐事。从大处，考察一下我们国家的发展过程；从小处，思索一下自己的成长历程，其中有多少是因为步了"郑人"的后尘而导致失利、失误、失败的呢？

茅盾先生曾说："书本上的知识而外，尚须从生活的人生中获得知识。"把知识变成力量的，不是知识本身，而是运用知识的人。

只有灵活运用知识，才能少跌跟头；只有学会变通，才能少吃苦头；只有抛弃教条，才能占得鳌头！

纸上谈兵

汉·司马迁《史记·廉颇蔺相如列传》：

“赵括自少时学兵法，言兵事，以天下莫能当。尝与其父奢言兵事，奢不能难，然不谓善。括母问奢其故。奢曰：‘兵，死地也。而括易言之，使赵不将括，即已。若必将之，破赵军者，必括也。’”

战国末期，赵国有一位与廉颇齐名的大将，名叫赵奢。由于屡立战功，被封为马服君。赵奢有个儿子叫赵括，他从小读了不少兵书，谈起用兵布阵之道来，口若悬河，滔滔不绝，没有人可以与之匹敌。就是父亲问起他兵法上的事，也难不住他。赵括因此十分得意，自以为天下第一，就连父亲也不放在眼里。

但赵奢却很替儿子担忧，认为他只知道死读兵书，虽然记住不少兵法，却不懂得变通，说到底不过是纸上谈兵罢了。赵奢曾私下里对妻子说，自己真不希望将来让赵括带兵打仗。妻子不解其意，就问他缘由。赵奢说：“用兵打仗本来是一件很危险的事，但是赵括却把它说得那么轻而易举。日后，赵国不让赵括带兵便还好，如果让他带兵打仗，那么断送赵国前程的定是赵括无疑。”

几年后，赵奢去世了。这一年正好秦军进犯赵国，赵国派老将廉颇亲率20万大军迎战。一开始，赵军接连失利，损失较重。

后来，廉颇改变了战略方针，他命令兵士们修筑工事堡垒，坚守城池，以逸待劳，打算以持久战拖垮远道而来的秦军。这一招果然非常有效。两军形成对峙之势，秦将白起几次三番叫阵，都被廉颇高悬的免战牌挡了回去。渐渐地，远道而来的秦军粮草接济不足，军心也开始涣散，有些坚持不住了。

秦军大将白起深知廉颇素来精于用兵，如果想在短期内打败赵国，必须设法叫赵国把廉颇调回去。于是，白起找来一些士兵，让他们扮成老百姓的模样，在赵国京郊附近四处散布谣言，说秦军最怕年富力强、骁勇善战的赵括，别的人都不放在眼里。

这时，赵孝成王正因廉颇未能速战速胜而闷闷不乐，听到外面的那些谣言，便信以为真，果然就让赵括去接替廉颇与秦军作战。赵括的母亲遵照丈夫生前的嘱咐，再三地向赵孝成王说明情况，极力阻止赵孝成王任命儿子为大将。可是，赵孝成王哪里听得进去！

公元前260年，赵括率领20万大军奔赴长平。验过兵符，办完一切交接手续，廉颇自回邯郸复命。这样，赵括带来20万大军，加上廉颇原有的20万大军，共计40万兵马。赵括自以为兵多将广，声势浩大，加上自己又熟读兵书，这也是他第一次带兵打仗，正好可以验证一下自己平生所学的兵法。他心想：长平一战我志在必得！

于是，他更改了原来廉颇闭关守城的持久战的做法，随即传令三军："秦军再来挑战，不得退缩！一鼓作气，杀他个片甲不留。"

双方交战一开始，赵括按照兵书上的策略，按部就班地行军布阵，倒也打得顺手，居然歼灭秦军主力四五千人。打扫战场时，赵括笑着对身边的大将说："都说白起用兵如神，如此看来不过是传言而已。"从此，赵括便洋洋自得起来，认为秦将白起根本不是自己的对手。

一天夜里，秦军小部偷偷摸进赵军大营，赵括接报后率军一阵猛打，秦军不敌，慌忙逃窜。赵括不知是计，引兵全力追赶。白起把赵军引到预先设计好的埋伏圈，派出精兵两万余人，切断赵军退路，又连夜派骑兵直冲赵军大营，把四十万赵军切成两段。赵括这才发现中了秦军的埋伏，无奈之下，只得在原地修筑营垒，等待援兵的到来。

白起一面派重兵将赵括围了个水泄不通，一面派兵守住通往赵国的各个关口，切断了赵括的粮草来源，堵住了赵国援兵的来路。就这样，内无粮草，外无援兵，赵括一肚子的兵法也不知如何施展了。死守了四十多天后，眼看着再守下去得活活饿死了，赵括便率军设法突围，结果在战斗中被秦军乱箭射死！赵军大败，四十万赵军被秦军包围俘获，尽管他们全部投降了，但还是被心狠手辣的秦军大将白起全部活埋了。

经过这次战斗，赵国的军事力量大不如前，此后便一蹶不振，不久就被秦国所灭。

成语详解

纸：书。谈：谈论，议论。兵：用兵。

纸上谈兵：在纸面上谈论用兵打仗的事。比喻只会空发议论，空谈理论，却不能解决实际问题。也指空谈不能成为现实。

妙语点拨

培根说："知识就是力量。"是的，书本知识是前人经验的总结，掌握知识就可以获得巨大而无穷的力量。但是，现实生活是瞬息万变的。在客观现实与书本知识之间还存在很大的距离与出入，绝不能生搬硬套。只有将灵活的头脑、丰富的生活经验与书本知识三者紧密结合起来，才能拥有人生的大智慧，也才能把知识真正地变为力量。

郭沫若先生曾说：“人是活的，书是死的。活人读死书，可以把书读活。死书读活人，可以把人读死。”这句话好像就是说给赵括的。可惜赵括已经死了几千年，那就让我们用这句成语共勉吧！

指鹿为马

汉·司马迁《史记·秦始皇本纪》

“赵高欲为乱，恐群臣不听，乃先设验，持鹿献于二世，曰：‘马也。’二世笑曰：‘丞相误邪？谓鹿为马。’问左右，左右或默，或言马以阿顺赵高。或言鹿者，高因阴中诸言鹿者以法。后群臣皆畏高。”

秦朝有个大奸臣，名叫赵高，深得秦始皇的信任，被任命为中车府令。

秦始皇死后，赵高认为时机已到，就进一步开展自己的计划。赵高深知，长子扶苏是个有本事的人，又有蒙氏兄弟辅佐，一向厌恶自己贪暴卑劣的人品。一旦扶苏即位，必将对自己不利。于是赵高暗自定下一个阴谋：扣下秦始皇给扶苏的遗诏，篡改诏书的内容，乘机拥立少子胡亥为太子，借以取得更高的权势、地位和更多的财富。

秦始皇是在外地驾崩的，当时又没有正式确立太子，赵高和丞相李斯封锁了秦始皇去世的消息，急速赶往咸阳。他们把秦始皇的尸体放在一辆可以调节温度的车子里，每日照常送水送饭，并让一个太监坐在车里，批阅答复大臣们的奏章。当时，李斯同意这么做是怕天下人知道真相后发生动乱，也担心众皇子争位，但赵高却利用这一时机图谋夺权之事。

赵高扣住秦始皇给扶苏的诏书，劝胡亥篡夺皇位。胡亥本是一个缺乏能力、胸无大志的人，虽然也有继位的野心，却生怕掌握不了局势，有些犹豫不决。赵高便从旁诱惑他："先皇死了，诸公子及蒙氏兄弟又都不在身边，大权掌握在你我及丞相手中，一切安排都取决于我们三人的意志，我们愿意协助你。你难道不明白，统治别人与受制于人是不能同日而语的吗？自古以来，做大事者不拘小节，不能贻误时机。我听说商汤、周武王杀了他们的君主，天下人都说他们是仁义的，卫国的君主杀了他的父亲而自立，大家都称颂他有道德……"在赵高的一再怂恿下，胡亥答应了。

赵高又去找丞相李斯商议。李斯经过一番激烈的思想斗争后，终于向赵高屈服了。

昏庸无为的胡亥被扶上帝位后，史称秦二世。赵高被封为郎中令，李斯拜为丞相。随后，胡亥就开始了寻欢作乐的生活，根本不理朝政，将朝中大事都交给赵高处理。后来，赵高又觉得一人之下万人之上的丞相李斯十分碍事，便设计杀死了李斯。

李斯死后，赵高官拜中丞相，将朝中的一切大权都把持在手里，事无大小都由他来裁决。可是他并不满足，还想篡权当皇帝。但他对朝中大臣的态度很没底，于是，便想了一个办法，准备试一试自己的威信，同时也可以摸清哪些人反对他。

一天上朝的时候，赵高牵来一只鹿，献给了秦二世。他当着大臣们的面，用手指着鹿故意恭敬地说："这是一匹好马，能日行千里，夜走八百！我特意把它献给陛下。"

秦二世一看，心想：这哪里是马，分明是一只鹿嘛！便笑着对赵高说："丞相搞错了，这是一只鹿，你怎么说是马呢？"

"这的确是一匹好马，陛下不信吗？请陛下再细看清楚，这的确是一匹千里马呀！"

秦二世又看了看那只鹿，将信将疑地说："马的头上怎么会长角呢？"

赵高一转身，用手指着众大臣，大声说："陛下，我说这是马，你说这是鹿，这样吧，我们可以问问大臣们，它究竟是马还是鹿？"

大臣们都被赵高的一派胡言搞得不知所措：是鹿是马这是明摆着的事，何需再问？其中肯定有名堂！大臣们都知道赵高为人阴险狠毒，许多人畏惧他的权势，明明知道赵高说的"马"是一只鹿，但为了讨好他，也都顺着说："是呀，这的确是一匹宝马啊！"

一些胆小又有正义感的人都低下头，不敢说话，因为说假话对不起自己的良心，说真话又怕日后被赵高所害。

事后，赵高暗中对不承认是马的大臣进行了迫害，用各种罪名将他们投入监狱，有的还被他处死。此后，大臣们对他更畏惧了，更没有人敢反对他了。

后来，就连秦二世对长期专权的赵高也很不满。坏事做尽的赵高害怕秦二世追究他的过失，来了个先下手为强。公元前207年，赵高派亲信强迫年仅24岁的秦二世自杀。然后又操纵政局，欲立公子婴为秦王。

所幸，公子婴已经认识到了赵高的险恶用心。他棋高一招，经过周密的策划，在赵高督促他到宗庙接受玉玺的时候，命令早已埋伏好的手下挥剑杀死了赵高，结束了他丑陋而罪恶的一生。

成语详解

指鹿为马：指着鹿，却偏说是马。比喻故意歪曲事实，颠倒黑白，混淆是非。

妙语点拨

也许我们一生也达不到赵高那样的高位，没有他那么大的权势，所以也不太可能用这种歪曲事实、颠倒黑白的方式来考验别人是否忠诚于自己。但是，平凡的我们能否保证自己的一生都不歪曲事实、混淆是非呢？比如，在自己犯了错误的时候，在看到别人犯错、犯罪或出现事故而需要你作证的时候，你能否坚守正义与良知，做到有一说一，有二说二，实事求是，不虚夸、不溢美？

逼着别人说假话是邪恶势力的外侵，在压力面前不说假话是天地良心的坚守。

94

南朝·宋·刘义庆《世说新语·识鉴》：

“伯仁为人，志大而才短，名重而识暗。”

公元317年，西晋灭亡以后，晋元帝司马睿在群臣的拥立下，在建康（今江苏南京）建立了东晋王朝。司马睿称帝后，大加封赏有功之臣，王导和王敦兄弟俩、刘隗、刁协、周恺都得到了晋升。

周恺，字伯仁，他起先被任命为荆州刺史，几年后升任尚书左仆射（相当于宰相）。由于他非常喜欢喝酒，经常喝得酩酊大醉，甚至三日不醒，因此人们背后都叫他“三日仆射”。

不久，大将军王敦因不满司马睿压制王氏势力，以诛杀刘槐为名义起兵攻打建康。

当时，王导在朝中任司空的重要职务，他听说王敦起兵反叛朝廷，非常害怕受到牵连，急忙进宫请罪。正好，他在宫门口碰到周恺，就请周恺在晋元帝前给他说说情，讲几句好话。周恺没有理他，一声也没吭就进了宫。

可是进宫后，周恺却真的对晋元帝说，王敦谋反王导并不知情，而且王导这个人一向忠诚，所以治罪的话也不该牵连到王导。晋元帝听了，认为周恺说得有道理，就采纳了他的意见。

但是，当时朝中主张杀王导的人确实不少，晋元帝因此而有些犹豫。这时，周恺又上了一道奏章，为王导辩护，言词十分恳切。晋元帝最后听了周恺的劝说，没有加罪于王导。但这一切王导并不知道，他以为周恺不肯帮他的忙，于是怀恨在心。

过了些日子，王敦率大军逼近建康城。晋元帝派刘隗、刁协、周恺等人率军抵抗，结果兵败，刘隗乘乱逃走了。王敦攻进建康，杀了刁协，并逼迫晋元帝拜他做了丞相。

王敦做了丞相以后，对周恺带兵与他对抗耿耿于怀，又很嫉妒周恺的权势，便想杀掉他。他知道王导和周恺交情不错，便问王导说：“你看周恺这个人该怎么处置?”

王导想到他请周恺在元帝面前说情时周恺一声不吭、不理不睬的样子，心中自然生出不满，便不置可否。王敦见此情景，便找了个理由将周恺下狱，施以酷刑，后来又下令把周恺杀了。随后，周恺的弟弟周谟也被诛杀。

后来，王导看到了当时周恺写的列举王导忠诚表现的那道奏章，才知道周恺曾在元帝面前力保他的事，不由万分痛悔，说："伯仁虽然不是我杀的，但伯仁的死我是有责任的呀。"

南朝的刘义庆在评论这件事时说，周恺志向很大而才能有限，名气很大而见识不高。这是十分中肯的。

成语详解

志：志向，抱负。疏：粗疏，浅薄。

志大才疏：志向大而才能差。

妙语点拨

在这个人人渴望成功、人人希望成才的时代里，这条成语真的是一盆非常及时的冷水，浇在许多跃跃欲试的年轻人的头上，让他们可以清醒而冷静地思考一下：面对成功，你准备好了吗？面对成功，你都具备了什么条件？

英国著名大作家萧伯纳说："人生有两个悲剧，一个是万念俱灰，另一个是踌躇满志。"而对今天的我们来说，更多的人所面临的更大的问题往往是：每天都在不断地"立志"，每天都在做着美丽的梦，却忽视了对自己的能力和素质的积累，甚至连自己适合做什么都没有想好就开始冲锋。结果可想而知。

"有梦想你就了不起，有勇气就会有奇迹！"这句歌词真的很励志，它提倡的无非是这四个字——敢想敢做！可如果没有才能、素质与实力，敢想敢做岂不就变成了"胡思乱想"与"胡作非为"？

记住：拥有梦想靠的是智力，实现梦想靠的是实力！

95

专横跋扈

《后汉书·梁冀传》：

“帝少而聪慧，知冀骄横，尝朝群臣，目冀曰：‘此跋扈将军也。’”

东汉时期，有一个狂妄自大、凶悍蛮横的将军，名叫梁冀。他的妹妹是皇后，父亲又是大将军，所以他的官也越做越大，先后担任过黄门侍郎、侍中、虎贲中郎将、步兵校尉、执金吾等职务。

汉顺帝永和元年，梁冀被任命为河南尹，他仗着自己是皇亲国戚，上任以后，为非作歹，贪赃枉法，声名狼藉。当时，梁冀的父亲、大将军梁商有一位老朋友吕放，是洛阳令。吕放在一次进京的时候，拜会了梁商，并把梁冀的所作所为告诉了他。

梁商非常恼火，就把梁冀找来严厉地训斥了一顿。梁冀对此怀恨在心，暗中派出刺客，把吕放杀了。他怕父亲知道，又借追捕凶手为名，把吕放宗族亲友一百多人全部冤杀了。

不久，梁商病死，汉顺帝让梁冀接任了他父亲大将军的职务。从此，梁冀掌握了朝廷的军政大权。

梁冀不仅横行霸道，而且还非常贪婪，州县的官吏必须经常向他进献钱银和财宝，不然他就找机会横加罪名。有个财主叫士孙奋，家中非常富有，可却十分吝啬，从不主动向梁冀献宝。有一次，梁冀想用一匹马做抵押向他借五千万，可是士孙奋只借给了他三千万。这可惹恼了梁冀，就诬陷士孙奋的母亲偷了他家的白珠和紫金，结果将士孙奋兄弟二人关进了大牢，并没收了他家的全部财产，窃为己有。

公元144年，汉顺帝病死，汉冲帝即位。那时的冲帝还是个两岁的孩子，只好由梁冀的妹妹梁太后代为执政。梁冀根本不把自己的妹妹放在眼里，更加专横跋扈。

过了一年，冲帝又死了。梁冀为了继续操纵朝廷大权，便立当时只有八岁的刘缵做了皇帝，这便是汉质帝。

汉质帝虽然年幼，人却很聪明。他知道梁冀非常骄横，心中很不满。一天，质帝坐朝，百官朝见毕，他看着梁冀说："他可真是个蛮横无理的大将军呀！"

梁冀听了，又气又恨，但当面又无法发作。他心里害怕质帝日后会对自己不利，就指使爪牙把毒药掺在汤饼中送给质帝吃，把质帝毒死了。

接着，梁冀又立刘志为汉桓帝。从此，他更加骄蛮凶横，不可一世。在朝中，他不断运用各种卑劣手段诛灭异己，前后共专权二十多年。

最后，汉桓帝再也无法忍受他的无法无天与蛮横专权，下决心要诛灭这个"跋扈将军"。经过精心的谋划，终于找到一个机会将梁冀拘捕。最后，梁冀畏罪自杀了。

成语详解

专横：专断蛮横，任意妄为。跋扈：霸道，不讲道理。

专横跋扈：独断专行，横行霸道，蛮不讲理，骄横放肆，为所欲为。贬义。

妙语点拨

与“专横跋扈”意思完全相同的还有一条成语——“飞扬跋扈”，那个成语故事中的主人公侯景最后的下场也和梁冀差不多，都是暴死——不是自杀就是他杀，都留下了千古骂名。

并不是每个人都有权利和机会“专横跋扈”，那些无权无势的山野村夫、黎民百姓就不可能这样做。从某种意义上说，“专横跋扈”是权力的附属品和衍生物。

不记得谁说过，“要看清一个人的品格，就给他权力吧!”这话很有道理。权力这东西也是一柄双刃剑——可以让你成功，也可以让你失败；可以让你生得灿烂辉煌，也可以让你死得惨不忍睹!

做人，还是多点低调、少点张扬好，无论你是无权无势的草民，还是大权在握的官员。

96

战国·孟子《孟子·离娄上》：

“自暴者，不可与有言；自弃者，不可与有为也。言非礼义，谓之自暴也；吾身不能居仁由义，谓之自弃也。”

有一次，孟子教导他的学生们说：“自暴自弃的人是最可悲的!”

学生们没有听懂他的话，便问道：“先生，什么叫自暴自弃呀？”

孟子回答道：“说话不遵守礼义，甚至破坏礼义，自己残害自己，这不是自暴吗？与这种人交谈是谈不出什么有价值的东西的！心里想的不是仁义，自己的行为也不是仁义的，自己抛弃自己，这就是自弃。与这种人在一块儿是做不出什么有益处的事情的。你们要记住：仁，是最安适的住宅；义，是最正确的道路。如果把这两样世界上最好的东西舍弃了，岂不是很可悲？”

学生们点头说：“我们明白了，先生的意思是，一切都按照仁义的标准来做，就不是自暴自弃了！”

在孟子看来，“自暴”是指诋毁和不遵守礼制与义行；“自弃”是指认为自己做不到仁德与义行，并且也不想做到这些。孟子说的这两个方面其实所针对的是一个人的品德修养。

在孟子那里，他是以自己所主张的“仁义”的思想核心来作为“自暴自弃”的标准的，这是这个成语诞生时的最原始的意义。

到了宋代，理学家程颢、程颐兄弟对“自暴自弃”给出了一个新的解释。在他们的《二程集·遗书十九伊川先生语》中有这样一段话：“只有上等的聪明人与下等的蠢人是不可能改变性情的，不是平白无故地就说不能改，而是一定有不能改变的道理。之所以不能改变，有两个原因：一是自己作践自己，二是自己放弃自己。如果他们肯于学习，不这样作践自己和放弃自己，怎么会不可改变呢？”

你看，这里所说的“自暴自弃”，完全与前面孟子所说的意义不同了，它是指丧失或放弃了学习的信心。今天，我们在运用这条成语时，一般侧重后面一层意思。

成语详解

暴：糟蹋。弃：鄙弃、放弃。

自暴自弃：自己糟蹋自己，自己放弃自己，不求上进，甘居落后。

妙语点拨

从人的本性来说，人心都是向上的，正如人们常说的那句俗语，“人往高处走，水往低处流”。人们都在向往并争取能有个美好的未来，过上幸福的生活。但命运又常常会和我们开一些不大不小的玩笑，如果你可以笑着面对，那么你就会成为胜利者。

一个人的一生中不可能都是顺境，老天格外眷顾的是那些能坦然面对的人。逆境和顺境一样，都是绝大多数人不可能绕开的一个环节。那么，当逆境来临的时候，就学会正视它，并用自己的努力去战胜它吧！千万不能被它的强大吓垮，未经过任何努力和抗争就放弃或自甘失败，是无能和懦弱的表现，是不可取的。

纵观古今成大事者，没有哪一个是靠自暴自弃来成就人生大业的。相反，他们都不甘平庸、自强自立、自信自尊，最后终于实现了自我追求与人生梦想。

97

春秋·左丘明《左传·隐公十一年》：

“不度德，不量力，不亲亲，不征辞，不察有罪。”

战国时期，齐国贵族孟尝君被齐王封赐了一块领地薛。有一天，楚国突然派兵进犯薛地。

孟尝君发动薛地所有兵力抵抗楚军，另又遣使者向齐宣王请求增派援兵。就在此时，有属下前来报告说：“齐国大夫淳于髡先生出使楚国，返回时路经本地，现在正在城外。”

孟尝君亲自到城外迎接淳于髡，并将他安置在家中设宴款待。席间，孟尝君对淳于髡说：“楚军围困薛地的情况，先生应该已经看到了，如果您不能为我解忧去危，恐怕以后我就再也没有机会款待先生了！”

淳于髡连忙答应，说自己回国后一定向齐王请求增派援军。淳于髡回国后，齐王问道：“楚国情形如何？”

淳于髡回答：“楚人对我齐国的实情并不了解，而孟尝君也似乎自不量力。”

“大夫这话怎么说？”齐王问。

淳于髡说：“我的意思是，如今楚军兵临薛地，而薛地又是先王宗庙所在，若被楚军占领，则宗庙必被毁无疑，可是孟尝君却不清楚自己是否具有护卫薛地的能力。”

齐王听后，才顿然醒悟：“糟糕！我忘了那里还有我们的宗庙！”随后，齐王立刻派军队去支援薛地，楚军见此，只好撤退回国。薛地终因淳于髡的机智而免于劫难。

成语详解

量：估计、衡量。

自不量力：自己不能正确估计自己的能力。确切地说，是过高地估计了自己的能力。

妙语点拨

中国有句古语，“人贵有自知之明”，说的就是人最重要的是要了解自己的能力有多大，自己的才华与特长是什么，自己能做什么又做不了什么。用老百姓的土话说就是，“自己知道自己几斤几两”。外国同样也有一句很著名的话，千百年来被全世界的人引为座右铭，这句话就是——“认识你自己”，这句话被刻在古希腊阿波罗神殿的石柱上，每一个来到此地的人无不对它顶礼膜拜。

其实道理很简单：一个人，只有知道自己的能力有多大，才不至于过高地估计自己的力量，做出一些力所不能及，或者吃力不讨好的事来。中国还有一条成语，叫作“量力而行”，意思是说，人们只有根据自己的力量来做事，这样才能将事情做好，做圆满。

当然，量力而行并不是不自信，更不是要求人们一味地自卑、自贱，自己有能力去做的也不去做。事实上，一个真正自信的人，恰恰是知道自己的能力大小的人。

98

自惭形秽

南朝·宋·刘义府《世说新语·容止》：

“骠骑王武子，是卫玠之舅，俊爽有风姿，见玠辄叹曰：‘珠玉在侧，觉我形秽’。”

晋朝怀帝的时候，有一个骠骑将军名叫王济，他的相貌十分英俊，待人接物也很有风度。虽然是个提刀弄枪的军人，但平时在读书论经方面也很有研究，才学很好，在城里也颇有名气。平时经常与王济来往的是王澄、王玄两个人，这三王都有漂亮的外貌和不错的学识，因此具有才貌双全的好名声，常常成为全城议论的中心。

有一年，王济的姐姐带着儿子卫玠前来投靠王济。王济一见外甥卫玠如此眉清目秀，风度翩翩，简直惊呆了！他对姐姐说："人家都说我相貌过人，现在与外甥一比，就像把石块与明珠宝玉放在一起，我真是差得太远了。"

过了几天，王济带着卫玠去拜见亲朋好友。走到街上，看见卫玠的人都觉得他简直是玉雕成的人，于是争着围观，你挤我拥，差一点堵塞了交通，几乎轰动了全城。

好不容易到了亲戚家，亲友们对卫玠的相貌也是赞叹不已。寒暄过后，有的亲戚就问起卫玠平时读些什么书。卫玠说他在研究玄理。亲友们一听，也不知是出于什么心理，反正一哄声地都要请他谈谈研究玄理的体会。

卫母听了，怕儿子出丑，连忙劝阻说："玄理很深奥，恐怕不是一时能讲清楚的。小儿体质较差，以后有机会再讲吧！"

可是亲友们都想看一看卫玠的外貌如此出众，不知学问是否同样不俗，便坚持要他讲解。

卫玠见实在推辞不了，便开口讲了起来。讲的时间不长，听的人却没有一个不称赞他讲得精深透彻的。王济、王玄和王澄这三王也惊服得说不出话来，他们想不到卫玠小小年纪不仅相貌漂亮，竟还如此聪慧、才华出众。在场的人看见他们惊叹的样子，不由嬉笑着说："看来，你们三王还抵不上卫家的一个儿郎啊！"

王济也笑着说："是啊，我和我这外甥走在一起，就像有明珠在我身旁熠熠发光，我都对自己的形象感到惭愧了啊！”

卫玠虽然长得异常俊美，又很有学问，可是他的身体却不好，常常生病，弱不禁风。后来他到都城建邺（今南京）去做官。那里的人早就听说他相貌俊秀才学出众，不管他走到哪里，都有一大群人围着看他，常常将他围得水泄不通，这让他无可奈何，心烦不安。没过多久，卫玠就由于劳累与心烦过度病死了。人们都可惜地说：卫玠是被大家看死的啊！

天妒英才！这样一个才貌双全的人却英年早逝。呜呼哀哉！

成语详解

惭：惭愧。形秽：形态丑陋、卑俗、不体面。

自惭形秽：因为自己的形象丑陋或风度不如别人而感到惭愧。后来泛指自愧不如别人。

妙语点拨

总觉得自己不如别人，不光是形象比别人差，才华也比别人差，各种条件也都比别人差，总之，自己的一切都不如别人。这就是典型的自卑。

自卑是一种十分有害的心理。它能吞噬人的才能，也吞噬人的希望！所以，从这个角度上说，两害相权取其轻，自卑还不如自负，也不如自傲——尽管这些也是不健康的心理。因为自负与自傲起码能鼓励人做多种努力与尝试，可能会失败，但也能从中知道自己能做什么，或不适合做什么。

克服自卑心理，唯一的途径就是——自爱，让自己喜欢自己，正视自己。正如台湾作家罗兰所说：“当你喜欢你自己的时候，你就不会觉得自卑；当你宽容别人的时候，你就不会感到自己和别人站在敌对的地位。能有这种感觉时，你即使仍然没有很多朋友，你也一样会觉得满意和心安理得了。”

如果你的形象不佳，你要想你还有挺拔的体态；如果你的个头不高，你要想你还有脱俗的气质；如果你的身材太胖，你要想你还有美满的家庭；如果你的工作不好，你要想你还有漂亮的妻子；如果你的身体状况不佳，你要想你还有满腹的才华……

总之，在你的心里要永远回响着一个声音：我是最好的，我是最棒的！

99

自相矛盾

《韩非子·难势》：

“或曰：‘以子之矛，陷子之盾，何如？’其人弗能应也。”

很久以前，楚国有个卖兵器的人，到市场上去卖他的矛和盾。

看到好多人都来围观，这个人就举起手中的盾向大家夸口说：“各位看啊，我的盾是世界上最最坚固的盾，无论怎样锋利尖锐的东西也不能刺穿它！买了我的盾，你打仗时就绝对不会受伤！”

围观的人听了，都纷纷凑上去看他的盾，许多人都想研究一下他的盾究竟是用什么做的，居然如此坚固。

接着，这个卖兵器的人又拿起一支矛自夸起来：“各位再看，我的矛是世界上最最锋利的矛，无论怎样牢固坚实的东西也挡不住它的一刺，只要一碰上，马上就会被它刺穿！买了我的矛，你就可以打败任何敌人!”

他一边不住地夸着口，一边还不停地舞动着他的矛，发出“呼呼”的响声，那样子十分威武。这一下，果然，又吸引来更多行人。

他一见此情景，更加得意，心想：这正是宣传叫卖的大好时机呀！于是便又趁机大声吆喝起来：“快来看呀，快来买呀，世界上最最坚固的盾和世界上最最锋利的矛!”

这时，一个看客上前拿起一支矛，又拿起一面盾牌问道：“你刚才不是说，天下最锋利的兵器都刺不破你的盾吗?”

“是啊，你要买吗?”

那人接着又问道：“你还说过，你的矛是世界上最最锋利的，任何坚固的东西都能刺破，对吧?”

卖兵器的人答道：“对啊，天底下你肯定再也买不到比我这个更好的矛了!”

那人接着问道：“那么，如果用你那个最最坚固的矛去刺你这最最坚固的盾，结果会怎样呢?”

“这……”卖兵器的人先是一愣，当他明白对方的意思时，顿时满脸通红，羞得一句话也说不出来。

围观的人突然爆发出一阵笑声，便一哄而散了。那个卖兵器的人只好灰溜溜地扛着他的矛和盾走了。

成语详解

自相矛盾：自己的言行互相抵触。比喻说话或做事前后相互抵触，相互矛盾。

妙语点拨

不要以为那个被嘲笑了几千年的卖兵器的人已经绝迹了。在今天，他的化身与“接班人”依然存在着，并依然故我、乐此不疲地做着和他一样的荒唐事：有多少人在大庭广众之下做着慷慨激昂的反腐倡廉演讲，私下里却是贪腐嫖赌无恶不作？有多少人把自己生产的食品吹得天花乱坠自己却从来不吃一口？有多少人在华楼广厦那雪白的墙壁上用黑笔写下了这样的字：不要在墙壁上乱写乱画？

抛开道德不说，一个人无论是平时说话还是做事，都应该事先做好周密的计划，将前后的观点、原则与办法想得合乎逻辑，合乎条理，绝不能为了强调某一方面，而忽略了其对立面的存在，而导致事物相互抵触，相互矛盾，难以自圆其说。

作法自毙

汉·司马迁《史记·商君列传》：
“商君喟然叹曰：‘嗟乎，为法之敝一至此哉！’”

战国时期，秦国的国王秦孝公为了让秦国很快富强起来，就大胆起用了主张变法图强的法家代表人物、政治家商鞅。

商鞅原是卫国国君的后裔，公孙氏，故也称为卫鞅，又称公孙鞅。

商鞅来秦后，在秦国进行了一系列政治制度与经济制度的改革与变法。他首先取消了贵族们的特权，规定按军功大小给予爵位。贵族们由此失去了无权而受禄的特权，对商鞅十分不满。但商鞅有秦孝公支持，贵族们虽怀恨在心，却毫无办法。

新法实施后不久，有一次太子驷触犯了新法，这件事一出，那些仇恨商鞅的贵族们都抱着幸灾乐祸的态度，看商鞅如何解决这个棘手的难题。商鞅为了新法能得以实施，请示了孝公，依法进行了公正处理。其实也打了折扣，由太子的老师公子虔代替太子来领罪。太子曾经为老师说情，但无济于事，公子虔还是被削掉了鼻子。此事一经传扬，人们认识到商鞅执法严正，谁也不敢大意违法。可是，太子也因此对商鞅恨之入骨。

秦国经过十几年的变法以后，很快强盛起来，生产力大大提高，百姓安居乐业，路不拾遗，夜不闭户，国库充盈，国力大增，将士作战勇猛，威震六国。公孙鞅因变法有功，受封为商地的长官，自己取名为“商君”，人们从此称公孙鞅为商鞅。

十几年后孝公驾崩，太子即位，史称秦惠文王。贵族们都知道惠文王痛恨商鞅，便纷纷制造流言蜚语，有人甚至诬陷商鞅谋反。惠文王十分清楚商鞅没有谋反的动机，更没有谋反的可能，他只是痛恨商鞅当时对自己及老师太过严厉，加上老师公子虔在旁鼓动，惠文王也为了出一口气，于是就下令逮捕商鞅。

自孝公死后，商鞅自知失去靠山，不敢久居京城，返回了自己的封地。当他风闻有人诬陷他谋反的消息后，自知早晚必遭杀身之祸，便只身逃出家中，打算潜往他国。

天色渐渐暗了下来，寒鸦背着夕阳余晖，结队归林。商鞅急于逃离秦境，匆匆赶路，来到关门外，不想却被守关军士拦住，声称“商君有令，黄昏后非公事不得出城”。商鞅这才意识到，必须投宿住店。他来到一家旅店要求住宿，老板走出来说：“既是客人，我们当然欢迎，但您得拿出身份证明。没有身份证明是不能住店的。如果收留你，我会被判罪受罚的。这是商君的法令，违背不得呀！”

商鞅当然不敢承认自己的身份，只好走出旅店，不由仰天长叹道："我自己定下的法律，结果却把我自己害到了这个地步！"

就这样，走投无路的商鞅只好束手就擒。

由于惠文王与公子虔非常恨他，商鞅最后被车裂而死。车裂是一种十分残酷的刑罚，即用绳索缚住受刑者的头部和四肢，分别固定于五辆马车之上然后让人驱马奔跑，将人活活地撕成几段，其场景实在惨不忍睹！

虽然惠文王公报私仇杀了商鞅，可他却继续推行商鞅的政策。其实他心里知道商鞅提倡的这些政策对国家有利。由此可见，惠文王的心胸狭窄到了何种地步。在这些政策继续实施后，秦国国力日益强盛起来，为嬴政（即后来的秦始皇）统一六国奠定了雄厚的经济与军事基础。

成语详解

作法：制定法律。毙：死。

作法自毙：自己制定的法律使自己受害。比喻自作自受。

妙语点拨

作法自毙，有一个最通俗的解释就是自作自受。还有一句更委婉的说法："自己酿的苦酒，自己喝去吧。"

作法自毙也好，自作自受也好，尽管都是贬义，却不影响我们对商鞅的肯定与褒扬。首先一点，商鞅变法的目的不是为一己私利，是为了国家的富强，这说明他的动机是好的。这比那些为了私利而在制定法律规章时过多考虑自己利益的人强得多。其次，尽管商鞅因"作法"而"自毙"，但不能否定他的"法"——我们今天的户籍管理制度、旅店住宿规章不仍然与商鞅的"作法"如出一辙吗？

今天，我们所要做的和所能做的，就是要避免走入作法自毙与自作自受的误区，多一些思考和理性，少一些冒失和冲动。当你要去做一件事情、作出一项决定时，一定要全面权衡，细致考虑，争取做到留有余地，不要让自己的决定最终危害到自己。

致谢

在本书编写过程中，先后得到了吉林省图书馆、吉林市图书馆、吉林市独角兽文化图书工作室、吉林市少冰石电脑印刷服务社等诸多工作人员及朋友的大力支持与热心帮助，特在此向他们表示诚挚的感谢！

他们是（以拼音为序）：

陈　亮　陈忠林　高　阳　高东旭　高玉梅

耿淑莲　韩忠臣　姜宝亮　金　燕　金忠学

李　季　李　昕　李碧霞　李春芳　吕冬云

马　旭　任　冉　任世德　任淑芬　任淑华

任淑清　任素玲　史丽敏　王玉霞　吴晓琛

徐　磊　杨　方　杨　岭　岳景会　张　娟

张　涛　张伟丽　赵　冬　赵颖妍